你不覺得幫梅莉達・安傑爾
了結她的痛苦，
是我們的職責嗎？
塞爾裘・席克薩爾
年僅二十歲便繼承三大騎士公爵家之一「龍騎士」席克薩爾家當家之位的年輕公爵。
刺客守則3
ASSASSINSPRIDE
暗殺教師與命運法庭

「如果我沒辦法通過那場考試，
老師會怎麼樣？」
理應是早有覺悟的事。
我違抗任務，賭上性命栽培她。
不過，假如她的成長
無法符合我的期待——……
「如果考試不及格，我想想……」
庫法以手指撫摸十三歲少女的柔嫩臉頰。

「魔法書真有趣呢！」
「咬咬……
莉塔，好好吃。」
愛麗絲・安傑爾
梅莉達的堂姊妹，「聖騎士」。聖弗立戴斯威德女子學院一年級首席。稱梅莉達「莉塔」。
梅莉達・安傑爾
雖然出生於「聖騎士」安傑爾公爵家，卻沒有瑪那能力的少女。正身陷環繞其出身與瑪那覺醒的陰謀漩渦之中。

繆爾·拉·摩爾
「魔騎士」拉·摩爾公爵家的千金。聖德特立修女子學園一年級學生，和莎拉夏感情很好。
「魔法咒語是──
『童話之夜』。」
「我只是比班上同學
稍微大一點而已。」
莎拉夏·席克薩爾
塞爾裘的妹妹。個性文靜，但在聖德特立修女子學園一年級之中也以頂尖實力為傲。

旁聽席的假人彷彿
被震撼住似的縮了回去。
梅莉達毅然決然地踏出一步，
藍色裙子隨之翻動。
「我會證明這點！
我會變得更強更厲害，
變成全國人民都認同的
『安傑爾家之女』
給大家看！
就算我是無能才女，
我也絕對不會放棄……！」
「我才不會……

輸給你們呢——————！」

「各位小姐，之後就交給我吧。」
「梅莉達．安傑爾的家庭教師。
就讓我趁現在
奉還那時欠你的吧。」
「我沒興趣，快滾。」
接下來的光景，
縱然是三名公爵家千金的
動態視力，
也無法徹底捕捉。
庫法．梵皮爾
梅莉達的家庭教師。肩負著無法成功栽培梅莉達時，就將其暗殺的任務，但……

刺客守則

ASSASSINSPRIDE

暗殺教師與命運法庭

3

天城ケイ
KeiAmagi

ニノモトニノ
illustration
Ninomotonino

Kadokawa Fantastic Novels

彩頁、內文插圖／ニノモトニノ

ASSASSINSPRIDE

CONTENTS

HOMEROOM EARLIER

「這無疑是一大醜聞！」

某人這麼起頭後，圍繞著圓桌的其他人也接連探出身子說著：「沒錯，沒錯！」每個人交雜著肢體動作，聲音憤慨激昂，爭先恐後地高談闊論自己的意見。

「我從之前就覺得可疑！沒錯，早在有人開始叫她『那個綽號』之前，我就這麼覺得了！」

「就算是弗蘭德爾首屈一指的武具商工會，娶了平民階級果然是最大的錯誤！應當立於我們頂點的騎士公爵家若是這副德行，貴族的威信只會每下愈況喔！」

「沒想到那個『無能才女』……竟然並未繼承安傑爾公爵家的血統！」

這時，坐在圓桌前的一人驀地舉起了手。於是原本吵鬧得彷彿立下了什麼大功勞似的其他出席者一齊閉上了嘴。

眾人矚目的焦點，是纏繞身上的氛圍好似春風的俊美青年。

「各位，請肅靜。目前還只是可信度極高的事實明朗化而已。先讓我們讚賞一下帶來這天啟的女神吧。」

青年舉起手，指向在自己左後方待命的一名少女。

「沒錯，讓我們讚賞這位繆爾・拉・摩爾小姐聰慧的頭腦與勇敢的舉止吧。」

出席者的視線自然地集中到後方。受到眾人注目的少女，甩動著在略微陰暗的室內依然閃耀著神祕光輝的黑水晶秀髮，同時向前踏出一步。

她一邊醞釀出不像十三歲少女會有的妖豔魅力，一邊張開性感的嘴脣。

「我在上學期舉辦的聖弗立戴斯威德與聖德特立修的交流活動『月光女神選拔戰』時，調查了就讀那間養成學校的學生的瑪那。然後查出了那兩人──『聖騎士』愛麗絲・安傑爾與『無能才女』梅莉達・安傑爾身上寄宿的瑪那性質實在相差甚遠一事。」

出席者齊聲發出「喔……」的感嘆聲，互看彼此。彷彿被繆爾的美貌震撼住一般，某人以緊張的聲音探出身說道：

「沒……沒能帶回什麼我們也能理解這件事的證據嗎？」

「很遺憾，梅莉達小姐身旁有個非常棘手的護衛。光是要把安傑爾姊妹僅僅一張的瑪那解析圖記錄在我的腦海中，就已經分身乏術了……」

繆爾像在演戲似的蹙緊眉頭，然後看似苦惱地抱緊自己。

「我本身也差點被染上他的色彩呢。每當回想起那段時光，我的靈魂至今仍會為之顫抖，難以入眠。啊……那是一次非常刺激的任務呢。」

圓桌的出席者緊張地吞了吞口水。這時纏繞著柔和氛圍的俊美青年再次高舉手掌，讓所有人的焦點都集中在他身上。

「那麼，這是非常嚴重的狀況。梅莉達・安傑爾雖是騎士公爵家的本家血統，卻寄宿著與聖騎士位階迥異的瑪那。這件事意味著什麼——」

「這表示她母親真的出軌了！」

一名出席者激動地怒吼，彷彿要撞倒椅子似的站起身。以此為開端，喧囂聲又再次籠罩圓桌。

「傳聞是真的！梅莉達・安傑爾並不是安傑爾家的孩子！」

「那個叫梅莉諾亞的武器商人之女……明明受到騎士公爵家的寵愛，居然踐踏那份寵愛！把我們這些崇高的貴族階級當成什麼了！」

「菲爾古斯公也是啊！為何一直放置傳聞，直到今日？這明明也是關係到我們整體貴族威信的問題！」

「說得沒錯！要是連我們都被當成不檢點的同類，教人如何忍受！」

對於好歹是君臨金字塔階級頂點的騎士公爵家，居然用上「不檢點」和「同類」這樣的詞彙。

不過這間會議室裡，沒有半個人會責怪這樣的發言。豈止如此，眾人甚至彷彿被觸發一般，用詞更加偏激且直接，講得難聽點，下流的脣槍舌劍接連不斷地你來我往。身分差距什麼的，早就從猛犬的腦袋裡被拋到九霄雲外。

這種蠻勇的源頭，大概是他們戴在臉上遮掩眼部，設計奇特的面具吧。

那是讓人聯想到嘉年華會的遊行，比起遮掩更重視裝飾的面具。無論是坐在圓桌前的人或在後方待命的侍從，甚至連負責在旁服務的黑衣女僕，也幾乎所有人都用那種面具隱藏身分。

例外僅僅三人。

召集這場圓桌會議的中心人物——肩負三大騎士公爵家一角的「龍騎士」，纏繞的氛圍好似溫和春風的俊美青年，塞爾裘．席克薩爾騎士公爵；作為他的隨從在左後方待命，以魅惑的微笑在旁觀看圓桌會議的「魔騎士」繆爾．拉．摩爾。

還有最後一人，是與繆爾以同樣立場在右後方待命的她的好友。

櫻花色頭髮含蓄地主張著她身為賽爾裘之妹一事的美少女——

莎拉夏．席克薩爾。

「…………」

莎拉夏不會插嘴干涉會議。她有些心不在焉地注視圓桌成員不斷重複結論十分明顯的議論。不過，戴著面具的大人有時會提到的「那個名字」，勉強將她的心思留在這間會議室。

三個月前在月光女神選拔戰中目睹到的，那頭高貴金髮飄逸的光景在莎拉夏的腦海中鮮明地浮現。

† † †

那裡是席克薩爾騎士公爵家擁有的別墅之一。而這是在隱藏於蒐藏房深處的祕密接待室裡發生的事。舉辦的並非公開會議，參與者也是理應不會出現在這裡的人物。

聚集在圓桌前的他們，無論爵位或出身地，甚至連所屬的騎兵團部隊都各自不同。也有不少並非貴族的平民資產家與有權勢者。只不過沒有人會炫耀自己的身分，而且就算知道對方的真面目，裝作不認識也是大家心照不宣的默契。

將立場相異的他們維繫在同一張圓桌前的，是某種「思想」。

革新派——

這個詞彙從幾年前開始，在弗蘭德爾的有權勢者之間私下傳開。要說是教訓，卻沒有可獲得的東西；要稱為信念，又缺乏穩固的道理。有的只是曖昧的目標——倘若用一句話來表現其本質，就是「對現況是否感到不滿？」這樣的提問。

這個國家的存在方式是錯誤的。圍繞著自己的環境有哪裡不對勁。既然如此，為了矯正那個「哪裡」，還有修正「錯誤」的事情，讓我們採取行動吧——

這種想法只要踏錯一步，也可能會被當成危險思想（Terrorism），但他們並非像組織一樣統合起來，也不像犯罪公會一樣潛伏隱匿。回過神時，可能已經滲透到自己身邊了——就宛如病毒一般。

被這種疾病侵襲的人，自己內心無處發洩的焦躁會被給予目標，成為巨大潮流的一個個體，試圖衝鋒陷陣。在不曉得自己前進的方向通往哪裡的狀態下，宛如大草原的野獸一般嘶吼著——

我們是革新主義者。

† † †

「幸好我相信各位……這麼重大的事情，不能只放在我的心裡。」

身為俊美青年的哥哥一露出讓異性著迷不已的憂鬱表情，喧鬧聲便又戛然而止。十幾個面具轉向這邊，面具底下的嘴唇滿意地揚起嘴角。

「您真是見外，席克薩爾公！我們不是同志嗎！」

「倘若其中有任何不公，縱然是神之庭園，也必須公諸於世！我們革新主義者不會屈服於權力，逃避對自己不利的真相！」

「您應該也是抱持著同樣的心情，才會下定決心去對抗安傑爾家的黑暗面吧。您這股騎士精神，不愧是弗蘭德爾引以為傲的『英雄』塞爾袞．席克薩爾公爵啊！」

如果說革新派的教義是病毒，塞爾袞．席克薩爾就是病毒的源頭。

年僅二十歲便繼承當家之位，這位才華洋溢的俊美青年掌握人心的技術絕對不是虛有其表。革新主義者在現今甚至蔓延到各界的有權勢者之間，有很大一部分也是因為領導者不是別人，正是弗蘭德爾最高權力者之一這樣的背景吧。

「噢，各位……！我這微不足道的勇氣，都是因為有同志的支持而得以存在。我擁有這麼多可靠的同伴，還有什麼好害怕的事呢！」

塞爾袞．席克薩爾發出感動無比的聲音，於是圓桌的參與者都對他投以滿懷期待的視線。眾人一起分享意見，終於要進入會議的主題了。

年輕公爵彷彿舞臺的主角一般張開雙臂，斬釘截鐵地說道：

「此刻我下定了決心！我打算將這個『無能才女』的祕密，向弗蘭德爾所有國民公開！想必會引發嚴重的混亂吧。這個國家以騎士公爵家為頂點的架構，說不定會因此瓦解。但是，各位不認為一直在積木城堡上生活，才是真正的恐怖嗎？」

「為席克薩爾公爵英明的決斷鼓掌吧！」

有人這麼大喊，於是坐在圓桌前的所有人都熱烈鼓掌，拍到手都紅了。天花板會發出嘎噠嘎噠的聲響，大概是宅邸的傭人不知發生什麼事而大吃一驚的緣故吧。

掌聲響了整整一分鐘後，才總算平息下來，這時席克薩爾公爵開口說道：

「不過，我們沒有證據。」

參與者露出目瞪口呆的表情，彼此面面相覷。

「梅莉達．安傑爾的位階並非聖騎士，因此我們確信她並沒有具備騎士公爵家的血統。不過，我們沒有足夠的證據讓民眾信服這件事。對於並非瑪那能力者的大多數人而言，無法理解何謂瑪那的性質，還有位階的顯性遺傳。倘若不能獲得多數人的贊同，我們的行動就跟愉快犯沒兩樣。」

「這個，唔，真是傷腦筋啊……」

十幾個面具都低頭看向桌面，發出困惑的聲音，唸唸有詞。

這時身為「魔騎士」的少女，彷彿按照劇本行動一般地走向圓桌。

「我有個好方法。換言之，只要演出一場平民最喜歡的『表演秀』，讓任何人都能一目了然就行了。」

「表……表演秀？拉．摩爾小姐，您的意思是？」

「請看這邊。」

她這麼說道並放在桌上的，是一本厚重的書籍。

書本雖然相當老舊，但裝訂十分穩固，從封面就讓人感受到一股威嚴。少女纖細的指尖從中間翻開書的瞬間，戴著面具探頭觀望的參與者都發出「喔……！」的感嘆聲。

「這是畢布利亞哥德的遺產之一——魔法書《安徒斯抄本》。」

簡單明瞭地說，那是一本非常精緻的立體圖畫書。每翻一頁就會看到紙藝品自行立起，重現登場人物和舞臺背景。

繆爾打開的書上立起一張大型紙圓桌。還有圍繞圓桌的十幾名角色。一個容貌特別秀麗的俊美青年紙娃娃坐在最顯眼的位置，背後站著兩名造型十分可愛的美少女。

更令人驚訝的是，這本立體圖畫書會動。參加者一個接一個地聚集到圓桌前，鬧哄哄地開始議論。連黑水晶髮色都忠實呈現出來的美少女紙娃娃走向前方，比手劃腳地報告著什麼……

這是在這間會議室裡，於僅僅十幾分鐘前發生過的互動。探頭觀看立體書的一名參與者，目瞪口呆地仰望年輕少女的臉龐。

「這莫非是我們……？紀錄在這本書上的故事是……」

「正是如此，這就是《安徒斯抄本》的效果。為了讓各位實際感受到它的效果，雖然失禮，但我從剛才開始就將會議的樣子紀錄下來了。」

大人深感興趣地注視著立體書，繆爾在他們眼前「砰」一聲地闔上書本。將身體整個探向桌子的大人，在書本闔上的瞬間，一副猛然回過神來的樣子。

參與者一臉尷尬地咳了兩聲，繆爾對他們呵呵微笑。

「『周圍發生的事情會詳細紀錄在剩餘的空白頁上』——我們可以用這本安徒斯抄本的魔法，將梅莉達．安傑爾的失態公諸於世。」

「原……原來如此……不過——」

一名戴著眼鏡，看來相當神經質的參與者開口說道：

「那應該有許多必須達成的條件才行吧？首……首先要準備將梅莉達．安傑爾逼入絕境的材料，也需要架設有效的舞臺。最……最重要的是，我聽說那小姑娘有個像魔鬼一般恐怖的家庭教師……」

「一切都毫無遺漏，準備萬全嘍。」

公爵家千金充滿自信的話語，讓遠比她年長的參與者都只能閉上嘴巴。

「我們這些見習生就讀的所有養成學校，很快就要舉辦『畢布利亞哥德圖書館員檢定考試』。梅莉達．安傑爾必定也會名列其中。」

「妳……妳的根據是？」

「因為她是本年度的月光女神選拔戰候補生。」

繆爾看了莎拉夏一眼，然後繼續說道：

「姑且不論各位是否知道，月光女神身為我們聖德特立修女子學園與聖弗立戴斯威德女子學院的代表學生，是擁有五十年歷史，非常光榮的職位。要競爭這個稱號的候補生，如果連最低等級的迷宮圖書館員資格都沒有，對外是無法當成榜樣的吧。弗立戴斯威德的講師群應該會建議她參加今年的檢定考試……然後我確信梅莉達‧安傑爾一定會接受這個建議。」

甚至讓人感覺到信賴的堅定話尾，讓參與者把異議都吞回肚裡。

在這當中，只有一個人高聲提出主張。

「請……請稍等一下！倘若月光女神候補生要參加考試，我的愛麗絲小姐也——不……不對，我是說無能才女周圍毫無關係的學生也有被捲入我們計畫的危險吧……？」

驚慌失措地這麼說道的人，是身穿宛如喪服般洋裝的老嫗。她也不例外地以華麗的面具遮掩住面貌，但縱然不是莎拉夏，大家也都知道她的真實身分。就是在愛麗絲‧安傑爾的宅邸擔任女僕長的奧賽蘿女士。

繆爾裝出毫不知情的樣子，回以再完美不過的笑容。

「請您放心，當天我會親自擔任愛麗絲小姐的護衛。我會竭盡全力進行貶低無能才女的計畫，同時也絕不會讓愛麗絲小姐遭遇任何危險。」

「拉……拉・摩爾家的人能這麼掛保證，讓我放心了點。是啊，我也非常贊成踢落那個無能才女……」

老嫗唸唸有詞，最終沉默了下來。

彷彿看準了這時機一般，席克薩爾公開朗地敲響手心。

「就這麼決定！計畫將在畢布利亞哥德圖書館員檢定考試那天進行。到時我們會揭露蔓延在安傑爾家裡的一切欺瞞！罪人會主動獻上頭顱，舞臺將為我們敞開道路——在弗蘭德爾掀起革命，千載難逢的好機會降臨了！」

俊美青年緩緩站起身，環顧圓桌的參與者。他那演員般的舉動和感情豐富的美聲，振奮了眾人隱藏在面具底下的衝動。

「改革總是需要勇氣與覺悟。不過，這是只有我們才能辦到的事！為了弗蘭德爾的未來，必須有人付諸行動。然後採取行動之時，就只有現在！各位，我的力量十分微薄。但倘若與各位一起，就會湧現彷彿能引發任何奇蹟的勇氣。為了所有在弗蘭德爾生活的民眾，我願成為帶來革命的劍——一切都是為了找回這個弗蘭德爾應有的姿態！要完成這項使命的不是別人，正是我們！」

「──「革新主義者！」──」

圍繞在圓桌前的所有人都站起來，將拳頭高舉向天空。

穿破微暗會議室的吼聲，讓莎拉夏細長的睫毛抖動了起來。

† † †

「真是場精彩的演說呢，哥哥。您真擅長鞭策他人。」

會議閉幕之後，一跟戴著面具的革新主義者道別完，繆爾便詭異地嗤笑。在返回私邸的馬車中，席克薩爾公露出充滿魅力的苦笑。

「妳這樣不行喔，繆爾。那麼說的話，他們簡直就像拉馬車的馬啊。革新主義者對我們而言是可靠的同志……絕對不能忘記對他們的信賴與尊敬喔。」

「呵呵，這真是嚴重的失言呢。請原諒我。」

「…………」

坐在馬車裡頭的，只有身為革新派中樞的三人而已。在這當中，莎拉夏一直保持憂鬱的靜寂，她的兄長以看似溫柔的表情詢問她：

「妳怎麼啦，莎拉夏？內心有什麼想法的話，就說來聽聽吧。」

「…………」

儘管如此，莎拉夏仍舊保持沉默，看到這樣的她，繆爾悄悄站起身。她說了聲「我想看看風景」，走向駕駛座那邊。席克薩爾公瞄了一眼，確認繆爾與認識的女性車伕閒聊起來後，再次開口詢問：

「說來聽聽吧？」

「……哥哥。」

變成兩人獨處後，莎拉夏總算張開她惹人憐愛的嘴脣。

「這樣真的對梅莉達同學有幫助嗎？」

「…………」

「在三個月前的月光女神選拔戰中，我目睹了她的戰鬥。我不曾見過那麼高貴的戰士身影。甚至無法相信她至今居然被稱為『無能才女』，沒能留下任何成果……她一定期望能爬到更高點吧。無論自己的血統如何，無論會遭到怎樣的輕蔑或嘲笑，她應該具備能顛覆這一切的可能性……」

席克薩爾公緩緩點了好幾次頭，將手心放在年齡相差許多的妹妹肩上。

「妳真善良呢，莎拉夏。妳想盡可能地不要傷害她對吧？」

「…………」

「我也一樣，老實說我覺得很難受。但是，這件事情必須有人去做。目前在弗蘭德爾中，有好幾個陰謀正圍繞著梅莉達・安傑爾。讓她在這種嚴苛的環境下不斷戰鬥，對她是沒有幫助的。既然如此，妳不覺得幫梅莉達・安傑爾了結她的痛苦，是擔憂她境遇的我們的職責嗎？」

「……或許是那樣吧。」

對於習慣低著頭的莎拉夏，身為兄長的塞爾袞露出慈愛的笑容。

然後他緩緩改變聲調，將手伸入閃亮的上衣裡頭。

「對了！我送個護身符給莎拉夏吧。妳帶著這個。」

他這麼說道並交給莎拉夏的，是一枝歷史悠久的鋼筆。看到哥哥放在自己手心上的鋼筆，莎拉夏的大眼睛驚訝地睜大了。

「這是……？」

「據說某個人物以前曾在畢布利亞哥德擔任圖書館長，這是他的遺產──『奧爾塔奈特的鋼筆』。這一定會帶給莎拉夏勇氣。為了保險起見，妳就帶著吧。」

席克薩爾稍微使勁撫摸妹妹的頭，莎拉夏就這樣順勢收下了那枝鋼筆。這一定是價值不菲的貴重物品，席克薩爾卻送給妹妹當成護身符，哥哥不在乎這種事的性格，從以前就一點也沒變。

莎拉夏一邊感受著哥哥手心舒適的感觸，同時在內心低喃無法說出口的話語。

我無論如何都想要的勇氣只有一種——

就是挽留你的勇氣，哥哥。

馬車喀噹地用力晃了一下，溫暖的手心感觸悄悄地離開了。

LESSON：I
～潘朵拉的日常～

LESSON：I　～潘朵拉的日常～

「老……老師～……我已經……到極限了……呼……呼……！」

「唔……請……請妳忍耐，小姐！還差一點，讓我再深入一點……！」

「不要！痛……好痛！好痛喔……！」

主從溫熱且急促的氣息激烈地交纏著。

庫法將手心放在纖細到彷彿會折斷的少女背後，用力地將體重壓在少女身上。梅莉達一邊描繪宛如天使豎琴般的曲線美，同時發出「啊！」的嬌喘。

「老師這麼粗魯的話，我……會壞掉的～！」

「還差一點而已！來，請放鬆身體的力量，我要上嘍……──嘿咻！」

「好痛──好痛痛痛痛痛！」

毫無魅力可言的尖叫聲在周圍迴盪，庫法一臉無奈地將手心從梅莉達的運動服上移開。從壓扁背後的壓力中獲得解脫，梅莉達隨即癱軟無力地倒在草地上。

兩人正在宅邸的後院進行柔軟體操。教師穿著看來很涼爽的襯衫，一臉感嘆地俯視穿著平常的運動服，喘個不停的學生。

「小姐的身體微妙地僵硬呢。」

「才……才沒有……那種事……！是老師的要求太高了……！」

「這是什麼話？真希望小姐至少可以柔軟到能用腳掌撫摸自己的頭呢。」

「又不是馬戲團……！」

雖然已經司空見慣，但在上訓練課程時，就算梅莉達跌倒，庫法也絕對不會伸手扶她。當十三歲的少女一邊感受著全身的肌肉酸痛，同時試圖努力爬起來時，俊美的教師依然以端正的動作猛然豎起了食指。

「聽好，小姐，身體的柔軟度雖然也跟天分有關，但更重要的是日積月累的努力！只要有毅力持續在每天洗完澡後做伸展運動等等，就能慢慢地拓展關節可動範圍。倘若小姐練到全身可以忍受各種姿勢，就能發展出更豐富多變的攻防方式——」

年長的青年起勁地繼續講課，梅莉達則是不滿地對他鼓起臉頰。

「……那……那麼老師從今以後，每晚都會替洗完澡的我按摩嗎？」

梅莉達用有些緊張的聲音這麼說道，拉了拉運動服的胸口。十三歲少女微微的隆起若隱若現地誘惑著視線，讓庫法一時間說不出話來。

梅莉達有時會對家庭教師做出這種挑釁的言行。庫法努力壓低音調「咳、咳哼」地

LESSON: I
～潘朵拉的日常～

輕咳兩聲，盡力不讓梅莉達察覺自己內心的動搖。

他高舉手心，像在炫耀似的讓五指關節喀喀作響。

「小姐好膽量。小姐希望的話，我就表演一下地獄級的按摩吧。」

「啊，我看還是不用了……」

就在梅莉達隨即退後兩三步時，從其他方向傳來了少女的聲音。

「庫法老師，這次請幫我按一下背後。」

「我明白了，愛麗絲小姐。」

是同樣穿著運動服裝扮，一屁股坐在草地上的愛麗絲·安傑爾。庫法站到張開雙腳的愛麗絲背後，將手心放在她纖細的背上，使勁地用力一按。

愛麗絲的上半身向下彎，在刻劃到一定的角度時，嘎吱一聲地停止了。

「……我不行了。好痛。會壞掉。到極限了。」

「能不能再加點油呢？把氣慢慢吐出來，以放鬆身體力量的感覺……」

「已經放鬆了。好痛，好痛，好痛。請老師先放手一下。」

「……小姐們連身體的柔軟度都一模一樣呢。」

庫法一邊放鬆推倒愛麗絲背後的力量，同時不經意地脫口說出這樣的感想。

不過愛麗絲一聽到這番話，立刻猛然抬起頭來，看向庫法。她一個翻身站起來後，飛奔到堂姊妹身旁，竊竊私語地講起悄悄話。

「妳聽見了嗎？莉塔。他那種說法簡直就像對我們的身體無所不知一樣。」

「全……全身上下都被老師摸透了呀……啊嗚，好難為情喔……！」

「明明是我們得研究庫法老師，訂立對策才行呢……」

「我們沒辦法對老師隱瞞任何事。今後究竟會變成怎樣呢？」

——這對姊妹真是……！

以明顯的音量愈說愈起勁的謠言，讓庫法氣憤地抽動著臉頰。

平常是十分坦率，可愛到不能再可愛的學生。

不過一旦聚集兩人以上，立刻就會變得很難應付，果然是因為她們是女孩子這種生物嗎？庫法像是已經放棄似的聳了聳肩，於是參加本日課程的第三名女孩子向庫法招了招手，說「過來一下」。

「接著換我！既然你有空，就來指導我吧！」

「為什麼連妳都變成受教的一方啦，蘿賽蒂小姐？」

「這種小事就別計較啦，畢竟是難得的聯合授課嘛！」

蘿賽蒂穿著平常的服裝張開雙腳，催促「快點快點」的模樣，讓庫法不禁嘆氣。

他站到蘿賽蒂身後並將手心放到她背上，只見她的上半身以驚人的銳利角度彎下。

LESSON: I ～潘朵拉的日常～

「喔……！妳的柔軟度果然厲害呢，蘿賽蒂小姐。」
「對吧，我對身體的柔軟度非常有自信喔！」
「實在太棒了。簡直就像擁有八隻腳的詭異海洋生物。」
「討厭啦～被你讚美成這樣，真教人害羞呢，欸嘿嘿……！」
蘿賽蒂以趴在草地上的姿勢發出怪異笑聲，在遠處看到這一幕的兩位公爵家千金小姐，一臉疑惑地交頭接耳：
「……那是在讚美她嗎？」
「天曉得……」
不過當事者似乎很開心的樣子，因此這對姊妹也很難插嘴說些什麼。
結束伸展運動後，接著是對打練習。這並非四人一起進行，而是庫法與梅莉達、蘿賽蒂與愛麗絲這兩組搭檔輪流對戰。雖然這也包含充分利用寬敞後院的意圖，不過目的在於讓同時空下來的那組搭檔從外側觀察比賽，指出應改進的問題點，回饋在自己的特訓上。
漆黑身影在庭院中奔馳的速度快到讓人眼花繚亂，只有蘿賽蒂的眼眸能捕捉到那身影。愛麗絲無論多麼專注地凝視，都只能捕捉到殘像，更遑論在草地中央架起木刀的梅莉達，根本只能感覺到狂暴的風翻弄著全身。

梅莉達完全跟丟對方身影，她一停下腳步，庫法便立刻滑到她背後，揮動木刀一閃。

被庫法毫不留情地攻擊背後，梅莉達跌落在草地上。

「呀嗚！」

「跌倒後要在三秒內爬起來！好啦，一、二、三——」

「是……是的！」

庫法從正面緩慢逼近勉強採取了護身倒法的少女。

他隨意地揮動手臂，七種之多的劍擊便描繪出變幻自在的軌跡。梅莉達用雙手揮舞木刀，勉強擋住劍擊，但反應慢了半拍的最後一擊，將木刀從她的手心裡彈開。

「啊……！好燙！」

在移開視線的瞬間，銳利的拳頭宛如子彈一般穿過肩膀。梅莉達跌向後方。

「三秒！」

庫法用左手的拳頭與右手的木刀擺出威嚇的架勢，同時開口詢問：

「失去武器的話該怎麼做？」

梅莉達一邊將地面的土塊扔向師傅的臉，同時一個翻身跳了起來。她以被彈飛到遠方的木刀為目標，背向庫法筆直地飛奔向前。

LESSON I ~潘朵拉的日常~

但立刻追上來的庫法從後方伸腳絆倒梅莉達。梅莉達嬌小的身軀滑稽地在半空中旋轉，但她從那種狀態使勁繃緊右手，然後銳利一揮。

「『幻刀——！」

「想得美。」

庫法用灌注瑪那的拳頭抵銷肉眼看不見的衝擊波，並順勢將少女的身體摔落地面。他跨坐在四腳朝天倒地的梅莉達身上，只見少女從反方向的手心朝庫法扔出小石頭。庫法輕易避開，稍微握緊木刀後，隨即揮落。

劃破風的刀尖咻一聲地在梅莉達的喉嚨前靜止下來。

庫法的雙眼仍然像是感情消失了一般，他開口說道：

「——將軍。」

「我……我認……認輸了……！呼……呼……呼……！」

梅莉達癱軟無力地躺平在地上，瀏海因汗水而濕透，且大口喘著氣。庫法放下木刀，總算從少女的身上移開身體。一直坐在外野茶桌前觀戰的安傑爾分家主從，在這個階段早已經目瞪口呆地張大了嘴。

蘿賽蒂一邊冒著冷汗，同時像是無意識地喃喃自語：

「那……那兩個人每天都在進行這麼嚴酷的課程嗎……？」

就在這時，正好梅莉達宅邸的女僕長艾咪泡了茶端過來。

她聽見蘿賽蒂的喃喃自語，將視線移向庭院中央，一臉疑惑地歪了歪頭。

「庫法先生，您最近特別熱中於授課呢。」

依照順序，這次換蘿賽蒂與愛麗絲這對主從正努力進行對打練習。艾咪一邊端紅茶給坐在茶桌前休息的庫法，同時這麼試探性地詢問。

梅莉達似乎連坐到椅子上的體力也不剩，她躺在一旁的草地上。蘿賽蒂與愛麗絲似乎是受到庫法這組的熱忱影響，看來比平常更加專注。

庫法認為應該不會被任何人聽到，他邀請艾咪坐在他旁邊的椅子上。

圍裙裝扮的少女以優雅的動作坐到椅子上，同時開口詢問：

「關於戰鬥的事情我一點也不了解，而且我很信賴庫法先生，所以不會干涉您的教育方針。但是……」

艾咪瞄了一下梅莉達所在的位置，將嘴唇湊近。

「庫法先生，您明明很疼愛梅莉達小姐，卻那麼嚴格地指導她，不會覺得難受嗎？不會感到心痛嗎？」

「正好相反喔。正因為我很重視小姐，才會這麼嚴格。」

LESSON: I ～潘朵拉的日常～

庫法以堅定的語調這麼說道，稍微喝了口紅茶。

「拿劍對峙的對象是我時倒還好。但假如對手不是我，想到小姐萬一在抱持殺意的敵人面前全身都是空隙地跌倒，那種情況要恐怖多了。只要考慮到這一點，我實在無法在訓練中放水。」

呼──庫法將嘴唇從杯子邊緣移開，緩緩搖晃著琥珀色液體。

「假如我手握著真正的殺人劍，小姐早就在訓練中喪命了吧。不過，這樣就行了。為了即將到來的『真正賭上性命的瞬間』，要請小姐死亡幾千幾萬次……摸索如何生存下來的方法。」

「哎呀……」

雖然大概沒有真實感，但艾咪似乎被庫法聲音的重量震撼住，驚訝地睜大了眼。

對於並非瑪那能力者，而是一般人的艾咪，庫法驀地放鬆嘴角，露出微笑。

「但這也是令人高興的失算喔──請看這個。」

庫法這麼說道，從披在襯衫上的上衣懷裡拿出報告書。

那是無論誰都曾經目睹過一次，瑪那能力者的能力表。

「這是？」

「這是小姐現在的能力值，與三年後的目標能力值。設定的目標是從學院畢業時，在全校統一淘汰賽中獲得優勝，反過來累算獲勝所需的能力值……我是這麼想的，但到了這個階段，預定開始稍微產生了誤差。」

艾咪投以感覺很不安的視線，庫法為了讓她放心，露出微笑。

「正好相反喔——小姐的成長比我想像中還要快。照目前的狀況，似乎可以把目標設定得更高。妳看，這邊是重新製作的目標能力值。」

庫法將另一張報告書遞給艾咪，於是艾咪「哎呀」一聲，眼神閃亮起來。

「小姐變得如此出色……！」

「呃，那個是目標值喔。」

看到女僕長很快地眼眶含淚，庫法為了保險起見，先這麼補充聲明。

附帶一提，這個目標值是參考某個紅髮以前在理應是團隊戰的全校統一淘汰賽中，達成單人優勝這種腦袋有問題的功績時的能力值。倘若能將梅莉達的實力拉拔到這個等級，無論是在淘汰賽中獲得優勝——甚至是庫法的任務成功，也可說是穩若磐石吧。

艾咪放下報告書，對庫法露出無憂無慮，宛如花朵般的笑容。

「我太多嘴了，果然可以放心交給庫法先生。」

「別這麼說，不敢當。」

「請您今後也一直關照小姐喲。」

LESSON: I ～潘朵拉的日常～

艾咪鞠躬行禮，從椅子上站起來，回到宅邸。庫法一邊目送圍裙裝的背影離開，同時輕輕嘆了口氣，以免被任何人發現。

——艾咪的擔憂其實很正確。庫法最近焦躁不已。

契機當然是上學期在聖弗立戴斯威德舉辦的月光女神選拔戰。正確來說，是趁那時潛入學院的布拉克．馬迪雅。庫法所屬的白夜騎兵團，懷疑庫法背叛這個事實——得知梅莉達險些遇害，庫法也不禁捏了把冷汗。庫法已經採取對策。但不曉得能發揮多大的作用……

而且需要擔心的事情還不只這件。庫法的委託人、梅莉達的教育，或者期望暗殺的莫爾德琉卿是否滿足於現況？倘若梅莉達的周圍有一點不穩的徵兆，他該不會又要派遣凶狠的犯罪組織前來吧？

也有很多人對「無能才女」梅莉達的躍進感到不快。愛麗絲宅邸的女僕長奧賽蘿女士，就算梅莉達與愛麗絲像今天這樣聯合上課，她最近也不會像之前那樣嘮叨地提出忠告。這是因為梅莉達按照約定，在月光女神選拔戰中超越愛麗絲的關係嗎？還是她現在為了引發新的暴風雨，正虎視眈眈地磨利爪牙呢……

風吹過宅邸的庭院。同樣搭載著瑪那的刀刃互相碰撞，響起銳利的雷鳴。

庫法覺得那簡直就像即將到來的風波前兆。

†　†　†

週末到梅莉達家過夜，然後聯合上課。結束這已經成為慣例的日常行程後，梅莉達與愛麗絲，還有庫法與蘿賽蒂到學院上學。

從去年七月初首次穿過城門後，時光飛逝，已經過了快半年以上。庫法感覺到正逐漸跨越冬天的聖弗立戴斯威德女子學院，最近籠罩在一種莫名悲傷的氛圍中。

即使是沒有學生經驗的庫法，也能充分理解這種氣氛的來源。

學院的三月——也就是升級，還有三年級學生畢業的季節。

「各位同學，早安。能看到大家很有精神的表情，實在令人高興無比！」

宛如小提琴一般富有張力的聲音，悅耳地響徹挑高的天花板。

她是聖弗立戴斯威德女子學院的學院長，夏洛特．布拉曼傑。今天從早上就舉辦全校集會，梅莉達與庫法等人也直接到大聖堂集合。

學院長用她的小眼睛眺望著在靜謐的空間中優雅整隊的三百名女學生。感覺她注視三年級學生那邊的時間似乎較長，這應該不是庫法的錯覺吧。

LESSON I ～潘朵拉的日常～

布拉曼傑學院長一如往常，彷彿指揮家似的揮舞手指，同時開口說道：

「我在這個時期舉行集會時，每年都會在內心想著，天啊，大家變得多麼傑出呀！跟去年四月舉行新年度首次集會那時相比，一年級生變得更加威風凜凜，二年級生變得更加穩重可靠，然後各位三年級生成熟到讓人認不出來了。我的內心感到驕傲，還有一丁點寂寞，沒有絲毫不安。無論妳們選擇怎樣的道路──………」

這時演說突然中斷了。

布拉曼傑學院長摀住嘴角。在鴉雀無聲的空間裡，響起輕輕吸鼻涕的聲音。站在講台旁的兩名三年級學生，悄悄地湊近學院長身邊。

是學生會長克莉絲塔．香頌，與畢業生代表神華．茲維托克。

「……學院長，還太早嘍。」

「如果您喉嚨沙啞了，要不要由上年度月光女神的我代替您發布通告呢？」

「不，不用了。在目送妳們出發前，我可不能屈服。」

學院長氣勢洶洶地吸了吸鼻涕後，誇張地弓起背。

看到學院長的樣子，比較敏感的女學生已經拿出手帕，跟著哭了起來。梅莉達拉了拉庫法的袖子，悄悄對他低聲說道：

「我聽學姊說，學院長好像每年都是這種感覺。」

「對學院長而言，這裡就是『家』，各位小姐就是她的『家人』吧。」

長久以來無論跟哪一方都沒有緣分的庫法，對這件事感到有點羨慕。雖然至今根本沒機會去留意過，但一年到頭都睡在學院裡的老練魔女，有著怎樣的家族成員呢？改天有機會的話，試著詢問看看或許也不錯吧……

彷彿要蓋過庫法的思考一般，振作起精神的學院長重新開始演說。

「——那麼，各位同學。不用我掩飾，各位都知道大約再兩個月，本年度也即將迎向尾聲，但大家應該沒忘記在那之前還有一大活動在等著吧？沒錯，就是配合三年級生的畢業，今年也會舉行『畢布利亞哥德圖書館員檢定考試』！」

女學生忙碌地面面相覷。布拉曼傑學院長重新面向暫時還無法理解情況的一年級生集團，彷彿在歌唱一般編織出話語。

「所謂的畢布利亞哥德，是存在於這個都市國家（弗蘭德爾）中樞部分的巨大迷宮總稱。直徑是弗蘭德爾聖王區的約兩倍。如果說那迷宮彷彿地獄深淵一般，有九十九層樓，各位應該能想像那遼闊的規模吧。」

姑且不論身為現任騎士的庫法，養成學校的一年級生應該很多人是首次聽說吧。得知自己生活的國家有著那樣的神祕存在，周圍年幼可愛的女學生神色慌張地面面相覷。

克莉絲塔會長立刻往前踏出一步，大聲喊道：「肅靜！」

LESSON: I
～潘朵拉的日常～

布拉曼傑學院長的聲音，悠然自得地迴盪在再度找回靜謐的大聖堂裡。

「想像『圖書館』的模樣，應該是最接近那個空間的印象吧。那裡收藏著成千上億本古代——當這個世界仍存在藍天、太陽與月亮的傳說時代中創作的書籍。而且——」

騷動聲變大到連克莉絲塔會長都抑制不住，學院長拉高音量。

「而且更令人驚訝的是，那間不可思議的圖書館會自動收納所有到今天為止被創作出來的『文章』複本。那可能是幼童寫給母親的信，也可能是間諜記錄下來的機密文件——那麼，說明到這邊的話，各位應該能隱約地實際感受到畢布利亞哥德的歷史價值與情報價值有多麼貴重吧。因此不能隨意讓人進入迷宮。調查、挖掘畢布利亞哥德的人，即『迷宮圖書館員』，要獲得這項資格，必須通過嚴格的考驗。」

有幾個人從講師群裡走了出來，開始分發羊皮紙給整隊的女學生。從騷動聲中輾轉聽來的內容推測，那上面似乎記載著檢定考試的概要。

大概覺得沒辦法再繼續束縛住學生吧，學院長在最後大聲補充道：

「無論是誰都可以參加考試，但考試內容非常嚴苛，務必事先做好覺悟！不過請大家也理解到這同時是一年一次的機會。經常有人需要迷宮圖書館員的協助。倘若能獲得這項資格，可以拓展身為騎士的活躍範圍，對妳們的未來會強烈地發揮正面作用吧——以上！」

學院長一走下講台，七嘴八舌的討論聲便彷彿彈飛蓋子的香檳一般充斥周圍。克莉絲塔會長也已經放棄提醒警告，幫忙分發羊皮紙。

梅莉達與愛麗絲也拿到了考試概要，包括家庭教師在內的四人一起觀看羊皮紙。不過梅莉達彷彿難以做出判斷一般，她立刻用求助的眼神望向庫法。

「老……老師，關於這個，你有何看法呢？」

「就如同學院長說的那樣喔。倘若擁有迷宮圖書館員的資格，肯定能以騎士身分獲得優待吧。只不過——」

「啊，安傑爾小姐。嗯，兩位都是。可以借用點時間嗎？」

靠近四人小圈圈的是有些出乎意料的人物。

那人正是夏洛特·布拉曼傑。對學生而言，集會的講台上幾乎等於其他世界，直到剛才都還待在那裡的人物突然來到眼前，縱然不是梅莉達，也會彷彿遭遇到地底人一般大吃一驚。

「學……學院長！……請……請問有什麼事嗎？」

「我是來提供一個提議的。嗯，請兩位老師也聽一下——梅莉達同學、愛麗絲同學，妳們有沒有興趣參加今年的檢定考試呢？」

姊妹倆驚訝地睜大雙眼，庫法與蘿賽蒂也不禁面面相覷。

庫法代替不知該如何回答的學生，走上前回覆：

「恕我冒昧，學院長，這對兩位小姐來說，應該還早了一年吧？我記得檢定考試應該是……」

「對，平常是以二年級生以上為對象進行。但是，兩位安傑爾小姐是今年的月光女神選拔戰候補生。姑且不論參與選拔戰的聖德特立修學生，為了讓其他相關人士信服，想請兩位證明妳們雖是一年級，但也夠格擔任月光女神候補生一事。」

十三歲的少女隱約理解了原因，兩人面面相覷。

既然是與學院的營運相關的事情，身為家庭教師的庫法與蘿賽蒂也很難插嘴。學院長像是要幫忙解圍，繼續接著說道：

「當然我不打算過問合格與否。倘若是妳們，總有一天會認真地參與檢定考試吧。要不要把這次考試當成預演練習，到比較不危險的畢布利亞哥德一樓散步呢？」

以學院的立場來說，總之只要有兩人「才一年級就參加了檢定考」的事實就行了。領悟到責任並沒有很重大，少女的表情也緩和下來。

彷彿要讓兩名少女更放心一般，學院長滿是皺紋的臉龐浮現柔和的笑容。

「因為這次是特例，就請兩位採取與一般考生不同的立場吧。我已經事先想好了幾個安全措施，方便的話，等下——」

「給我站住！你是什麼人！」

就在這時，女性教官裂帛般的喊叫聲貫穿周圍，大聖堂瞬間變得鴉雀無聲。

騷動是從入口那邊傳來的。三百人以上的視線同時望向那邊。

「等一下，別警戒成這樣。我絕對不是可疑人物！」

庫法很自然地將手搭在梅莉達肩上，同時轉頭看向後方。

他看見了幾名講師包圍門扉的背影，還有在另一頭感到困惑的「可疑人物」身影。

這說法可能太直接了點，但只能這麼形容。即使高瘦身軀穿著的高貴燕尾服沒有問題，但異常的是覆蓋住顏面的詭異小丑面具。聲音聽起來有點含糊不清，肯定是因為他拿布蓋住宛如鐮刀一般裂開的面具嘴角。

換言之，他絲毫不打算公開自己的真面目。這樣還要人相信他實在是天方夜譚，昔日曾在騎兵團最前線揚名的十幾名學院講師，以隨時會拔劍般的氣魄圍住可疑男人。

男人——沒錯，從他的體格與低沉聲音來判斷，面具底下的人肯定是個男性。

幾名學生小聲地發出哀號。英勇的學姊像是要庇護學妹似的抱緊她們。儘管受到全方位明顯不歡迎的視線，戴著面具的可疑人物仍然沒有停止行動。

「啊，希望妳們別害怕成那樣。我只是來見我女兒而已。」

「既然如此，就公開你的家名與真面目，扔掉那胡鬧的面具吧！若要與家人會面，

LESSON: I
～潘朵拉的日常～

需要事先聯絡，還有學院長的許可！你不好好按照正式手續來的話，我們很為難！」

「不巧的是，我身分卑微啊，沒有家名這種了不起的東西。」

驚訝的感情散去，困惑的氛圍在女學生之間散播開來。

——那男人究竟在找誰？

就在庫法蹙起眉頭時，一名女性講師看似焦躁地踏出腳步。她將手掌放到腰部的劍上，像在威嚇似的敲響刀鐔。

「開什麼玩笑……！話說你把守衛怎麼了？」

面具男有些畏縮似的退後兩三步——若無其事地張開雙腳間隔。

「原諒我吧……我明明很誠懇地低頭請求，守衛卻堅持不讓我通過，我也是逼不得已。遭到對方主動襲擊的情況，可以說是正當防衛吧？」

「抓住他！」

幾名講師同時從四方一蹬地面。當然，她們並非來真的吧。她們從腰部高聲拔出來的東西，都跟學生一樣是模擬劍。

不過，這時發生了沒有任何人預料到的事情。

「真危險耶！」

男人以絕妙的時機在地板上滾動，避開了來自四方的斬擊。

他出乎意料的俐落舉動，讓措手不及的學院講師互相衝撞。一名武術教官在絆到腳的同時，驚愕地睜大雙眼，發出「什……！」的聲音。

男人趁這個空隙，以像在跳舞般的步伐，飛奔進入大聖堂裡面。

有人發出了尖銳的哀號。女學生已經陷入大恐慌。每個人如鳥獸散般東奔西竄，彷彿看到病原體還什麼一樣，讓燕尾服的周圍空了下來。

「別跑啊，等一下嘛！我只是在找女兒而已啦！」

男人用含糊不清的聲音這麼吶喊，漫無目標地環顧驚慌逃竄的少女。

過沒多久，小丑面具男的視線盯上了愣在原地動彈不得的一年級生集團。

「嗨，少女們！幫忙說服一下妳們的朋友吧。告訴她們我並不是可疑人物！」

「呀……呀啊啊啊！」

面具男毫不客氣地靠近，他的笑容讓一年級生發出宛如撕裂絲綢般的尖銳哀號。

隨後立刻有個暗色影子從男人的死角滑過來，接著響起毫不留情的打擊聲。迴旋踢精準地命中側腹，男人瘦弱的身軀吹飛到幾公尺後方。

看到因風吹而鼓起並飛舞的軍服衣襬，一年級生的表情閃閃發亮。

「庫法大人！」

面具男在地板上滾了幾圈後，右手向地板一摔，跳了起來。

看到露出冷淡視線，站在自己面前的青年騎士，面具男一副深感遺憾的態度，聳了聳肩。

「怎麼，這裡也有個男人不是嗎？為什麼我們待遇相差這麼多啊？」

——這並不是性別的問題。

要這麼反駁很簡單，但庫法保持沉默。因為庫法認為即使只露出一丁點空隙都很危險。男人剛才採取護身倒法的方式，還有分散損傷的行動……他果然不是個單純的可疑人物。就算多少會粗暴一點，也應該先把那張面具剝下來嗎？

就在庫法這麼心想時，與戰戰兢兢地和這邊拉開距離的其他女學生相反，有個飛奔到庫法身旁的一年級生。那是他怎樣也不會認錯，全世界最高貴的金髮少女。有著雖年幼卻逐漸完成的美貌，是庫法敬愛的主人。

「老師……」

少女抓住軍服，庫法若無其事地讓少女站在自己背後保護她。才以為看到眼前這讓人著迷的互動，讓小丑面具男彷彿雕像一般停止了動作——

結果他不知在想什麼，突然用演戲般的態度張開雙手。

然後彷彿要劃破天空一般，用響徹整間大聖堂的高分貝音量吶喊：

「找到妳了！我好想妳啊，梅莉達！我的女兒！」

LESSON：Ⅱ ～突然前來的兩位客人～

男人的發言又在大聖堂裡掀起更混亂的波紋。

三百人以上的女學生，還有包括布拉曼傑學院長在內的講師群視線，都聚集起來往返在氛圍詭異的可疑人物，還有與他正面相對的美貌主從之間。

「女兒……父親……？」

某人喃喃自語地這麼發言，騷動宛如波浪一般逐漸擴大。梅莉達的同班同學開口說道：「可是菲爾古斯大人他……」小丑面具男的視線看向開口說話的那個人。

「菲爾古斯！別把我跟那種小偷相提並論。真教我作嘔！」

「噫……！」

「那傢伙是惡魔！拆散了原本彼此相愛的我與梅莉諾亞，奪走了我們愛的結晶！豈止如此，他甚至不保護被輕蔑成『無能才女』的女兒，冷淡地對待她……啊，梅莉達！妳至今一定難受無比吧！」

他聽起來像是故意用丹田大聲喊叫，這是因為庫法感到煩躁的關係嗎？聽到他這番搭配肢體動作的演說，梅莉達的臉色變得蒼白不已。

從她的立場來看，面具男看起來應該比亡靈或怪物更恐怖吧。她抓住庫法軍服的指尖，灌注了微弱的力量拉緊衣襬。

「你……是誰……」

「也難怪妳不記得我，因為妳在出生前，我們就被拆散了。幸會，我是妳爸爸喔！來，讓我更仔細地看看妳的臉！」

在男人踏出腳步的前一刻，庫法的手一閃。

他以肉眼看不見的神速拔刀，將尖端對準幾公尺前方的胸膛。雖然刀仍收納在漆黑刀鞘裡頭，但宛如陽焰一般纏繞在刀上的殺意是貨真價實的。

「給我站住，拿掉面具然後趴在地板上。」

小丑面具男用誇張的動作聳了聳肩，然後又大聲嚷嚷：

「這樣啊，梅莉達也到了有戀人的年紀啦！不過就我看來，這人並非高貴的名門出身，而是一隻渴望著鮮血的餓狼！小心點啊。假如那是不被祝福的戀情，妳也會像梅莉諾亞那樣變得不幸喔！」

「你這傢伙……！」

庫法氣憤地露出犬齒，於是男人「嘎！」一聲地發出感到驚訝似的哀號。

LESSON II ～突然前來的兩位客人～

他一蹬地板，跳到讓人吃驚的高度，並在二樓著地。他隨意亂扔椅子打破彩繪玻璃，最後一腳踩在欄杆上，轉頭看向樓下。

「雖然不甘心，但我似乎沒有權利插嘴干涉妳的交友關係啊。再會了，梅莉達，能見到妳一眼，爸爸好開心！可是太暴力的男友，會讓爸爸有點傷腦筋呢！」

「抓住他！」

就在武術教官這麼大喊的同時，男人輕快地從窗戶往下跳。

十幾名講師飛奔離開大聖堂。雖然她們毫無例外地纏繞瑪那擺出備戰態勢，但是否真能抓住那個奔放的小丑面具男呢？可能的話，庫法也很想參與追擊，但此刻靠在左手上的虛幻溫度要更加重要。

「小姐……」

倘若沒有抓住庫法的身體，大概早就癱軟坐倒在地板上的梅莉達，臉色蒼白不已。

在暴風雨離開的大聖堂裡，周圍的女學生交頭接耳地竊竊私語。

「那個可疑人物是梅莉達小姐的親生父親……？」

「他說菲爾古斯公是奪走女兒的惡魔呢。」

「這麼說來，我曾經聽說過，梅莉達小姐直到去年都絲毫沒能覺醒瑪那，是因為她的血統——……」

啪啪啪啪！粗暴的拍手聲打斷了學生的喧囂。

「真是個差勁的惡作劇！」

布拉曼傑學院長走在女學生的中間，同時用彷彿調音失誤的小提琴一般變調的音色大聲說道：

「從那張面具來推測，他八成誤以為這裡是馬戲團的表演場所吧！真是會給旁人添麻煩的表演者。好啦，各位同學，早晨的集會結束了！請大家別忘了講義，出發前往教室。各位老師也會立刻回來吧！」

「解散！解散！」

克莉絲塔會長像要跟進似的大喊，將女學生趕出大聖堂。庫法推著梅莉達的背，一臉若無其事地混在人潮中離開。雖然他有一股衝動，想要現在立刻去向年長的布拉曼傑學院長徵詢意見，但現在應該避免那麼做比較好吧。

「莉塔……」

銀髮的堂姊妹穿過人潮走近這邊。一如往常的面無表情中，也浮現出看似不安的聲色，她從相同的視線高度窺探梅莉達的表情。

那似乎替梅莉達的內心點燃了燈火。為了不讓愛麗絲擔心，她堅強地抬起頭。儘管笨拙，仍露出了微笑。

LESSON: II

～突然前來的兩位客人～

「我不要緊的！我一點也沒放在心上。」

「……嗯。」

「得準備上課要用的東西才行！如果會出已經預習過的問題就好了呢！」

梅莉達強顏歡笑的聲音也傳達到周圍，女學生各自聊起無關的事情。彷彿要裝作視而不見地走過隨時會崩塌的橋梁一般，每個人都不自然地避開剛才的話題。

蘿賽蒂從旁邊投以一臉擔心的視線，但庫法沒有餘力像主人那樣擺出毅然的態度。他只是在內心深處磨亮決心的利牙。

庫法並不認為和平的時光會永遠持續下去。只是碰巧選在今天而已。安穩休息的日常生活此刻宣告終結，賭上暗殺教師與無能才女命運的考驗之時，再度從黑暗的彼端造訪了——

† † †

「啊，出來了！那頭美麗的金髮……肯定就是那名少女！」

這是上完今天的課程，梅莉達與庫法穿過聖弗立戴斯威德城門後立刻碰到的事。彷彿要刺激神經一般不客氣的聲音響徹周圍。

庫法等人不禁停下腳步。有許多大人像要圍住學院大門似的聚集起來，等候女學生放學。從戴著眼鏡的年輕女性到年邁的男性都有，服裝是老舊的西裝與狩獵帽。他們睜亮眼睛，不打算放過任何獨家新聞，手上拿著記事本與鋼筆，還有幾台攝影機——

每個人都立刻察覺到了，他們是報社的人。

「各位小姐，可以請教一些事情嗎？」

看起來最年邁的男性記者，厚臉皮地挺身這麼問道。包括庫法與梅莉達在內，正要放學回家的女學生都停下腳步。因為前進方向被堵住了。

是學生看起來像搖錢樹嗎？男人陰沉的雙眼閃亮起來。

「聽說今天的集會中，出現了梅莉達．安傑爾的親生父親，是真的嗎？」

梅莉達嬌小的身軀顫抖了一下。

「你們怎麼會……」

庫法若無其事地摀住主人這麼喃喃自語的嘴唇。

應該不是聽見了梅莉達的聲音，但其他記者也接二連三地挺身發言。

「今天早上，學教區的所有報社都收到了投書！」

「投書者說他是梅莉達．安傑爾的親生父親！他說他去與女兒會面，結果就被趕出來了，希望讓大家知道這種不合理的事情！」

LESSON: II
～突然前來的兩位客人～

「投書上還寫到演變成暴力事件，這是真的嗎？」

「——慢著，這是在吵什麼？」

從城牆內側響起了凜然的聲音。是學生會長克莉絲塔．香頌。剛走出城門的她停下腳步，看到一臉困惑的女學生、一群像是走錯地方的新聞記者，還有位於中心的梅莉達與庫法，似乎立刻領悟到情況。

身為聖弗立戴斯威德的代表，她盡全力抬頭挺胸。

「各位同學請迅速回家。身為淑女請謹言慎行，不要繞道或**多嘴多舌**。大家都明白吧？」

「……！」

女學生僵硬地點頭回應，然後快步踏上歸途。每個人都堅決地移開視線，因此對貴族千金無法擺出強硬態度的記者「啊！」地感嘆著。

於是他們換了個目標。所有人同時擠向神情嚴肅地站立著的克莉絲塔會長身邊。

「既然這樣，請妳來告訴我們詳情！妳是學生會長沒錯吧？」

「咦？不，那個，我是——」

「妳的話一定知道才對吧？畢竟是學生會長嘛！好啦，請代表學生明確地陳述妳的意見！妳認為梅莉達．安傑爾除了菲爾古斯公之外，還有親生父親嗎？」

「我……我沒有什麼可以說的……」

雖說是學生代表，但也只是個十五歲的少女。

在困惑的她退後兩三步時，一個高大的人影插入她與記者之間。

「十分抱歉，學生會長。之後就由我來處理。」

「可……可是，庫法大人……」

庫法抱住克莉絲塔會長的肩膀，若無其事地將她推到校內，同時順勢讓記者的視線集中在自己身上，回到梅莉達身邊。彷彿要保護梅莉達不受寒風侵襲一般，庫法一手攬住少女嬌小纖細的身體，並邁出步伐。

「我們也回家吧，小姐。」

宛如流水般的一連串動作，讓記者集團愣愣地看得出神。

不過，沒多久有個年輕男人，彷彿回想起什麼似的「啊！」了一聲。

「應該就是那個軍人吧？投書上寫的梅莉達．安傑爾的戀人！」

「沒錯，雖然年齡有差距，但肯定就是他！喂，準備好攝影機！快點拍照啊！」

隨後，記者帶的幾台攝影機同時爆炸了。

零件彈飛出去，原本是高級品的精密機械，眨眼間變成了破銅爛鐵。看到自己的生命線悲慘地連原型也不剩，年邁的男人驚訝到嘴巴都闔不起來了。

LESSON: II ~突然前來的兩位客人~

「什……你搞啥啊，蠢貨！你想搞垮我們公司嗎？」

「請……請不要怪罪在我身上好嗎！它自己莫名其妙壞掉的啊，饒了我吧！」

哭喪著臉互相叫喊的攝影師與記者，並沒有察覺到——

蒼藍火焰從攝影機殘骸飛舞出來，被風吹散一事。

「……老……老師？」

瞬間，梅莉達感覺到有一種高深莫測的力量而抬起頭來。不過英俊的家庭教師只是一臉若無其事地注視前方。感覺他一隻眼睛微微發光，迸出了蒼藍火花，但從腳邊竄上來的冰冷空氣立刻驅散了那火花。

梅莉達無從得知，那股寒氣正是吸血鬼發出的咒力。

† † †

狀況急遽地動了起來——

當天晚上，蓋在卡帝納爾茲學教區郊外的梅莉達宅邸。庫法在自己房間寫東西的時候，忽然傳來有什麼東西在抓窗戶的氣息。庫法從椅子上站起身，稍微打開窗戶，於是有隻毛茸茸的小動物緩慢地從縫隙間鑽了進來。

是擁有灰色毛皮的「睡鼠」。牠極具特色的長尾巴被裝上簡易的器具，大約小指尺寸的圓筒裡塞著小張的字條。

庫法一邊拿植物種子和花蜜招待睡鼠，同時俐落地拆卸器具。

他打開字條，確認內容。

被揉成一團的小張紙片上，點綴著下列的內容：

『十三月之夜與虛偽的士兵開始蠢動。

祭壇追求的是太陽的種子嗎？』

是暗號。庫法的視線再度徘徊在紙上，解析作者真正的意圖。

——十三月之夜是不存在的東西，也就是白夜騎兵團。「虛偽的士兵」是指犯罪組織黎明戲兵團。「太陽的種子」應該是意味著梅莉達小姐吧。不過最後以疑問句終結，表示無法確信各個組織的目標是小姐嗎……

庫法瞪著字條思考了一陣子，然後在詩文後面追加了簡短的一句話。

『只有一隻鞋無法跳舞。』

LESSON: Ⅱ ～突然前來的兩位客人～

這句話的意思純粹是「請求救援」。庫法再次將器具裝到睡鼠尾巴上，把字條塞到圓筒裡。他輕輕推了一下睡鼠圓滾滾的屁股，小巧的信使便扭動身體鑽過窗戶縫隙間，飛奔到黑暗的彼端。

——不要期待對方的回覆比較好吧。能夠依靠的終究是現實的選項。庫法整理剛才書寫的羊皮紙，收到桌子的抽屜裡。他脫掉軍服外套並掛在椅子上，然後以襯衫打扮來到走廊上。

他的目的地是已經造訪過好幾次的一樓寢室。

庫法站在門前，有些緊張地用手背敲了兩三下門。

「……小姐，可以打擾一下嗎？」

熟悉的氣息橫跨室內，隔著房門站在另一頭。

大概是在深呼吸吧？隔了一會兒後，房門打開迎接訪客到來。

「歡……歡迎光臨，老師。」

是睡衣裝扮宛如天使一般的梅莉達．安傑爾。她也用有些緊張的表情探頭到走廊，確認左右兩邊。她趁沒有任何人看見時，迅速地邀請家庭教師進入房內。即使是庫法，在進行這樣的互動時，也總是會稍微感到緊張。

庫法再次確認已經關緊的窗戶與窗簾，同時像在試探似的詢問：

「我已經事先通知過小姐，今天是定期檢查。小姐做好心理準備了嗎？」

「是……是的。我……我很仔細地先洗好澡了！」

「……這樣子啊。」

入浴劑的香味搔癢著鼻腔，庫法輕咳兩聲掩飾自己的動搖。

要說接著要進行什麼檢查，就是已經成為慣例的梅莉達體內瑪那器官的診察。庫法將自己的瑪那分給梅莉達，藉此讓她的體內器官強制覺醒，因此必須慎重確認體內器官是否因為時間經過引發了異常反應。

這種行為不能讓其他任何人知道，就連女僕也是。因為庫法將自己的瑪那分給昔日的「無能才女」，結果讓她獲得了武士位階一事，無庸置疑地是關係到兩人命運的祕密。

——就算扣除這點，萬一被人知道家庭教師居然在撫摸十三歲公爵家千金的純潔肌膚，可不是人頭落地就能了事的騷動……雖然與她度過的這一年，已經發生了「各式各樣的意外」，感覺這也不算什麼了。

咳哼——庫法再次清了一下喉嚨，強調自己的誠實。

「屢次給小姐造成負擔，實在很抱歉。因為暫時需要觀察經過。」

「別……別這麼說，這反倒是我必須主動拜託老師的事呢！」

儘管看來十分害羞，梅莉達仍露出充滿魅力的微笑。

「而且我很喜歡被老師的手撫摸。請老師不用客氣喔。反正檢查就跟按……按摩一樣嘛！」

「小姐……」

庫法在內心領悟到梅莉達還是有些在逞強。一方面也帶有掩飾害羞的含意，還有白天在學院發生的事情，也同時殘留著影響吧。

為了不辜負她的用心，庫法一邊提醒自己保持笑容，同時指了指床鋪。

「那麼，我們就放輕鬆，開始檢查吧——請躺下。」

梅莉達有些緊張地點點頭，爬上寬敞的床鋪。

她在枕頭邊面朝上躺著，然後自己掀起女用睡衣的下襬。耀眼的小腿、微微染上顏色的膝蓋、甚至連大腿根部的危險地帶都裸露出來。她這時暫且停下動作，然後彷彿下定決心一般，又將衣襬往上掀起幾公分。

緊貼在胯下的純白內褲，用難以抗拒的引力誘惑著庫法的視線——

「……！」

梅莉達緊咬嘴唇，將雙手放到頭上。只有視線移動著，邀請庫法。

這姿勢只會讓將心靈與身體，一切都毫無保留地託付出去的對象觀賞。

「麻……麻煩老師了。如果有檢查需要做的事，任……任憑老師處置喔……」

「……我明白了，小姐。」

在冷淡的面具底下，庫法的心臟怦咚怦咚地跳個不停。

首次檢查時，連背後被碰觸都會感到害羞的小姐。

是因為已經檢查過好幾次，還是庫法不知情的原因呢？感覺梅莉達每次檢查後愈來愈大膽。照這樣下去，遲早有一天真的會對一絲不掛的她進行觸診——………？

差點就要想像梅莉達那模樣，庫法在千鈞一髮之際搖了搖頭。

他捲起襯衫袖子，跨坐在仰躺著的美少女身上。從旁人眼裡看來，大概是很驚人的光景，但這種姿勢效率最好，因此也是無可奈何。為了將其他人的存在徹底從庫法與梅莉達的意識中遮斷，庫法已經仔細確認過門窗是否有關緊。

「那麼，就照往常那樣。檢查很快就會結束，請小姐放輕鬆。」

「好……好……好的……！」

就算被人這麼說，也很難放輕鬆吧，但梅莉達滿臉通紅得像要融化一般，承受著庫法的視線這麼回應。

當然對庫法而言，這也是一段內心騷動不已的時間，但這畢竟是檢查，是一項正經嚴肅的行為。訣竅就是乾脆把眼睛閉上。只要一度將手放到梅莉達的肌膚上，之後就算

閉著眼睛，瑪那的氣息也會引領庫法。

從身體中樞環繞到全身的瑪那迴路（菲波萊塞）的脈動。即使隔著女用睡衣，也能鉅細靡遺地感受到。從排出孔（曼托）裊裊升起的微熱瑪那氣息，讓手心感覺十分舒適。

庫法彷彿在彈奏美之女神的鍵盤一般，他閉上雙眼，讓手指爬遍梅莉達的全身。梅莉達也彷彿接受任何安排一樣，緩緩地闔上眼皮。

要是在這裡把意識集中在梅莉達柔軟的肌膚上，對庫法的精神層面並不好。

庫法在黑暗中所想的，果然還是白天發生的事情。

——那個小丑面具男當真是梅莉達小姐的父親嗎？

假如是那樣，就表示白夜騎兵團用盡各種方法尋找下落，但至今仍無法掌握實體的梅莉諾亞·安傑爾的外遇對象竟這麼輕易就現身了。這種事真有可能發生嗎——……？

庫法的指尖逐漸變熱。他沿著瑪那通過的路線，到達跳動得特別強烈的瑪那泉源。他將雙手的手心貼上，慈愛地確認其存在。

這個少女原本應該在半年前以上死亡。她必須停止心臟的鼓動。而且是由庫法親自動手……為了迴避那樣的命運，這次發生的事情也不能置之不理。

結果，那個面具男還是逃離了弗立戴斯威德講師群的追蹤。他果然並非普通人物。無論是故意挑在全校集會時引起騷動，或是立刻投書給各報社的行為，都很明顯地是有

LESSON: II ～突然前來的兩位客人～

計畫的行動。

目標只有一個，就是打從根本撼動梅莉達好不容易逐漸穩定的立場。

在這個前提下，庫法等人應該採取的行動是？得知這次的事件後，圍繞著梅莉達的各大勢力會如何行動？庫法不能做出錯誤的應對。因為梅莉達的命運與庫法的命運，是以血色紅線緊密地纏繞在一起——……

「呼……呼……唔……嗯！老……老師～……啊嗚……！」

忽然有一種天使的羽毛搔癢著耳邊的感覺。

是梅莉達的聲音。完全被思考囚禁的意識砰地炸裂，庫法張開一直閉上的眼皮。可以看見金色秀髮凌亂地散開來。

梅莉達的臉頰彷彿被煮熟一般紅通通，桃色嘴脣吐出溫熱的氣息。

「小姐，妳怎麼了嗎？」

「就……就算是我，也差不多……到極限了～……呀啊，嗯！」

庫法驚訝地歪了歪頭，不經意地揉捏了兩三次雙手一直在逗弄的「感觸」。那至高無上的觸感，讓庫法現在才察覺到一件事。

瑪那的泉源是曼托「美麗」。它位於人體最中樞的位置。

也就是胸部。

庫法的手無意識地一直撥弄著那地方，就表示——……

庫法自覺到他臉部反常地漲紅起來。

「抱……抱歉！」

庫法以前所未見的敏捷度往後跳，在少女的床鋪旁深深跪下。

「我……我實在太失禮了！居然絲毫沒有察覺到自己正在撫摸胸部！」

「——嗚！」

可以聽見少女纖細的自卑情結受到重擊的聲響。

緩慢抬起上半身的梅莉達緊抱住胸口，同時氣憤不已地鼓起了臉頰。她看來充滿怨恨的眼角，堆滿了淚珠寶石。

「唔~~……！」

「啊，不是，那個……」

反常的失態還有一個。就是紳士不該有的嚴重失言。

咳哼！庫法一邊輕咳兩聲清喉嚨，同時勉強找回家庭教師的體面。

「小……小姐才是……這種時候應該發出哀號，或是賞對方一記耳光吧！為什麼小姐要任人宰割呢？」

「咦？因為……」

LESSON II

~突然前來的兩位客人~

梅莉達訝異地露出疑惑的表情，像是完全沒想過那回事地回答：

「我……我想說如果是檢查的話，得努力忍耐才行……」

「…………」

「而……而且被碰觸的時候，我腦子裡都是老師的事情……啊……啊嗚……」

似乎是重新自覺到經歷了大膽的體驗，梅莉達按住臉頰，縮成一團。

要是繼續聽下去，感覺會再次沸騰的是自己的腦袋，因此庫法坐到床鋪邊緣。他抓住至今仍往上掀起的女用睡衣下襬，細心地幫忙弄整齊。

「今……今天的檢查就到此為止吧。沒問題吧？」

「是……是的……我……我不會告訴任何人的……！」

這實在幫了大忙。縱使庫法與梅莉達的祕密沒有穿幫，今晚的事情一旦公諸於世，家庭教師便會身敗名裂。

兩人一起讓發燙的頭腦冷靜下來的同時，庫法緩緩開口說道：

「小姐，妳還記得第一次像這樣檢查瑪那那天的事情嗎？」

「咦？當然記得。」

梅莉達按住女用睡衣的下襬，臉頰又染上羞恥的顏色。

「畢……畢竟是那麼難為情的事嘛……我一定一輩子忘不了。」

「那時我曾經跟小姐說過吧？『縱然小姐本身能接受，但小姐出身騎士公爵家，一定會出現散播惡意謠言的人』……」

「啊……」

包括白天那件事在內，她應該察覺到家庭教師開始談正經的話題了吧。

梅莉達露出嚴肅的表情，點了點頭。庫法也點頭回應。

「一直移開視線也不是辦法。我們害怕的狀況似乎發生了——有人想要貶低安傑爾家的威信。白天出現在學院大聖堂的那個面具男，只不過是敵人陰謀的一小部分吧。」

梅莉達閉上雙眼，點了點頭。她眼皮底下浮現的是白天的光景嗎？

「我是這麼想的。那個人無論跟我或是母親大人，都沒有任何關係。」

她的聲音彷彿在說服自己一般。或許她其實無法秉持確信，感到非常不安。在得知這點的同時，庫法像是要給梅莉達勇氣似的，更加強了語氣。

「我也這麼認為。敵人只不過是為了煽動人們的好奇心，在利用醜聞而已。不過，這樣問題就在於敵人是以什麼為契機決定採取行動。倘若不是確信一定能貶低小姐，這種反抗騎士公爵家的行動，風險實在太大了。」

梅莉達陷入沉思，但十三歲的少女實在想不出答案。庫法繼續說道：

「很有可能是因為小姐的位階。從讓瑪那覺醒到今天為止的某個時間點，小姐雖是

LESSON: Ⅱ ～突然前來的兩位客人～

騎士公爵家出身，卻寄宿著武士位階這個事實，大概被心存惡意的人發現了吧……」

庫法端正的面貌也浮現出苦悶的神色。不過，這也難怪。梅莉達愈是以戰士身分成長，要隱瞞位階就會變得愈困難。倘若是像學院三年級生的神華・茲維托克那樣，儘管隱約察覺到，卻能明辨是非，通情達理的對象也就算了。

不過，那樣的幸運不會一直持續下去。

梅莉達的周圍反倒有一堆只要找到機會就想把梅莉達刺成肉串的惡意之劍在蠢動。能夠勉強平安無事地度過將近一年，或許該認為是一種僥倖吧。

庫法下定決心，從正面凝視少女的眼眸。

「小姐，自從我就任妳的家庭教師後，很快就要經過一年了。因此我想給小姐一個考驗，當作是到目前為止的集大成。」

「考驗？」

「這是我給小姐的第一年度最終考驗。正好白天在學院有個很適合當作考驗的通告對吧——就是報考畢布利亞哥德圖書館員檢定考試，還有在考試中合格。」

梅莉達的大眼睛映出驚愕的色彩，並睜得老大。

「咦？可……可是我記得那個檢定考試是……！」

「沒錯，一般來說，應當是由二年級以上的學生報考的高難度考試。但是，正因為如此，才是讓世人認同小姐覺悟的絕佳舞臺。」

這也是庫法曾告訴過梅莉達的事。倘若梅莉達的位階公諸於世，肯定有人會散播危險的謠言。不過假如那時梅莉達能獲得輝煌的成績，就能封殺反對意見。

梅莉達還是一年級生。老實說，真希望能再多點緩衝時間……但這也無可奈何，畢竟狀況已經開始動起來了。過去被稱為「無能才女」的她，這一年來有多大的成長，必須證明其成果的時刻到來了。

不知梅莉達是否正確地掌握到自己被迫陷入何種狀況。她靜靜地回看庫法的眼眸，看起來像是因為其他不安的事而感到動搖。

「如果我沒辦法通過那場考試，老師會怎麼樣？」

「咦？」

「老師會從這間宅邸消失無蹤嗎……？」

「————」

這也理應是早已有所覺悟的事情。我違反任務，賭上性命栽培她。不過，假如她的成長無法符合我的期待————……

我就必須遵照暗殺教師（Assassin's Pride）的誓約，讓這雙手沾滿鮮血吧。

「如果到時考試不及格，我想想……」

LESSON: II ～突然前來的兩位客人～

庫法將手伸向一旁，用手指撫摸著十三歲少女的柔嫩臉頰。

「就要請小姐接受『懲罰』。」

「懲……懲罰？是怎樣的懲罰呢？有點恐怖……」

「現在還是祕密。小姐必須好好加油，才能避免留下恐怖的回憶喔。」

「唔……老師真是壞心眼。」

庫法的指尖慈愛地捏住少女氣呼呼地鼓起的臉頰。於是梅莉達立刻一臉很舒服似的濕潤了雙眼，用雙手包住家庭教師的手。

「噯，老師。那麼，如果我考試合格……可……可以給我獎勵嗎？」

「獎勵是嗎？」

「是的，那個……」

梅莉達的視線稍微動了一下。可以看出她正瞄著庫法的嘴脣。

「老師也記得我們第一次見面那天的事情嗎？」

「嗯，當然記得。那天的事情收納在我記憶中最重要的地方。」

「我也是……我……我一直希望能重新來過。」

她一臉難為情地低下頭，彷彿在編織細線一般吐露出話語。

「到頭來，那個是用嘴巴餵藥，而且是為了治療……對我而言雖然是第一次，但不知道對老師而言是第幾次，而且也不曉得老師的心情……」

「我不是很明白，換句話說，小姐期望的獎勵是什麼呢？」

「我……我現在也要先保密！」

梅莉達像是忍耐不住似的將臉別向一旁，用枕頭遮住了臉。

庫法瞬間愣了一下，但立刻用讓人聯想到薔薇花的優雅氣質露出微笑。

「小姐。」

「什……什麼事，老師？」

「我很期待小姐會提出怎樣的任性要求來讓我傷腦筋喔。」

梅莉達稍微從枕頭底下露臉。

無論何時都在庫法內心燦爛閃耀的美貌，宛如花瓣一般綻放出笑容。

「敬請期待喔，因為是我打從心底期望，非常不得了的任性要求。」

† † †

在大聖堂發生的那場騷動彷彿假的一般——或者該說彷彿暴風雨前的寧靜一般，就這樣風平浪靜地過了幾天。

LESSON: Ⅱ
～突然前來的兩位客人～

在聖弗立戴斯威德，三年級生忙著準備畢業，二年級生與一年級生則是忙著準備升級，還有接替高年級生的各項業務。在忙碌卻又充實的生活中，會提起那天出現的神祕小丑面具男話題的學生，不自然到連一個人也沒有。

彷彿每個人都想把那件事從記憶中抹消，而不去正視一般——

「我最後再確認一次。妳們確實做好覺悟了吧？安傑爾小姐。」

在結業典禮將近的假日，命運的瞬間終於到來了。

就是畢布利亞哥德圖書館員檢定考試的舉辦日。有十幾名女學生身穿廉潔的演武裝束，在兼任迷宮入口的玻璃宮殿「葛拉斯蒙德宮」的舞蹈廳集合。所有人都是參加檢定考試的考生。

以神華·茲維托克為首的三年級生、才華洋溢的二年級生，混在這些人當中，不由分說地受到矚目的，是非常罕見的兩名一年級考生。

聖弗立戴斯威德最年長的布拉曼傑學院長，用她的小眼睛看著比周圍的少女還要小上一兩歲，年幼的梅莉達與愛麗絲，這麼詢問她們。

「以學院的立場來說，只要妳們願意參加檢定考試就足夠了。不過妳們——」

「只有形式上的參加是不行的。我們會認真地以通過檢定考試為目標。」

梅莉達再次斬釘截鐵地說出已經告知了好幾次的決心。學院長刻意不去追究理由。她小小的眼眸中搖晃著好幾種感情，微微地連連點頭。

「如果妳們明白危險性，但仍然這麼決定的話，我是無法阻止妳們的。但是，我應該能支援妳們吧。這次就特別由我親自同行，帶領妳們參加考試。」

梅莉達與愛麗絲面面相覷，但其他參加考試的二年級生和三年級生，都一副不意外的樣子。儘管對學院長親自出馬一事感到驚訝，卻沒有人反對。

學院長環顧舞蹈廳一圈，發出一如往常的宏亮聲音。

「考試開始的時間馬上就要到了。好啦，我們移動到會場吧。別落後啊！」

十幾名考生追逐學院長那有著長下襬的長袍，開始動了起來。梅莉達決定身為一年級生的自己要走在最後頭，她首先對一旁的堂姊妹露出微笑。

「愛麗，謝謝妳願意配合我的任性要求。」

愛麗絲融化臉上的面無表情，彷彿在雪中綻放的花朵一般笑了。

「因為小組隊長是莉塔嘛。好期待跟莉塔一起進行任務。」

畢布利亞哥德圖書館員檢定考試，要以小組為單位參加。梅莉達坦承她會認真參加考試，愛麗絲也爽快地答應參加。

為了回應堂姊妹的全面信賴，梅莉達用力握緊手心。

LESSON: II

～突然前來的兩位客人～

「我們一定要合格喔！」

「這麼有幹勁是很好，但請妳們千萬不要勉強自己喔。」

這時，通過旁邊的三年級生砰地拍了一下梅莉達的肩膀。是親愛的神華・茲維托克。接著，學院二年級生的兩人組注意到愛麗絲，輕輕對她點頭致意。「……妳好，愛麗絲小姐。」

是在上學期的月光女神選拔戰中，協助愛麗絲的黛西・朱恩與普莉絲・奧古斯特。她們也參加了這次考試嗎？梅莉達有些驚慌。

「我們也出發吧，小姐。」

一隻大手貼在梅莉達的肩上，十七歲的心上人以精悍的眼神指示前進方向。愛麗絲後方則有蘿賽蒂陪同，她像在鼓勵似的撫摸愛麗絲雙肩。

考生一行人就這樣前往宮殿地下，少說有兩百公尺的巨大迴廊盡頭。那前方有著她們的目標，也就是通往畢布利亞哥德的入口。

由守衛玻璃寵物守護著，維持敞開的大門深處。乍看之下是個繪有魔法陣，宛如祭壇一般的圓形房間。儘管位於地下，天花板卻高到看不見。然後與此同時，梅莉達低頭看向玻璃打造的地板，不禁倒抽了一口氣。

房間正下方是無止盡的空洞。筆直貫穿的巨大隧道正中央漂浮著玻璃地板，梅莉達等考生聚集在那上面。

位於房間中央，看起來像魔法陣的東西，據說是古代的升降機。隧道前方連接著畢布利亞哥德一樓，考生與帶隊的講師會在這裡與其他人道別。

「老師再見，我會努力通過考試的！」

梅莉達隱瞞不安，露出笑容，庫法有一瞬間繃緊了表情。

庫法彷彿有話要說似的伸出手，但在碰到梅莉達前放下了手。

倘若能被庫法摸摸頭，梅莉達也能補充滿滿的幹勁，但不知為何，庫法看起來像是在克制自己。結果，他只是露出一如往常的端正微笑。

「祝妳一路順風，小姐。我等候小姐歸來。」

不知何故，梅莉達的胸口揪緊了起來。好想跟他說更多話。好想碰觸他的手心與肩膀。好想不顧一切地整個人靠在他的胸膛上……——

梅莉達感到困惑，儘管經常勸誡自己「必須早點成為能獨當一面的淑女」，但不知為何，此刻卻無法壓抑這種孩子氣的衝動。就在梅莉達百思不解時，載著梅莉達等人的升降機動了起來。只有魔法陣從房間中央被切割出一個洞，在響起齒輪重奏的同時不停往下降落。

「啊……」

LESSON: Ⅱ ～突然前來的兩位客人～

梅莉達下意識地朝庫法伸手。庫法也單膝跪在空洞旁邊，朝明知搆不到的這邊伸出手。以前曾在戀愛小說的插圖裡看過，戀人在後院陽台幽會的光景閃過腦海中。

──分別居然是這麼痛苦的事。

在這個瞬間，十三歲的少女重新清楚地自覺到，讓自己小巧胸口感到焦慮的熱度真面目。

「好啦，各位考生。到達現場前，先確認一下檢定考試的概要吧。」

帶隊的布拉曼傑學院長拍了拍手心，於是十幾名女學生都注目著升降機中央。梅莉達也立刻轉換心情，與愛麗絲手牽著手，轉頭看向學院長。

布拉曼傑學院長一如往常的舉動，讓考前那種心浮氣躁的感覺冷靜了下來。她本人似乎也意識到這點，老練的魔女以緩慢的聲音說道：

「迷宮圖書館員的資格，分成一等到六等的階段。當然等級愈高，考試就愈困難，所以請各位考生各自先確認好自己會參加哪個等級的考試。」

聽到學院長這麼說，梅莉達與一旁的堂姊妹四目交接。她們要參加的考試是最基礎的「六等」……話雖如此，當然也不是一年級生可以大意的難易度。

確認考生的樣子後，布拉曼傑學院長繼續說道：

「要請妳們各自前往符合等級樓層的『閱覽室』，當場接受考試。然後獲得合格的證明，平安回到一樓的升降機——這就是檢定考試的流程。從現在起，會分發告知限制時間的沙漏給各位。」

帶隊的講師群各自行動起來，將彎曲的玻璃工藝品親手交給考生。也分配到梅莉達她們手上的沙漏，不可思議的，即使倒過來放，也不會掉落一粒沙子。

「考試開始的同時，封印會解除，開始計算剩餘時間。畢布利亞哥德內非常危險，因此各位必須迅速潛入，獲得目標物，然後順暢地脫離此處——接著來說明一下關於畢布利亞哥德的威脅吧。」

所有人都將視線從沙漏上移開，看向學院長。

「這個迷宮會受人畏懼，是因為它連生物靈魂都會迷路，且無法昇天的性質。有成千上萬昔日在那座迷宮擔任圖書館員的亡靈，在畢布利亞哥德徘徊，睜亮眼睛盯著未經許可就想把書帶出去的侵入者。縱然妳們是瑪那能力者，他們也不是能輕易打倒的障礙吧。」

少女們緊張地吞了吞口水。學院長也用嚴肅的表情繼續說道：

「有件事妳們先記起來，當作預備知識吧。據說那些亡靈是過去在畢布利亞哥德引發的內亂戰死者。據說畢布利亞哥德的某處存在著一本預言書，書裡點綴了從世界創造到終結的歷史，他們似乎是為了那本預言書，掀起以血洗血的抗爭。我們並不確定這件事的真偽，還有預言書是否實際存在，但至少亡靈現在也為了尋找那僅僅一本書，在書架間徘徊遊走。」

所有人都已經屏住氣息，注目著學院長。老練的魔女微微點了點頭。

「愈是潛入畢布利亞哥德的下層，書籍的歷史也就愈古老，作為文獻的價值也會愈來愈高，但與此同時，徘徊在周圍的亡靈也會愈來愈強。請各位重新確認自己報考的等級，小心不要隨便走下樓——」

就在這時候。

升降機喀噹一聲，發出從腳邊往上頂的振動，然後停止了。

在巨大隧道中不上不下的位置，玻璃地板魔法陣就這樣載著梅莉達等人停止下來。包括學院長在內的講師群，也一臉費解地露出疑惑的表情，環顧周圍。

「哎呀，這是怎麼了呢？到畢布利亞哥德應該還有段距離才對……」

在東張西望地環顧周圍的考生當中，只有忽然低頭看向腳邊的梅莉達與愛麗絲注意到那個——在藍色地板上彷彿汙漬一般擴展開來的一點綠色。

「植物的花蕾……？」

自己喃喃自語的話語讓腦袋更加混亂。玻璃製的地板要從哪裡長出那樣的東西呢？就在梅莉達想跪在地板上觀察的前一刻，綠色的莖無庸置疑地從玻璃內側向上伸長。

隨後。

整面地板的玻璃爆炸開來，急遽生長的巨大植物的根，將考生吞沒。

† † †

「你要那樣子到何時啊？你真的很擔心梅莉達小姐呢。」

蘿賽蒂．普利凱特這麼搭話，庫法猛然驚覺，抬起頭來。

載著梅莉達等考生的升降機，早已經被隧道的黑暗吞沒。儘管如此，庫法還是無法離開空洞旁邊。

庫法也覺得自己不對勁，他從單膝跪地的姿勢站起身。

於是蘿賽蒂並非揶揄，而是用認真的視線看向他。

「你跟梅莉達小姐感情真的很好呢。」

「是嗎？身為家庭教師，這實在令人非常開心。」

「我不是那個意思啦！我是說，那個……」

她到底想說什麼？庫法蹙起眉頭。

蘿賽蒂欲言又止地扭動嘴唇一陣子，然後像是下定決心一般染紅了臉頰，以咄咄逼

LESSON II ～突然前來的兩位客人～

人的氣勢挺身問道：
「你對梅莉達小姐、愛麗絲小姐，還有我的事情！到底是怎麼想的？」
「咦……………」
庫法有一瞬間難以理解她問題的含意，就在那時候。
「學……學院長在嗎？」
有個體態豐腴的學院修女，急忙得像要用滾的一樣飛奔到房間裡來。除了帶隊以外的講師，還有庫法與蘿賽蒂都轉頭看向修女，心想發生了什麼事。
因為位置距離修女最近，庫法代表眾人開口詢問：
「很遺憾，學院長剛帶領考生去參加檢定考試了。怎麼了嗎？」
「怎麼這麼不湊巧！有客人來訪呀！啊，真傷腦筋，不能讓客人久候啊……」
略顯陷入恐慌的修女，毫無意義環顧室內後，突然與正前方的庫法四目交接。
「——對了，庫法老師！可以請您幫忙接待客人嗎？這麼做是最好的！」
「我……我能效勞的話，是無所謂啦……不過客人究竟是哪位呢？」
修女的話語卡在喉嚨好幾次，最後她用彷彿要打破房間裡所有玻璃的高分貝音量大喊：
「是梅莉達．安傑爾的父親……菲爾古斯．安傑爾公爵！」

愛麗絲・安傑爾

位階：聖騎士

HP	1916	MP	211		
		防禦力	190	敏捷力	170
攻擊力	162	防禦支援	0 ～ 50%		
攻擊支援	0 ～ 25%				
思念壓力	11%				

主要技能／能力

祝福 Lv3 ／威光 Lv2 ／增幅爐 Lv2 ／節能 Lv2 ／抗咒 Lv2 ／神聖閃光／椴樹旋風／遺跡守護者

Secret Report

一旦提到關於那個「無能才女」的話題時，就無法把身為分家千金的她分開來探討。如同這份能力表所顯示的，愛麗絲・安傑爾小姐作為聖騎士的實力令人瞠目結舌。不過目前愛麗絲小姐隸屬於「無能才女」創立的小組，將隊長的位置讓給能力值理應遠不如她的「無能才女」。雖然還不清楚原因，但無論如何，只要有苦難降臨到「無能才女」身上，我們便能目睹聖騎士驅散那苦難的神聖雷光吧。

（節錄自革新派「革新主義者」的會議紀錄）

LESSON: Ⅲ
～戴上白色羽翼的小惡魔～

LESSON：Ⅲ　～戴上白色羽翼的小惡魔～

「讓您久等了，公爵閣下。」

庫法一進入那房間，便感受到劍拔弩張的氣氛。

這裡是學院校舍塔的接待室。負責帶路的修女躲在庫法背後，後方不知為何還有順勢跟過來的蘿賽蒂．普利凱特的身影。

坐在皮沙發上雙手交叉環胸的銀髮男性，聽到房門的開關聲，緩緩抬起了頭。

「我記得你是梅莉達的家庭教師，叫做……」

「我所屬於騎兵團，名叫庫法．梵皮爾。」

雖然無法連部隊名都公開，但庫法用一如往常的完美舉動鞠躬行禮。菲爾古斯．安傑爾「嗯」了一聲，手指貼向健壯的下顎。

「梵皮爾……我沒聽過這家名啊。」

「來，來，請坐！我現在就去端茶過來！」

修女像要打圓場似的說道，邀請庫法也坐到沙發上。庫法在菲爾古斯公的正前方坐下，蘿賽蒂則彷彿隨從一般在庫法身後待命。

庫法抬頭一看，只見菲爾古斯公背後也有兩名隨從騎士的身影。一個是過度裝飾軍服，用髮油梳理長髮的年輕男性；另一個則是與男性成對比，像模範生一樣配戴全身裝備，戴著眼鏡的妹妹頭女性。他們的純白裝扮是騎兵團最頂尖的聖都親衛隊制服。

男性一看到庫法的軍服顏色，就扭曲嘴唇表現出優越感。他搭檔的女性瞪著他看，用視線勸誡他。換句話說，他們是蘿賽蒂原本的前輩。似乎是回想起自己被送到這城市的經過，蘿賽蒂縮起了肩膀。

修女一臉不安的在旁觀看，菲爾古斯公爵打破沉默，開口說道：

「……梅莉達跟布拉曼傑學院長怎麼了呢？」

「實在很抱歉，小姐她們目前正在參加畢布利亞哥德圖書館員檢定考試。」

「一年級的梅莉達參加檢定考試？——啊，是這麼回事啊。」

菲爾古斯公兀自恍然大悟似的點了點頭。梅莉達在今年的月光女神選拔戰中擔任候補生一事，應該也有傳入身為父親的他耳裡吧。

菲爾古斯公像是領悟到背後的原因一般，沉重地搖了搖好幾次頭。

「看來學院長也很辛苦啊。我似乎挑錯時間來了。」

「十……十分抱歉，公爵！難得您在軍務繁忙中抽空前來……！」

LESSON: III

～戴上白色羽翼的小惡魔～

「不會，彼此彼此。是我不好，沒有事先聯絡就跑了過來。」

公爵一邊寬大地回應惶恐萬分的修女，同時深深地坐進沙發裡。

「既然是這麼回事，方便讓我暫時在這裡等候嗎？倘若是名義上的參加，應該要不了多久時間就會回來——」

「恕我直言，閣下。小姐不會那麼輕易就回來。」

庫法斬釘截鐵地這麼說道，於是菲爾古斯公張開眼皮。

「……這話是什麼意思？」

「就是小姐並非名義上的參加。梅莉達小姐與她的堂姊妹愛麗絲小姐，現在是認真地為了獲得迷宮圖書館員的資格，在探索畢布利亞哥德。」

聖都親衛隊的男性「咻」地吹了聲口哨，女性隊員則是在眼鏡底下驚訝地睜大眼。

然後菲爾古斯公的聲音似乎抹上了一層僵硬的感情。

「這是你的教育方針嗎，為何要給還是一年級的梅莉達這種考驗？」

「確實是我建議小姐參加考試的。我當然明白這對學院一年級生而言是個難題，但我預測以小姐的力量，能夠順利通過六等程度的考試。」

「不，梅莉達不需要什麼迷宮圖書館員的資格。現在立刻把她帶回來。」

菲爾古斯有些急促地編織出來的話語，讓庫法蹙起眉頭。

「您說不需要，這意思是？」

「梅莉達根本不會隸屬騎兵團——我今天就是來談這件事的。」

菲爾古斯公從厚重的披風內側拿出一封書簡，放在沙發上。

「這是？」

「是梅莉達的退學申請書。」

修女與蘿賽蒂明顯地倒抽了口氣，庫法的眼眸也稍微驚訝地睜大。

菲爾古斯公以讓人感覺到威嚴的動作雙手交叉環胸，用強健的聲音說道：

「我要讓梅莉達在本年度結束後從聖弗立戴斯威德除籍。我會帶她回本邸，再另外找個家庭教師給她就行了吧。到今天為止辛苦你了，梵皮爾小弟。」

「請等一下，菲爾古斯公。」

庫法立刻提出異議。他用接近咄咄逼人的氣勢，聲音裡蘊含著強烈的感情。

「我想您應該早已知道，梅莉達小姐好不容易獲得她盼望的瑪那能力。為什麼到了現在，您才要做這種封鎖她前途的行動呢？」

「我聽說集會發生的事了。」

就連庫法也不由得啞口無言。公爵一臉感慨地搖了搖頭，繼續說道：

「這是我一直害怕發生的狀況。我早知道讓那孩子在人前露面，只是給心懷惡意的人趁虛而入的材料而已。我不得不承認這是我的失誤。我不該讓那孩子——讓那個連瑪那也沒有的『無能才女』就讀能力者養成學校。」

庫法總動員他十七歲的人生經驗，尋找能讓對方回心轉意的話語。但無論他多麼努力地在思考的迷宮中奔波，能說出口的也只不過是普通的懇求。

「公爵閣下，請您重新考慮一下。請再寬限一段期間。至少再一年，只要您願意給予時間，我一定能回報足以讓閣下滿意的成果——」

「不是那個問題……你也明白的吧？」

庫法當然明白。菲爾古斯身為父親，期望的並不是「女兒的功績」。

為了鞏固安傑爾家的立場——他想把經常成為騷動中心的梅莉達從世間隔離吧。如果梅莉達真的被帶回安傑爾家本邸，之後等待著梅莉達的未來，是被囚禁到宛如異界一般封閉起來的牢獄嗎……

那跟她高貴的靈魂期望的生存方式截然不同。

庫法在大腿上握緊拳頭。守護崇敬的金髮主人的光輝，也與貫徹自己的使命同樣，是庫法烙印在內心的暗殺教師（Assassin's Pride）的驕傲。

庫法大口地吸了一口氣，然後緩緩吐出來。

「公爵閣下，您知道梅莉達小姐身為瑪那能力者的目標嗎？」

「……不知道。是什麼？」

「是進入聖都親衛隊。」

噗嗤！這麼沒禮貌地噴笑出來的人，當然不是菲爾古斯公。

站在他背後的其中一方，正是擔任聖都親衛隊精銳的男騎士，像是忍俊不住似的摀住嘴角。與他搭檔的女性騎士、庫法還有菲爾古斯公狠狠瞪著他看，於是他用演戲般的動作鞠躬回應。

「抱歉，我好像有點感冒。」

咳哼——菲爾古斯公清了清喉嚨，重新面向這邊。

「感覺那孩子好像受你太多影響。你似乎很看好梅莉達的可能性，但那孩子本身應該無法正確掌握自己的力量吧？」

「我明白您想說的話。現在的小姐還不成熟……但在三年後，圍繞那孩子的環境會有怎樣的變化呢？我覺得應該蘊含無限的可能性。因為我——」

庫法在這邊停頓了一下，他故意擺出若無其事的態度，理所當然似的繼續說道：

「因為我有自信，我比這世上的任何人都更理解梅莉達小姐。」

感覺銀髮父親的嘴角略微歪成了ㄟ字形。

在氣氛緊張的靜寂中，房間的木材嘎吱作響。公爵像是重振精神似的開口說道：

LESSON: III ～戴上白色羽翼的小惡魔～

「……我不打算插嘴干涉岳父大人的人事安排，但你究竟是何方神聖？為什麼會這麼偏袒梅莉達？」

「這包含我所屬部隊的戒律，因此我無法一言以蔽之。」

「你是說你能保護梅莉達？你應該沒忘記去年夏天……頭環之夜那件事吧。因為你說『調查就交給我』，我就沒有多加干涉，但你用那樣簡單的報告書，就想讓人信服嗎？要我相信你？」

「只能請您相信我了。」

「我跟你無話可談。」

菲爾古斯公一臉厭煩地站起身，修女在房間角落顫抖起來。

「退學申請書一定要好好交給學院長。我沒辦法再空出更多時間，先就此告辭了。記得叫宅邸的女僕先打包好行李——」

「請留步，菲爾古斯公。」

庫法伴隨著決心，叫住忙碌地準備離開房間的背影。

「請您測試我。」

「……你說什麼？」

「無論是怎樣的條件都無妨。只要您下令，無論是何種內容，我都會達成任務給您看。然後我希望能以這項功績，作為閣下信賴我的證明。」
還有屆時請您重新考慮關於讓小姐退學這件事——………
是感受到強烈視線散發出的無言壓力嗎？公爵整個人轉向這邊。
「……即使你達成條件，我也未必會回心轉意。這樣也無妨嗎？」
「無所謂。」
「好吧。」
菲爾古斯公露出今天最明顯的感情，用力點了好幾次頭。
「既然你說到這種地步，就讓我見識一下你的覺悟吧——畢裘！葛蕾娜！你們有帶愛劍來吧？陪他玩一下。」
抽動了一下做出反應的，是一直在菲爾古斯背後待命的男女親衛隊員。
戴著眼鏡的妹妹頭女性騎士依然直立不動，用像在試探的聲音提出意見：
「當……當然我們無論何時，都做好了萬全的戰鬥準備。但是……」
「您開玩笑吧，公爵。事到如今，您居然要我特地拔劍對付區區一個劣等騎士？」
男人也擺出覺得這很愚蠢的態度，扭曲了嘴角。
這也難怪，所謂的聖都親衛隊，只有被選中的菁英才能入隊，一般認為他們是弗蘭德爾全軍隊中的最強集團。不過，菲爾古斯公筆直注視庫法的眼眸中，沒有蘊含絲毫玩笑或威脅的意味。

「要請你跟聖都親衛隊的三名精銳比賽。沒錯，是三對一的比賽。既然梅莉達是認真地以加入聖都親衛隊為目標，身為師傅的你當然必須比她更強。不是嗎？」

他說的完全合理，但庫法在他的話語中捕捉到在意的詞彙。

「『三名』……？」

「這次我帶來的畢裘和葛蕾娜。而且現場應該還有另外一個隸屬於聖都親衛隊的騎士吧。」

室內所有人的視線，都集中在一個人身上。這完全出乎意料的展開，讓一直站在庫法背後待命的紅髮少女驚慌失措。

「咦？是……是……是說我嗎？」

「有必要這麼驚訝嗎？記得妳被送到這個城市是為了清算之前的任務吧——我就縮短期限吧。妳暫且成為我的劍盡情舞動。妳應該沒忘記身為聖都親衛隊的本意吧？」

「呃，這麼說是沒錯啦……」

戴眼鏡的女性隊員無言地注視態度優柔寡斷的蘿賽蒂，菲爾古斯・安傑爾公爵一臉疑惑地蹙起眉頭。

「有什麼迷惘的理由嗎？妳不想早日回到聖王區嗎？」

菲爾古斯公不等蘿賽蒂回答，便轉過身去。他用非常客氣的態度詢問在牆邊不知所措的修女。

「這麼自我中心實在很抱歉，不知能否借用一棟練武場呢？」

「這……這個，嗯，那當然了，如果是公爵……應該沒什麼問題吧，不過……」

修女心神不寧地游移著視線，她吞吞吐吐地回答：

「因……因為今天有檢定考試，幾乎所有學生都來學院上課。也有很多學生會在練武場自主練習，所以需要請她們讓出場所……嗯，當然我會立刻去向她們說明的！請您稍待一會兒！」

修女搖晃著豐腴的腹部，慌忙地飛奔離開房間。

菲爾古斯公雙手交叉環胸，像在冥想似的闔上眼皮，男性親衛隊員上前向他搭話。這個自尊心看來很強烈的男性，似乎叫做畢裘。

「公爵，有件事想先告知您一下。我畢裘唯一不擅長的領域就是『手下留情』，根據情況，那個男人可能會無法以騎士身分東山再起……」

「無所謂。在他認輸或昏迷前都別放鬆攻擊。這是命令。」

哎呀，這樣子啊——畢裘裝模作樣地聳了聳肩。他用一臉同情的視線看向庫法，但庫法仍是一臉若無其事的表情，不當一回事。

另一個隊員，也就是戴眼鏡的妹妹頭葛蕾娜，將臉湊近那樣的庫法。

「……你真的打算接受這場比賽嗎？」

她壓低音量以免菲爾古斯公聽見，聲音聽起來十分擔心。

「假如你能打贏我們，你就必須加入聖都親衛隊。菲爾古斯公是明知不可能，而這麼說的。」

「正因為如此，才要接受啊。」

庫法與菲爾古斯公像是對照鏡一般面向反方向，他同時這麼回答：

「包括妳和身為父親的菲爾古斯公在內，居住在這世界的所有人，都不相信梅莉達小姐能夠成功加入聖都親衛隊吧。為了顛覆那樣的認識，有必要讓他親眼目睹到『照理說不可能發生的奇蹟』。」

庫法轉動脖子，注視至今仍愣在原地的紅髮少女。

「所以請妳也別手下留情，蘿賽蒂小姐。」

「…………可是……」

就在宛如石頭一般僵硬住的蘿賽蒂，勉強說出這句話沒多久時。

接待室的門「砰！」的一聲粗暴地被人撞開。

「庫法老師！蘿賽蒂老師！不得了了！」

飛奔進來的是另一個修女。因為今天有畢布利亞哥德圖書館員檢定考試，幾乎出動了所有講師，正缺乏人手。

室內所有人都注目著氣喘吁吁的她，菲爾古斯公代表眾人開口詢問：

「怎麼了？」

「啊，公爵！各位騎士！還請各位伸出援手！這種可怕的狀況，只憑聖弗立戴斯威德實在難以應付！」

看到修女近乎恐慌狀態的模樣，庫法認為事情非比尋常，他也探身問道：

「究竟發生了什麼事？」

「剛才有這樣的東西被送到學院的辦公室裡！」

修女這麼說道並遞出來的東西，乍看之下是個平凡無奇的信封。

然而在菲爾古斯公檢查內容時，庫法和蘿賽蒂，還有兩名親衛隊員都驚訝地繃緊了表情。裡面裝著一張烙印了詭異紋章的卡片。

「這個三頭野獸的印章是……黎明戲兵團嗎！」

「卡片背面寫了什麼，公爵？」

室內所有人都聚集到菲爾古斯公周圍，窺探著他的手邊。公爵將不吉利的卡片翻面，用鋼鐵般的聲音朗讀記載在上面的文字。

「……『三爪惡魔的慾望成熟了。以少女鮮血點綴的書籍將會填滿無限書庫吧。大樹的灰燼無法阻止這件事』……是預言詩啊。」

包括庫法在內的四名現任騎士，立刻理解了詩文的含意。「無限書庫」不用說，當然是指大迷宮畢布利亞哥德；「大樹的灰燼」是指以布拉曼傑學院長為首，已經退出最前線的講師群；然後「以鮮血點綴的書籍」，肯定是隱喻等候著踏入畢布利亞哥德的少女的悲慘末路。

庫法比任何人都更快理解到情況，他猛然抬起頭來。

「小姐她們——參加檢定考試的考生危險了！請立刻聯絡帶隊的老師，讓她們折返回學院！現在這時間應該還在畢布利亞哥德一樓進行考前說明才對！」

「那是不可能的！」

修女一臉焦躁地這麼大叫。氣勢被削弱的庫法聲音有些結巴地問道：

「妳說不可能……是指？」

「在那之後過沒多久，升降機又回到了葛拉斯蒙德宮！但是，啊，怎麼會有這種事呢……！」

修女劃了十字，向不存在的上帝祈禱。

「升降機裡沒看到考生，也沒看到布拉曼傑學院長她們的身影！沒錯，她們一個也不剩地忽然消失無蹤！」

† † †

時間稍微回溯——

從葛拉斯蒙德宮搭乘升降機，以畢布利亞哥德第一層樓為目標的梅莉達，此刻與堂姊妹愛麗絲互相緊緊抱住彼此。

震耳欲聾的轟隆聲響宛如海嘯一般盤旋在兩人周圍。瞬間生長到覆蓋住整個空間的大樹群，企圖壓垮這對姊妹。

——好痛苦——無法呼吸——！

梅莉達感到害怕，倘若稍微放鬆手的力量，感覺就會與愛麗絲失散，而且會像樹葉一樣被彈飛到半空中。姊妹倆忘我地將手繞到對方背後，只是一直等待這場不講理的暴風雨離開的瞬間。

突然開始的植物生長，以時間來說，大約僅僅十秒就告終了。

恣意生長的茂密枝葉喪失水分，枯萎凋零，原本粗壯得有如巨人腳的樹幹，變得像骨頭一樣細，然後崩塌消失。壓迫感瞬間煙消雲散，梅莉達與愛麗絲仍然緊緊抱住彼此，

LESSON Ⅲ
～戴上白色羽翼的小惡魔～

戰戰兢兢地張開眼皮。

「結……結束了……剛才那是怎麼回事呀……？」

細微的光線回到一直用力緊閉的視野——

隨後，梅莉達與愛麗絲不由得茫然地呆愣了整整二十秒。

——無限書庫。

只能這麼形容而已。六角形的巨大樓梯井縱橫地貫穿空間，詭異的紫色光芒在彼端搖晃著。在左右兩邊拓展開來的牆壁全部是書架。收納在書架上的億萬本書籍，無論書背、裝訂或版型都截然不同，找不到任何一本相同的書籍——豈止如此，甚至無法將所有書籍一次盡收眼底。

兩人茫然地抬頭仰望上空，想不到連遠方高高的天花板也是由書架所構成。收納在那種地方的書，究竟有誰能拿得到呢？

「這裡就是大迷宮『畢布利亞哥德』……？」

愛麗絲低喃了大概是正確答案的話，梅莉達猛然回過神來。

「慢點……學姊她們人呢？學院長人呢？」

從巨大樹中獲得解脫的梅莉達與愛麗絲，不知為何突然站在廣闊迴廊的正中央。腳邊當然沒看到那個齒輪機關的魔法陣，而且理應一起前往迷宮的學姊，還有負責帶領考生的布拉曼傑學院長也不見蹤影。

由紙張與墨水氣味支配的廣闊空間中，只有金髮與銀髮天使兩人獨處——

愛麗絲用比起慌張更覺得費解的聲音，一臉茫然地歪了歪頭。

「該不會檢定考試已經開始了吧……？」

「……是這樣嗎？可是，本來不是說會先在安全地帶的一樓，大家一起進行考試的最後確認嗎？而且學院長不見人影這點，果然很奇怪呀！」

「我也覺得非常奇怪……可是莉塔，妳看這個。」

愛麗絲這麼說，並高舉給梅莉達看的東西，是形狀彎曲的精緻玻璃工藝品。也就是分發給每個小組的考生，顯示檢定考試限制時間的沙漏。

沙漏——已經動了起來。

合格的限制時間一分一秒地化為沙粒，逐漸掉落。

「學院長說過『考試開始後，沙漏的封印就會解除』。說不定就是**這樣的**考試。先說『還很安全喔』讓考生掉以輕心，再突然把考生丟到迷宮裡頭……」

「是要觀察我們在緊急狀況時的判斷能力？雖然不是不可能啦……」

「……要怎麼做？暫且折返回學院？」

說是這麼說——愛麗絲環顧周圍。梅莉達也跟著轉頭張望。

LESSON III

～戴上白色羽翼的小惡魔～

兩人已經不曉得她們是從哪邊過來的，也想不到該怎麼做才能回到學院，回到升降機那邊。無論眺望前後左右哪一邊，都只有類似光景的書架與迴廊，以讓人看到快昏倒的規模擴展開來。

在陷入沉思的期間，限制時間也一秒一秒地確實流逝——

一頁一頁寶貴地收藏在梅莉達的記憶中，與他有點甜蜜的小祕密。在最後那一晚，自己說出口的疑問，鮮明地在耳邊復甦。

『如果我沒辦法通過那場考試，老師會怎麼樣？』

『老師會從這間宅邸消失無蹤嗎……？』

梅莉達不知不覺地用力握緊了掛在腰際的刀。

愛麗絲似乎敏感地察覺到梅莉達的細微變化，她搖身一變，回復了宛如冰雪般的冷靜態度。

「莉塔，我們還是前進吧。反正一直在這裡等也不是辦法。」

「愛麗？」

「總之，就把這當成考試，試著前進吧。一邊前進，一邊尋找學姊和學院長。如果遇到上樓的樓梯和下樓的樓梯，就選擇下樓。如何？」

……的確，作為方針，這可能是很恰當的行動。不管怎麼說，在這裡駐足不前實在很危險。如果考試前聽說的事情是真的，這座不可思議的迷宮裡……——

就在這時，彷彿梅莉達的預感具體成形一般，漆黑的汙漬從地板石頭的縫隙間滲透出來。汙漬漸漸增加體積，變成人類大小，才心想它伸出了宛如手腳般的東西，感覺有毒的長袍便纏繞住全身。

在關節扭曲的手臂前方，拎著搖晃淡青色火焰的提燈。

「亡靈……！」

梅莉達立刻彎下腰，擺出拔刀的架勢。出現的亡靈有兩隻。雖然沒看到武器，但那宛如鉤爪般銳利尖銳的五指，足以構成威脅了吧。

愛麗絲也並肩到梅莉達身旁，將手貼在長劍的握柄上。不過，梅莉達看到愛麗絲的指尖微微顫抖著。

這也難怪。敵人是愛麗絲最不擅長應付的幽靈系……梅莉達也不禁蹙起眉頭。

「妳不要緊吧？愛麗。如果妳會怕，兩隻都由我來打倒——」

「我不要緊。」

愛麗絲這麼回答的聲音與指尖相反，並沒有在顫抖。她的手牢牢地握緊刀柄，流暢地拔出劍。鏘！的聲響高貴地響徹周圍。

「無論是我，還是莉塔……都跟只能受老師保護的**那時候**不一樣了！」

LESSON Ⅲ ～戴上白色羽翼的小惡魔～

輝煌的瑪那從姊妹倆全身噴射出來。兩隻亡靈發出撕裂喉嚨般的吼叫聲，隨後金色戰姬與白銀戰姬各自朝不同方向飛奔而出。

目標是一對一。兩隻亡靈背對背，朝繞到左右兩邊的少女展開突擊。亡靈以幾乎無視慣性的神祕動作，突然加速後又突然停止，使出沒有預備動作的橫掃攻擊。

五隻鉤爪伴隨著金屬聲響被彈開。有一瞬間被敵人的舉動攻其不備的愛麗絲，立刻用家庭教師灌輸給自己的步法重整姿勢。

亡靈的體術跟人類或野獸的體術相差甚大。亡靈不受物理法則拘束。他們沒有高舉起手之類的預備動作，也沒有無謂地往下揮落的空隙。只有「攻擊的瞬間」，會從上下左右不斷發動攻勢。沒有比這更難猜測的刀法了。

愛麗絲宛如流水一般踩著步伐，沒有固定站立位置。她以最低限度的動作避開攻擊線，只將捕捉到身體的攻擊用長劍彈開。那就彷彿金屬聲響與火花裝飾出來的舞蹈。那個新銳(蘿賽蒂)舞巫女親自傳授的身法，搭配聖騎士位階的防禦性能，實現了應該稱為「冰水一體」，變幻自在的防禦方式。

愛麗絲沒有移開視線，一直注視著無法掌握實體的亡靈顏面。

「不要害怕——仔細看清楚——不對，要徹底分析——可怕的東西——」

瞬間，愛麗絲高舉長劍，踏向前方。地板石頭「咚！」一聲地振動起來。揮落的鉤爪與長劍在絕妙的時間點激烈衝撞，攻擊力彈回到相反邊。

亡靈嚴重失去平衡，首次冒出的空隙讓愛麗絲轉為攻勢。

「比起你們……那個殘暴老師要棘手多了！」

三閃劍擊橫掃亡靈，隨後迸出白銀火焰。長袍宛如紙屑一般碎落飛散，漆黑肉體伴隨著哀怨的臨死慘叫，彷彿薄霧一般溶解消失。

在銀髮聖騎士巧妙地戰勝亡靈時——

另一隻亡靈與梅莉達也演出了一場激烈的劍舞。這邊情勢一轉，沒有任何一方採取守勢。雙方都用攻擊來擊潰攻擊，讓對手的全力與自己的王牌激烈衝撞。金屬、火花與火焰無窮無盡，宛如炎神的協奏曲一般瘋狂肆虐。

——好快樂！

梅莉達躍動全身，不知不覺地揚起嘴角。是因為平常都跟遠比自己高等的庫法對戰的關係嗎？與實力不相上下的敵人對峙的現在，梅莉達清楚地自覺到了。不知不覺間，自己居然變得這麼強大了！

他滲入全身的話語讓身體柔軟彎曲著。刀用與他的劍法完全相同的軌跡躍動著。不知從何時起，梅莉達以彷彿與幻想中的他重疊一般的心境，跳起舞蹈。

庫法帶領梅莉達踩著舞步。從胸部中心迸出的熱度逐步提昇身體的能力。結果她發

現亡靈的迎擊愈來愈慢半拍了！感覺還不夠。自己與庫法明明能繼續向前邁進，明明能更迅速地行動，但敵人卻已經被宛如暴風般奔馳的自己耍得團團轉。

梅莉達用刀接住敵人的鉤爪，隨即將插進去的刀鞘九十度扭轉。亡靈的一隻手伴隨著薄霧般的殘像粉碎炸裂。梅莉達轉動全身並同時使出低踢，連讓亡靈發出哀號的時間都沒有。梅莉達發揮出連她自己都感到驚訝的破壞力，亡靈的一隻腳從膝蓋前方吹飛到遠方的書架。

梅莉達用力一踏亡靈束手無策，滾落到後方的軀體。長袍脫落下來，底下可見的屍骸真面貌，讓梅莉達不禁發出「哦」的感嘆聲。

「原來妳是女人呢。」

梅莉達不等對方回答，便將刀尖刺向胸部中央。亡靈發出可怕的臨死慘叫，從身體末端開始化為黑色薄霧並消失，溶解在空間裡頭。

直到消散至最後一塊為止，梅莉達滑動刀尖，移開刀。

梅莉達轉頭看向後方，與早已經高舉的手心擊掌慶祝。

「「贏了！」」

愛麗絲淺淺微笑，梅莉達則是滿面喜悅地「嘿嘿！」笑著。在挑戰考試前，老實說，兩人覺得非常不安。不過，兩人實際感受到家庭教師說「如果是兩位現在的能力值，合

LESSON: Ⅲ ～戴上白色羽翼的小惡魔～

格也並非夢想」的預測，絕對不是誇大其詞。

「這樣行得通！就算學院長不在，也能合格的！我們繼續前進吧！」

梅莉達拔起刀，收到刀鞘裡。不過，同樣打算收起武器的愛麗絲，忽然將長劍高舉到眼前，蹙起了眉頭。

她俐落地將拔出來的劍身遞到梅莉達面前讓她看。

「等一下，莉塔。剛才的戰鬥讓刀身稍微扭曲了。」

聽到愛麗絲這麼說，梅莉達本身也再次將刀從刀鞘裡拔出來看看。

「哎呀，我的刀刃也有一點缺口。不過，這畢竟是模擬劍，這也沒辦法吧？」

「不是這樣的……敵人好像很強，要以這種狀況探索畢布利亞哥德，參加考試，回到學院……武器能撐到最後嗎？」

聽愛麗絲這麼一說，儘管因為獲勝而興奮不已，但剛才的亡靈絕對不是能輕鬆打倒的對手。因為能一對一集中精神戰鬥，才能這麼愉快地獲勝。

假如敵人不是兩隻，而是四隻的話？如果每經歷一場戰鬥，武器就逐漸耗損的話？這種些微的焦慮可能會變成關係到致命性失誤的枷鎖吧……？

「說……說是這麼說，但這也沒辦法呀！我們得打倒阻擋去路的敵人才行！」

「……說得也是呢。但總覺得莉塔果然有些焦躁的樣子……」

「我沒事！我們慎重地前進吧。只要不被眾多敵人包圍，就沒問題的！」

就在她剛這麼說完時。

又彷彿梅莉達的想像具體成形一般——颯颯颯！

從地板石頭縫隙間滲出的薄霧圍住兩人，少說超過十隻的亡靈同時出現了。梅莉達與愛麗絲立刻背對背，繃緊了表情。

「騙人的吧……！」

「這就是畢布利亞哥德……！」

愛麗絲苦悶地低喃的話語，也刺進梅莉達的胸口。這表示「以二年級生以上為對象進行的高難度考試」這句宣傳詞，絕非誇大其詞嗎？而且自己所在的地點，應該是迷宮基礎的低樓層。連參加六等考試的自己都是這種情況，參加三等考試的三年級生神華·茲維托克等人，此刻究竟遭遇到怎樣的困境呢——

愛麗絲再次高舉正準備收起的長劍，隔著背後開口詢問：

「要怎麼做，莉塔？」

「只能逃走了！我們兩人一起設法打開突破口吧！」

梅莉達也再次拔出刀，並將左手貼到刀柄頭，朝臉部旁邊拉近。

宛如黑色薄霧般的影子緩緩包圍兩人的全方位。簡直就像注意到這邊的企圖一樣，不留絲毫可以逃離的空隙。亡靈有如慢慢變窄的牆壁一般，一步又一步地逼近距離——

就在這時候。

「『童話之夜（Once Upon a Time）』！」

一陣強風伴隨著陌生的鮮明強烈話語，以梅莉達和愛麗絲為中心瘋狂呼嘯。

強風猛烈發出低吼，理應沒有自我的亡靈集團產生動搖。對位於漩渦正中央的姊妹倆而言，那陣風就宛如微風一般。不過，蹂躪著她們一步外側的驚人壓力，隨後氣勢洶洶地擴散開來。龍捲風一口氣膨脹起來，將亡靈一隻不剩地彈飛出去。他們飛離迴廊，伴隨著微弱的臨死慘叫，被吸入地獄裡頭……

就在梅莉達與愛麗絲一臉茫然，還難以掌握狀況的時候，看見了救贖的天使從頭上輕飄飄地飛舞降落的身影。其中一人擁有與光芒協調後，看起來也像是半透明的黑水晶秀髮，另一人則是在純潔無垢的珠寶盒裡長大的櫻花公主——

她們身上穿的大概是跟自己的服裝有著相同構想的戰鬥衣裳。也就是用來祝福天界女武神的演武裝束。跟以前曾見過的聖德特立修女子學園的制服裝扮，又有著不同印象……梅莉達總算想起了兩名天使的名字。

「繆爾同學……莎拉夏同學……！」

「感覺好久不見了呢。一定是因為我一直殷殷期盼能再會吧？」

繆爾「砰」一聲地闔起手上拿的厚重書本，這麼說道。

她那成熟的妖豔微笑，讓梅莉達的內心湧現懷念與喜悅——還同時喚起了一種莫名其妙的騷動。

LESSON：Ⅳ ～沾滿天使點心的姊妹～

「那麼，繆爾同學妳們也是來參加迷宮圖書館員的檢定考試？」

四人排成一列走著，站在從右邊算起第二個位置的梅莉達，這麼詢問在她左邊的繆爾。黑髮美少女呵呵地露出那令人懷念的妖豔微笑。

「是呀。這個時期不只是就讀養成學校的我們，也會以現任的騎士大人為對象，進行檢定考試——不過考試日程會稍微避開，而且起點也有段距離，因為畢布利亞哥德遼闊到令人難以置信，在裡面跟其他考生碰面的情況很少見呢。」

繆爾勾住梅莉達的手臂，將臉湊近到可以黏在一起的距離。

「我們一定是被命運之線連繫著呢。」

「嘿嘿，有可能喔！」

梅莉達笑容滿面地回應，於是黑髮少女有一瞬間驚訝地睜大了眼。

「……突……突襲呀。」

她喃喃自語著不知所云的話，同時摀住嘴脣並停下腳步。梅莉達訝異地歪了歪頭並轉頭一看，走在最左邊的櫻花色少女身影吸引了梅莉達的目光。

少女露出跟以前一樣夢幻的表情低著頭，梅莉達主動勾起她的手。

「莎拉夏同學，好久不見！」

「啊，是……是的，梅莉達同學！好……好久不見……！」

猛然抬起頭的莎拉夏，似乎對緊貼著自己的手臂感到困惑。

恢復正常的繆爾露出惡作劇似的笑容，同時摀住嘴角。

「呵呵……因為莎拉很文靜，所以不太擅長應付活潑的梅莉達呢。」

「咦！是這樣嗎？」

「討……討厭啦，小繆！別說這種奇怪的話啦……！」

莎拉夏羞得滿臉通紅，還有一名少女暗自氣呼呼地鼓起臉頰。

是愛麗絲。她從莎拉夏的反方向靠近金髮堂姊妹，像在主張所有權一般抱緊她另一隻手。然後愛麗絲隔著梅莉達，目不轉睛地凝視情敵。被愛麗絲這樣猛盯著看，莎拉夏不禁「噫！」了一聲，眼眶堆滿淚水。

繆爾彷彿在演戲一般，像宮廷淑女一樣將手貼在臉頰上。

「哎呀哎呀，梅莉達，妳真受歡迎呢。」

「雖然其中一邊在哭呢～」

LESSON: Ⅳ ～沾滿天使點心的姊妹～

梅莉達與繆爾互相對望一陣子，然後「「啊哈哈！」」地笑成一團。愛麗絲依然不像開玩笑似的拉著梅莉達的手臂，一直被威嚇的莎拉夏不知該哭還是該笑，不停顫抖著身體。

梅莉達像是重振精神似的鬆手放開莎拉夏，開口說道：

「話說回來，妳們兩位既然是公爵家的小孩，怎麼不告訴我們一聲呢！」

「我以為妳們一定知道嘛。不過仔細一想，妳們幾乎都沒有到社交場合露面呢。」

聽到繆爾這麼說，梅莉達與愛麗絲這對安傑爾姊妹一臉尷尬地移開視線。

「因……因為我的人際關係受到限制嘛。而且社交界感覺……」

「好麻煩。」

愛麗絲簡潔地這麼說，梅莉達也迂迴地表示同意。

繆爾像是難以克制感情似的呵呵笑了。

「真的很滑稽呢。我明明一直很想見見兩位。」

「對了——」這時她像是突然想起什麼似的抬起了頭。

「噯，梅莉達、愛麗絲。反正機會難得，我們就這樣一起參加迷宮圖書館員的檢定考試吧？」

「咦？可是沒關係嗎……這樣算作弊吧？」

「沒關係啦。再說是他們不好，居然拋下才一年級的我們，也不找個人帶領。而且妳們那邊是梅莉達與愛麗絲的兩人小組，這邊也是我跟莎拉的兩人小組，不過是小鳥同伴互相扶持罷了，真希望他們能認同呢。」

「嗯～聽妳這麼說，好像也有道理。」

在梅莉達左思右想時，繆爾把一旁的莎拉夏的手抱到懷裡。

「嗳，莎拉也覺得這麼做比較好吧？」

「咦？我……我……——」

櫻花色少女心神不寧地游移著視線，然後微微點了點頭。

感覺繆爾的視線似乎蘊含著無言的壓力，是梅莉達多心了嗎？不過那種異樣感被繆爾雀躍發出的歡呼聲給吹散了。

「就這麼決定！這是三大騎士公爵家的四千金——首次的共同任務喔！」

「哇啊……聽……聽妳這麼一說，感覺愈來愈起勁了呢！」

「與莉塔首次的共同作業……（流口水）」

「……」

在其他三人各自深深品味著決心與喜悅時——

只有櫻花色公主一個人注視著地板石頭，雙眼蒙上陰影。

LESSON IV

～沾滿天使點心的姊妹～

在周圍舞動的天使，無從得知無可救藥地擾亂她胸口的焦躁。

——小繆。這樣真的好嗎？

「我們參加的是六等考試對吧？只要四人同心協力，就沒什麼好怕的。就速戰速決吧。」

繆爾自信滿滿地這麼說道，從掛在肩上的小提包裡拿出一本書。她翻開書本中間，空白頁映入梅莉達與愛麗絲的眼簾。

姊妹倆露出疑惑的表情，只見繆爾就這樣翻開著書本，高聲詠唱咒語。

「『童話之夜』！」

於是不曉得怎麼回事，空白頁上滲出了墨水。書本自動且急速描繪出來的，是將頁面每個角落都填滿的地圖。

繆爾把書拉近自己，專注地眺望著地圖。儘管覺得不能打擾她，梅莉達還是忍不住開口詢問：

「那……那本書究竟是怎麼回事？」

「這是魔法書《梅特林克的觀測圖》喔。在畢布利亞哥德裡使用的話，會告知我們目前所在的樓層地圖與現在地。只不過，等我一下喔，因為這有限制時間，必須趁能記得時記住才行……——啊，消失了。」

以時間來說，大概不滿一分鐘吧。原本描繪著地圖的頁面輕易化為黑炭，被風吹散了。之後又只剩下空白的頁面。

繆爾將少了一頁的書本收進提包，對友人笑道：

「我們所在的地方似乎是『二樓』。我也大概知道下樓的樓梯在哪裡了。」

我們走吧——繆爾毫不猶豫地邁出步伐。為了避免在這間廣大且不可思議的圖書館中迷路，其他三人互相對望後，連忙追在黑水晶秀髮身後。

梅莉達已經對少女肩膀上掛的小提包內容充滿興趣。

「剛才那是什麼？魔法書這種東西真的存在嗎？」

「那是畢布利亞哥德的遺產之一喔。因為使用次數有限，不能奢侈地用就是了——聖弗立戴斯威德的講師連這種事也沒有教妳們嗎？」

嗚——梅莉達啞口無言，愛麗絲則是一臉不滿地抿緊嘴唇。

「妳居然有地圖，真狡猾。」

「從我的角度來看，連張地圖也不給，就要人在這種大到不像話的迷宮裡探險，才比較不講理呢——對了，機會難得，我多告訴妳們一些事吧。」

繆爾忽然停下腳步，環顧周圍。四人目前沿著被高大書架圍住的細長通道前進。書

LESSON IV
～沾滿天使點心的姊妹～

架高到就算抬頭仰望也看不見頂端，通道無論向前或往後都是不斷延伸下去，漫長到看不見盡頭。

這種感覺就好像被關閉在書頁的夾縫裡一樣。雖然視野狹窄讓人有些不安，但同時也不容易被發現的樣子，從剛才開始完全感覺不到亡靈的氣息。無論生者的呼吸或死者的喧囂，都宛如異界一般遙遠。

梅莉達感到有一點不安時，繆爾用明朗的聲音催促著她：

「梅莉達，妳至少應該知道畢布利亞哥德是貴重書籍的寶庫吧。放眼望去的書架上收藏的每一本書，都是弗蘭德爾的學者夢寐以求的知識果實喔。」

「這些全部是？感覺會看到昏倒……」

「當然也有很多沒用的書啦。嗳，妳試著抽一本來看吧？」

繆爾講得非常乾脆，但仔細一想，從這座迷宮裡帶回戰利品，原本就是迷宮圖書館員的存在意義。

梅莉達覺得自己不能退縮，她隨便挑了一本筆記本，伸手想拿起。

然後她驚訝地睜大了眼。

「好……好緊……！這什麼呀，根本不會動嘛！」

即使梅莉達用手心牢牢抓住書背，盡全力拉扯，筆記本也彷彿被人用蠟固定一樣文風不動。繆爾覺得很滑稽似的呵呵笑了。

「這是當然的吧？因為梅莉達還不具備迷宮圖書館員的資格啊。」

梅莉達不滿地鼓起臉頰，於是繆爾看來更高興似的揚起嘴角。

「對不起喔。但這麼一來，妳就明白了吧？想要從畢布利亞哥德的書架抽出『古代書』，需要相對等級的迷宮圖書館員資格。這算是害怕知識洩漏的古代人們，施加在這座迷宮上的荒唐詛咒吧。」

「難怪不是任何人都能潛入迷宮呢。」

繆爾緩緩點頭，繼續接著說道：

「妳說得沒錯，這裡是禁忌的智慧寶庫。但用半吊子的覺悟探索這裡，風險實在太大了。畢竟這裡還設置著另一個陷阱，會迷惑盜挖者，並讓他們墮落——那就是我剛才讓妳們見識的，各式各樣的『魔法書』。」

「魔法書……」

梅莉達小聲地反芻時，繆爾東張西望地環顧左右兩邊的書架。

沒多久她找到一本書背發出淡淡光輝，主張著存在的書，她用手指比給梅莉達看。

「不知究竟是誰製作和補充的，畢布利亞哥德的書架有時會混入那種魔法書——這次應該能順利拿出來喔。」

LESSON IV

～沾滿天使點心的姊妹～

梅莉達戰戰兢兢地再次伸出手指，看起來十分厚重的書背順暢地從書架滑落，躺到梅莉達的手心裡。這理所當然的現象讓梅莉達有一點感動。

「真的耶，拿出來了！」

「恭喜妳。那麼，翻開來看看吧。」

梅莉達在繆爾催促下打開書，這次在不同的意義上被迫感到絕望。

「這……這些沒看過的文字是怎麼回事！怎麼可能看得懂嘛？」

「對吧？這就是施加在魔法書上的詛咒。魔法書與古代書不同，無論是誰都能從書架裡抽出來。只不過魔法書也一樣，倘若不具備相對等級的圖書館員資格，就不曉得會發揮怎樣的效果……雖然是可以使用啦。」

哦──梅莉達深感佩服，銀髮堂姊妹則相反地露出懷疑的眼光。

「妳還真清楚呢。照理說妳應該跟我們一樣，是第一次參加考試吧？」

「因為小繆家專門研究畢布利亞哥德。」

用宛如鈴鐺般的聲音這麼發言的是莎拉夏。她願意開口說話讓梅莉達十分開心，露出燦爛的笑容。

「這樣啊！」

「拉．摩爾家代代都是在畢布利亞哥德的最高層設有研究室的學者一族。迷宮圖書館員帶回來的古代書與魔法書，按規定都是由小繆的母親大人管理……偷偷告訴妳們，小繆放在包包裡帶來的幾本魔法書，也是從拉．摩爾伯母那裡摸來的……」

「果然是作弊。」

看到愛麗絲緊盯著自己，繆爾慌忙地搖了搖雙手。

「哎……哎呀，應該沒有規定『不准帶書』吧？先別提這些，好啦各位！我們得試試看難得拿到的魔法書效果呢！」

「咦，明明不曉得會發揮怎樣的效果耶？」

梅莉達不禁感到退縮，但繆爾簡直就像個賭徒一樣，露出看似愉快的表情。

「正因為不曉得效果，才必須使用看看，確認一下吧。好啦，就當作試運氣。魔法的咒語是──『童話之夜』。」

「唔，感覺好緊張喔……童……『童話之夜』！」

梅莉達一說出這句話，手上拿的魔法書便回以敏銳的反應。翻開的書頁上的文字列閃耀著炫目的光芒──砰！

「哇！」

魔法書吐出讓人不由得大吃一驚的猛烈白煙，覆蓋了周圍一帶。

「這什麼呀？我什麼也看不見！」

LESSON: IV

～沾滿天使點心的姊妹～

「莉塔！莉塔！妳在哪……？」
「哎呀呀？有魔法書會放煙幕彈的嗎？」
「小繆，我好像——變得**很涼快**耶？」
在她們吵吵鬧鬧的時候，煙霧本身大約十秒就消散了。不過總算變明朗的視野，讓梅莉達等四人驚訝地睜大了眼。
「衣……衣服變了！什麼時候？」
她們當然沒有換衣服的記憶，但肌膚碰觸到的布料質感卻產生了變化。少女分別換上了多采多姿的四種衣裳。
並非戰鬥用的演武裝束。梅莉達的衣服反倒是完全相反的設計。那是大方地露出肩膀，長裙疊了好幾層的豪華派對禮服。
連頭髮都細心地佩戴上宛如公主一般的皇冠，雙腳則穿著高跟玻璃鞋。梅莉達述說她坦率的感想：
「好難行動！」
「哎呀，真棒呢。梅莉達，妳運氣真好。剛才那本書是《歌后的詩集》呢。」
「那……那具備怎樣的效果呢？」
「效果是『讓人擁有故事登場人物的力量』，是賦予強化系的魔法喔。梅莉達分配到的這個角色，我記得是……『灰姑娘』。」

聽到這個感覺非常適合自己的名稱，梅莉達暗自垂下肩膀。

繆爾的笑聲清脆地響起。

「哎呀，這是很適合梅莉達的幸福故事喔。作為魔法的效果是『在規定時間到來之前，獲得眾神庇護』——記得是這樣吧？」

「莉塔，妳沒事吧？」

聽見與自己相反，十分冷靜的堂姊妹的聲音，梅莉達將視線看向那邊。

然後瞬間被吸引了目光。

愛麗絲的打扮是所謂的樸素村姑。不知是否以幼年學校的小女孩為雛形，裙子上的花紋布徽章十分惹人憐愛。還有包住銀髮的紅頭巾，那氛圍簡直就像在包裝親手製作的點心一般。

梅莉達從頭到腳仔細觀賞，她的嘴會忍不住鬆緩下來，也是無可奈何的。

「愛麗好可愛！」

「……沒那回事。莉塔比我可愛多了。」

「我可以緊～緊地抱住妳嗎？」

「……來吧。」

LESSON IV ～沾滿天使點心的姊妹～

「別在那搞些像笨蛋情侶一樣的互動了，可以聽一下我的見解嗎？」

繆爾有些不滿的聲音分析起愛麗絲的變裝。

「愛麗絲的裝扮是『小紅帽』這個角色呢。效果是『擁有大野狼的野性』。」

銀髮少女的嘴角露出虎牙，在近距離看見的梅莉達驚訝地「哇」了一聲。愛麗絲順勢抱住梅莉達的脖子，開始輕咬她裸露出來的肩膀。

「咬咬……莉塔，好好吃。」

「呀哈哈哈！好……好癢喔！」

就在梅莉達被堂姊妹黏著嬉鬧，正覺得傷腦筋時，響起了宏亮的腳步聲。

威風凜凜地走出來的是繆爾・拉・摩爾。她穿著有些煽情，洋溢著開放感的打扮。上半身只有覆蓋住平緩胸部的帶子，肩膀和肚臍都一覽無遺。下半身的裙子像是把布圍在腰間。從衩口露出的大腿性感誘人。

半透明的頭紗隨風搖曳的身影，讓梅莉達與愛麗絲不禁看入迷。

「這……這是什麼角色呀？好罕見的衣服……！」

「應該是『阿布拉卡達布拉』吧。效果是『可以使喚三次魔神』。」

「魔法書真有趣呢！」

梅莉達坦率地露出燦爛笑容，繆爾在頭紗底下呵呵笑了。

「對呀。不過魔法書也是雙刃劍，不曉得效果的東西必須慎重使用——」

「小……小繆～……！」

這時，傳來了可憐無比的哭泣聲。還重疊著滴答的**水聲**。

「灰姑娘」、「小紅帽」與「阿布拉卡達布拉」都環顧周圍，心想是發生什麼事。

仔細一想，還沒看到第四名公爵家千金的身影。理應位於相同視線高度的她消失無蹤。

這也難怪，因為聲音的來源在梅莉達她們的腳邊。莎拉夏甚至無法用自己的雙腳站立，躺臥在地板上。原本應該踩踏著地面的兩隻腳——居然變成了擁有鮮豔鱗片的魚尾巴。上半身是裸體，只有兩片貝殼黏貼在胸前。莎拉夏要抬起上半身似乎很吃力，她的眼眶堆滿了淚水。

「我……我站不起來啦……！這到底是什麼魔法呀……？」

繆爾突然像是挖掘到幾千年來的祕寶一般，漲紅了臉。

「太……太厲害了，莎拉！『人魚公主』是非常稀有的角色喔！效果是『能在水中自由舞動』……我也是首次親眼目睹呢！」

「哇啊，莎拉夏同學真棒！如果是在水中，就無敵了呢！」

「如果是在水中……只要有水……」

「沒錯，如果是水中……！水中……」

LESSON IV

～沾滿天使點心的姊妹～

「…………水中？」

尾鰭啪一聲敲打地板石頭。三人面面相覷，露出難以言喻的微妙表情，陷入沉默。

她們像是顧慮莎拉夏似的背對她，小聲地交頭接耳，互相確認。

「呃，換句話說，那個魔法現在……」

「沒地方可用。」

「是下下籤呢。」

「嗚哇啊啊～！為什麼都是我碰上這種事～！」

莎拉夏開始嚎啕大哭，看不下去的繆爾上前安慰摯友。

「真是的，莎拉，妳別動不動就哭嘛。只要過了限制時間就會復原啦。」

「嗚嗚，嗚嗚……可是這樣好難行動喔……！」

是因為她試圖勉強擺出像個人類的姿勢嗎？人魚公主雙手貼在地板上，非常辛苦地扭動著。結果她用力搖晃的上半身裸體，有兩顆果實宛如波浪般起伏躍動。

在自己胸前不曾見過的活潑躍動，讓梅莉達背後竄起一股戰慄。

「選……選拔戰的時候我就在想了……莎拉夏同學跟我們同樣是一年級生吧？」

「真虧妳能注意到呢，梅莉達。沒錯，我們當中有一個叛徒。她胸前掛著兩顆會撕裂我們公爵家四千金羈絆的背叛果實。」

繆爾一邊按住自己平坦的平口小可愛，同時用嚴肅的表情這麼告知。被評為「與堂姊妹如出一轍」的愛麗絲，也用彷彿會凍僵的視線看向莎拉夏。

受到所有人注目的人魚公主，猛然緊抱住自己只有貝殼覆蓋的胸部。

「什……什……什麼？大家的眼神好可怕喔！」

「莎拉夏同學，那個，只要一下子就行了……可以讓我摸摸看嗎？」

「莉塔要摸的話，我也要摸。這說不定會成為攻略那個殘暴老師的關鍵……」

「我不是很懂妳們的意思，但是不行！——咦？小繆！」

隨即繞到背後的黑髮摯友，壓住了莎拉夏的雙手。繆爾從後方將下顎搭在莎拉夏裸露的肩膀上，不懷好意地揚起嘴角。

「真拿妳們沒辦法，其實這應該是我專屬的特權，不過為了促進大家的感情，我就特別允許妳們摸吧。來，盡情地享受這感觸吧！」

「妳妳妳……妳別擅自允許啦！咦……呀啊啊啊！」

蹲下來的安傑爾姊妹，從兩旁同時抓住人魚公主胸前的兩顆果實。梅莉達像是當成易碎品似的撫摸著右邊，愛麗絲則是毫不客氣地一把抓住左邊。

就憑自己的胸部不曾體驗過的存在感，讓飛機場姊妹驚訝地睜大了眼。

「好……好厲害……！手指居然深陷成這樣，且被包圍起來……！」

「哈密瓜麵包……？鬆餅……？像麻糬一樣軟綿綿……」
「呼……啊！梅……梅莉達同學，拜託妳們，慢……慢點……！」
「會搖晃，會搖晃啊……！如果我的是小果凍，她的就是大布丁……」
「壓倒性的戰力差距……殘暴梵皮爾軍也會全線崩潰……全軍撤退……」
「啊嗚！啊嗚啊嗚……呀！請……請妳們不要再摸了～……！」
驚愕到連語言能力都出現障礙的姊妹倆身體不斷前傾，熱中於採集果實。被她們從兩旁毫不客氣地揉捏胸部，人魚公主拚命揮動無法抵抗的雙手，同時淚眼汪汪地大叫：
「這……這沒什麼大不了的啦，我只是比班上同學稍微大一點而已！」
「「一**點**。」」
連段攻擊狠狠刺中安傑爾姊妹的精神層面。
總算收手的梅莉達，緩緩俯視自身的胸前。她被迫體認到一直用來安慰自己「多少有一點」的東西，只不過是弱不禁風的騙局。
「我一直相信只要升上高一級的學校，無論是誰都會變大……可是，現實並沒有那麼美好呢……」
「莉……莉塔，我們才一年級而已。不應該捨棄希望。」
「就是說呀。特別是目前這種時代，喜好也是因人而異嘛。」

LESSON IV

~沾滿天使點心的姊妹~

繆爾若無其事地這麼說道，像是在炫耀平坦曲線一般將身體向後仰。她露出連同性都會小鹿亂撞般的微笑，開口說道：

「重要的應該是自己能多接近喜歡的人的理想吧？」

「喜歡的人……」

聽到繆爾這麼說，梅莉達內心會浮現的男性，只有一個人而已。

自然而然地回想起來的，是進行身體檢查的那一晚。那晚的記憶至今仍歷歷在目地復甦，讓梅莉達羞得滿臉通紅，他那雙大手纖細的動作……

梅莉達還以為他是拿檢查當理由，其實只是想觸摸自己，一直假裝不知情的樣子。然而他張開眼皮察覺到情況後，像是情不自禁似的吶喊了真心話。

——抱歉，我居然絲毫沒有察覺到自己正在撫摸胸部——

——我居然絲毫沒有察覺到是胸部——……

一種難以言喻的感情在梅莉達內心沸騰起來。反正比起不曉得是否存在的一口小布丁，他一定也比較喜歡像莎拉夏那種會搖來晃去的麝香哈密瓜。一想到這邊，梅莉達就無法繼續保持沉默。

「——討厭，老師大笨蛋！」

在梅莉達氣沖沖地沸騰的瞬間，盛大的白煙又「砰！」一聲地包圍四千金。當經過幾秒，視野變得清晰時，她們已經恢復成各自學校的演武裝束打扮。

繆爾像是觀賞了一場有趣的表演，她輕快地踩著舞步。

「總之，就像這樣，魔法書雖然方便，但同時也是用來對付不具備資格者的圈套。也就是說，我們要謹慎且大膽地使用。」

「小繆……」

莎拉夏總算能用自己的雙腳踩踏地板，她哭喪著臉說道：

「我想回家了……」

「哎呀，還不行喔。」

繆爾將食指貼在嘴脣上，殘酷地呵呵笑著。

「好戲現在才要開始呢。」

† † †

不曉得四千金華麗的探索時間經過了多久呢？一行人跟隨繆爾的帶領越過迴廊，通

LESSON: IV ～沾滿天使點心的姊妹～

過幾扇門與樓梯，不斷朝無止盡的迷宮深處前進。

黑髮美少女有時會從小提包裡拿出書本，詠唱咒語。一邊犧牲一頁掌握現在地，同時確實地帶領梅莉達等人前往目的地。

「我們目前在『五樓』。根據觀測圖，這扇門的前方是……」

繆爾這麼說著，同時推開宛如祖母綠一般閃耀發亮的莊嚴門扉。

門的後面是死胡同。是一個全方位都被書架包圍的六角柱空間。抬頭仰望上方，少說有三十公尺高吧。會覺得能看見天花板算好的，不就充分證明感覺已經麻痺了嗎？

鋪設馬賽克磁磚的地板上堆積了好幾本書，六方書架上的空缺十分顯眼。是懶散的某人在閱讀後就丟著不管的痕跡嗎？

然後房間中央設置著用纖細支柱撐起來的小型祭壇。上面放著一本老舊的書籍。梅莉達等四人靠近後，書本自動翻頁了。只見在空白頁的中央，墨水滲透出文字，然後又逐漸消失。

『歡迎來到第四十七閱覽室。』

『要參加圖書館員考試嗎？』

『　要　不要　』

靠在墨水瓶上的羽毛筆輕微顫抖著，等待回答。四千金互相對望，梅莉達代表大家拿起筆，在「要」的那邊畫了個大圓圈。

老舊書本瞬間充滿活力，自動飄浮起來。書本掀開幾頁，又在空白頁滲透出墨水。

『從現在開始進行畢布……哥德圖書館員……等的考……』

『給你……的……驗…………』

梅莉達等人蹙起眉頭，將身體探向前方，想確認是怎麼回事。墨水乾涸到絲毫無法看清內容。只見羽毛筆彷彿看不下去一般，從梅莉達手邊飛了出去。羽毛筆自行飛到墨水瓶旁邊後，像啄木鳥一般將筆尖浸泡在墨水裡。

然後羽毛筆飛舞到老舊書本旁，以驚人的氣勢書寫起文字。

『給你們的考驗是「修補」與「整理」書籍。』

『請看房間地板與周圍的書架。』

LESSON Ⅳ
～沾滿天使點心的姊妹～

梅莉達等人在催促下環顧周圍。散落一地的成堆書本，還有空缺十分顯眼的書架。感覺可以猜出後續發展的同時，羽毛筆又縱橫舞動起來。

『請將散落在地板上的書一本不剩地收回書架。』

『在歸還所有書本後，認定為考試合格。』

「所謂的『修補』是指什麼？」

就在愛麗絲說出每個人都感到好奇的疑問時。

砰！一本掉落在地板上的書，以彷彿要炸飛般的氣勢翻開了。更令人驚訝的是，有什麼東西紛紛攘攘地從書頁夾縫中爬了出來。

幾名少女也不禁感到驚愕，倒退了兩三步。

「那……那……那是什麼？」

「動作……看起來像是蟲子。」

就如同繆爾的分析一般，那是「蟲」。只不過，是用紙做的蟲。泛黃的書頁、破掉的紙張、墨水乾涸而無法閱讀的文章……這些要素形成節肢與甲殼，沙沙沙地演奏出紙張位移的多重奏。

不知是否有人在閱讀，魔法的羽毛筆又描繪出輕快的軌跡。

『那是「蛀蟲」。是會啃食貴重的書籍，讓人非常傷腦筋的魔物。』

『請驅除會蛀蝕書本的蛀蟲，把變乾淨的書放回書架上吧。』

『提供每個人都能舒適閱讀的空間，可說正是圖書館員的意義——

鏘！宏亮響起的拔刀聲，蓋過了羽毛筆的動作。

梅莉達率先拔刀，緊接著愛麗絲、莎拉夏還有繆爾也各自架起長劍、矛與大劍。這也是當然的，因為沙沙沙地蠢動著節肢的「蛀蟲」，隨後咻啪！地飛撲過來。

「——喝啊！」

四千金同時踏向前方，在奔馳時揮出四抹劍擊。四色瑪那焚燒著空間，將幾隻蛀蟲劈成兩半。大量紙片颯地飛舞起來。

單隻的蛀蟲並沒有多難應付。不過牠們的數量相當龐大。滾落在地板上的書接連跳起，紙造怪物從翻開的書頁中紛紛攘攘地湧現出來。

「各位！與其打倒敵人，不如盡快把書收拾整齊吧！」

梅莉達迅速地發出指示，其他三人立刻反應過來採取行動。她們各自撿拾起書本，

LESSON: IV
～沾滿天使點心的姊妹～

同時飛奔到書架旁。

梅莉達也砍掉礙事的蛀蟲，撿起腳邊的書。她瞄準書架的空缺位置展開突擊。她順著氣勢握緊書，彷彿用摔的一般把書放回書架——她原本是這麼打算的。

但發出了「喀鏘」的聲響，書本自己拒絕被收納。並不是寬度不夠。簡直就像被看不見的牆壁阻礙一樣，即使用力推壓，書本也不肯納入書架。

「這是怎麼回事？沒辦法放回去……！」

「我……我拿的書也放不回去！小繆，這是什麼情況？」

「我……我哪知道呀！這種事我也沒聽母親大人說過……！」

「咦？我拿的書放進去了耶？」

只有愛麗絲一個人訝異地露出疑惑的表情。繆爾扔下手上拿的書，飛奔到愛麗絲身旁。她抽出愛麗絲剛才放回去的書，仔細確認內容。

「——————」

她以非常驚人的氣勢翻頁閱讀，然後重新把書放回書架。接著她從散落在地板上的書本中重新找了一本書並撿起來，飛奔到另一個方向的書架。

結果繆爾拿的書很順利地放回書架的空缺部分了。她再次抽出那本書並翻了幾頁，漲紅著臉激動地說道：

「果然沒錯！也就是說，這是猜謎！」

「猜……猜謎？」

「這些書只使用二十五個記號來記載。雖然內容意義不明，但反過來說，就是配置著用這二十五個文字能表現出來的所有組合。然後考慮到畢布利亞哥德不會存在兩本相同的書這點，就表示某處存在著只有一個字不同的書。以這點為前提來思考的話，舉例來說，這本書上寫的文章會明示另一本書的所在處——」

「「「也就是說？」」」

其他三人異口同聲地問，繆爾露出微笑。

「幫我爭取時間。」

梅莉達握緊刀代替回答，並砍掉附近的蛀蟲。莎拉夏揮向前方的矛尖將敵人刺成一串，愛麗絲的長劍劃出平滑的剖面。

在這段期間，繆爾逐一撿起地上的書，以驚人的氣勢不斷翻頁閱讀。她將幾本書放回書架又抽出來，毫不厭倦地瀏覽著。

過沒多久，她「砰！」一聲地闔上書本，同時大喊：

「我解讀出來了！來幫我一下！」

三人一起朝不同方向飛奔而出。繆爾將手上拿的書拋給摯友。

LESSON: IV
～沾滿天使點心的姊妹～

「莎拉，放到第四個書架的第二層！」

她接著扔一本書給愛麗絲，又扔一本給梅莉達。

「愛麗絲那本放在第三個書架第三層！梅莉達那本放在第二個書架第五層！」

繆爾自己也一邊撿起書，一邊用流暢的動作揮動大劍一閃。她砍飛可憐的蛀蟲，同時將迷路的書本摔回書架上。

安傑爾姊妹看似焦躁地揮動手心。

「傳給我！」

「給我給我！」

「啊，真是的，別催我嘛！」

她接著扔出兩本，又用上肩投法扔第三本。眼看著馬賽克磁磚地板逐漸變乾淨。剩下最後一本書時，繆爾緩緩指向上空。

「——那裡！最後一個！」

一看之下，在非常靠近天花板的高處，書架上有個空位。梅莉達瞬間判斷就算想蹬牆跳起，助跑距離也不夠，就在這時，有個凜然的聲音呼喚著她。

「梅莉達同學！」

莎拉夏將矛水平揮出。立刻理解她用意的梅莉達一蹬地板，跳到矛柄上。莎拉夏彷佛感覺不到重量一般，使勁地揮動矛。

梅莉達的身體垂直地往上跳起。繆爾用力揮出最後一本書，扔給梅莉達。「梅莉達！」愛麗絲則是砍斷想追趕上去的蛀蟲。

「莉塔……！」

梅莉達在意識的一角捕捉到堂姊妹信賴的聲音，同時在空中接住書本。她在非常靠近天花板的絕妙位置輕飄飄地靜止下來，這是因為莎拉夏的神乎其技嗎？梅莉達瞄準存在於眼前的書架空位，將最後一本書——摔回書架裡。

瞬間。

殘留在房間裡的所有蛀蟲，都從內側炸裂出紙片。純白的紙張大量地捲起漩渦，遮蓋住梅莉達等人的視線。

「唔哇……！」

就在往下掉落的梅莉達稍微陷入恐慌時，響起了蹬著牆壁的輕快咚咚聲。宛如小鳥一般飛舞起來的櫻花色少女，從正面抱住了梅莉達。

「莎拉夏同學……！」

她簡直就像長了羽翼一般，抱著梅莉達輕飄飄地在地板上著地。在宛如櫻花飛舞的紙片包圍下，感動不已的梅莉達撲向莎拉夏。

LESSON IV
～沾滿天使點心的姊妹～

「謝謝妳，莎拉夏同學！我們成功了呢！」

儘管看來有些吃驚，莎拉夏最後也害羞地將手繞到梅莉達背後。

「是的……我們成功了，梅莉達同學。」

「天啊，真是的，莎拉太帥了啦！我又重新迷上妳嘍！」

繆爾從背後靠了上來，壓扁櫻花色的友人。然後這次換抱住梅莉達背後的愛麗絲有些不滿地鼓起臉頰。

「莉塔，莉塔……我也很努力。」

「嗯！這是大家一起努力的成果！是我們的大勝利～！」

少女們擠成一團，歡欣鼓舞，在這裡頭被前後夾攻的莎拉夏，剛才的精悍模樣不知上哪去了，只見她淚眼汪汪地發出呻吟。

「啊嗚啊嗚，大家再淑女一點地慶祝吧……」

在這樣的少女們背後，設置在房間中央的祭壇上，那本老舊的書翻開了。

羽毛筆自動地舞動起來，點綴出沒有人閱讀的文章。

『恭喜妳們。妳們通過了本樓層的考驗，因此將授與妳們——』

『畢布利亞哥德「**五等**」圖書館員的資格。』

† † †

興奮總算平息下來的梅莉達等人猛然回頭一看，老舊的書本與不可思議的羽毛筆，已經在閱覽室中央安穩地結束它們的任務。少女試著翻開書頁，但書上只有空白與一丁點汙漬，連墨水痕跡也不剩。

在少女互相對望時，一個書架散發出淡淡的光芒。正確來說，是收納在書架上的四本書主張著存在，自行移動起來，遞出書背。

四人分別拿起書一看，只見書上標了這樣的標題。《梅莉達・安傑爾》、《愛麗絲・安傑爾》、《莎拉夏・席克薩爾》、《繆爾・拉・摩爾》。她們交換冠上自己名字的書，內心不由得澎湃起來，同時一起翻開書頁。

書本的第一頁是她們身為瑪那能力者的各種能力表。

然後剩餘的部分是毫無意義的幾百頁黏貼了起來，並在中央切割出一個洞，形成一個隱藏式收納空間。收納在裡面的是類似絲綢的純白手套與單片眼鏡。

「該不會這就是迷宮圖書館員的證明……？」

「應該就是這麼一回事吧。」

LESSON: Ⅳ ～沾滿天使點心的姊妹～

繆爾立刻戴上全新的單片眼鏡，打開她手邊的魔法書。

她彷彿打從心底湧現感動一般，洋溢著豐富情感的聲音雀躍地說道：

「實在太棒了。這麼一來，不用一一確認，魔法書的效果也是一目了然呢。」

「我想看！也讓我看一下！」

「小繆，我也想看……」

梅莉達與莎拉夏也爭先恐後地戴上單片眼鏡，從繆爾兩旁抱住她。然後同時發出了「「喔喔～……！」」的感嘆聲。透過眼鏡來看，連原本意義不明的神祕語言也變成熟悉的共通語。

「那麼，這邊的手套是？」

愛麗絲這麼說道，抓抓放放地活動著戴上手套的左手。附帶一提，這邊只有左手用的手套，沒有右手的份。這表示手套的用途並非保護手指吧。

對這座迷宮最有研究的繆爾簡潔地敘述她的論點。

「應該是用來抽取拿不出來的古代書吧。當然只能拿符合自己等級的書，但應該有幾本書變得可以閱覽了——大家何不試著找本書翻閱看看呢？」

「哇啊～哇啊～真的可以嗎？」

梅莉達等人興奮地漲紅了臉，在閱覽室中散開。就宛如在書架間飛舞的妖精一般，少女眼神閃閃發亮，挑選著五顏六色的書背。

看著看著，梅莉達忽然發現了讓她感到在意的東西。書架的某個部分沒有放書，而是裝飾著不曾見過的擺飾品。是個用基座與支柱撐起來的灰色球體。

「噯，妳們覺得這是什麼？」

「噢，我在拉．摩爾的研究室看過。那是『世界儀』喔。」

「世界儀？」

陌生的詞彙讓梅莉達轉過頭，物色著書架的繆爾聳了聳肩回答：

「那好像是『表現出這世界真理的東西』，但沒有人能解析出真相呢。不曉得那灰色球體究竟有什麼意義？」

「是喔……」

梅莉達暫時觀察起那個叫世界儀的東西，但不管怎麼看，都是塗成一片灰色，沒什麼意思。梅莉達很快喪失興趣，移開了視線。

比起這個，「咦？」另外有個東西引起梅莉達的注意。是從書架上露出來的一封信箋。為什麼這種東西會混在這裡面呢？梅莉達這麼心想，忍不住伸出手指。

套上手套的左手順暢地從書本縫隙間抽出信箋。

「這是……——」

梅莉達試著確認內容，震驚到說不出話來。繆爾聽到梅莉達的喃喃自語，轉頭看向這邊。她的視線瞄向梅莉達的手邊。

「噢，就算其中混有書本以外的東西，也用不著驚訝喔。妳沒聽說嗎？到今天為止被撰寫下來的所有『文章』，都會不知怎來地被複製到畢布利亞哥德裡。有時還會找到購物清單呢。」

「這……這樣啊……」

梅莉達拚命克制住動搖，若無其事地將拿到的信箋收進口袋裡。

這時她像是猛然驚覺似的抬起了頭。

「對了！愛麗，限制時間呢？我們可能沒空在這邊悠哉！」

一臉好奇地閱讀著古書的愛麗絲，張嘴「啊」了一聲。她連忙從口袋裡拿出沙漏，高舉到眼前……然後鬆了口氣。

「不要緊，還剩三分之二左右。時間很充裕。」

「太好了……！總之，這樣就通過考試了，我們趕緊回學院吧！」

梅莉達用雀躍的聲音這麼呼喚。於是繆爾一臉疑惑地歪了歪頭。

「……這麼說來，雖然我一直沒問，但梅莉達妳們是認真地以合格為目標，來參加考試的呢。為什麼？如果只是要維持身為月光女神候補生的體面，應該沒必要做到這種地步吧？」

「這……這是因為……繆爾同學，妳們不也一樣嗎？」

「誰叫我跟莎拉是聖德特立修的模範生嘛。」

繆爾難以捉摸的回答，讓梅莉達不禁不滿地鼓起臉頰。

儘管有些猶豫，梅莉達還是背著手向她們坦白。

「……其實我想要被認同是『安傑爾家的小孩』。我希望學院的大家、父親大人，還有不是貴族的市民都能認同我。然後老師就給了我一個課題，他要我試著參加迷宮圖書館員檢定考試。」

「原來如此，所以是那個帥氣老師的吩咐啊。」

繆爾愉悅地揚起嘴角。

「梅莉達真的很喜歡他呢。」

「這……這是……！」

「——可是，他的意圖真的只有這樣而已嗎？」

繆爾突然發出宛如小刀般的犀利聲音，梅莉達說不出話來。

彷彿連光芒都會吞沒的黑曜石眼眸，像要看透一切似的注視著梅莉達。

「這……這話什麼意思……？」

叩、叩──繆爾一步又一步地踩響鞋跟，走近梅莉達身邊。

「通過困難的考試，獲得輝煌的成績，受到大家祝福──」

叩！逼近到眼前的黑曜石眼眸，從近距離窺探著梅莉達的臉。

「那真的能成為妳是安傑爾家小孩的證明嗎？」

「……！」

在梅莉達啞口無言時，一隻少女的手插入兩人之間。愛麗絲像要庇護堂姊妹似的站在她前方，瞪著拉・摩爾家的千金看。

被宛如冰雪般的眼神注視，繆爾輕輕聳了聳肩。

「哎呀，對不起。這只是小小的求知慾啦。」

繆爾像要敷衍帶過似的背對她們，接著從小提包裡拿出一本書。她一詠唱「『童話之夜』！」這句咒語，書頁便自動翻開，並滲透出墨水。

那是至今曾見過好幾次的魔法書《梅特林克的觀測圖》。因為頁數也所剩不多，繆爾迅速地將地圖記到腦海中後，闔上了書。

「好啦，趕緊回到我們的學舍吧。我送妳們到聖弗立戴斯威德──走這邊吧，好像有捷徑呢。」

就在這時，響起了「啪沙啪沙啪沙！」的喧囂聲響。

LESSON IV

～沾滿天使點心的姊妹～

少女轉頭看是發生什麼事，發現聲音來源是莎拉夏。她把書弄掉到地板上了。貴重的古書大量地散落四處，她究竟一次搬了幾本書呢？

梅莉達自然地上前幫忙撿書，莎拉夏深感抱歉地低頭懇求。

「那……那個，各位……可以在這裡再多待一會兒嗎？我有好多想看的書，而且這地方也不能常來，所以說……」

「咦？可是……下次再來看好嗎？而且我們還在考試中呢。」

「梅莉達說得沒錯。莎拉真是的，這麼冒失。」

繆爾也快步走近，將撿起來的書隨便找個地方塞回去，粗魯地整理收拾著。她抓住愣在旁邊看著的梅莉達的手，要拉她離開。

於是莎拉夏撲向梅莉達，抱住她另一邊的手挽留她。

「等……等……等一下！可以繞一下路嗎？有個地方讓我很在意……」

「莎拉，妳太任性了喔。妳會弄掉書也是故意的吧？」

繆爾用指責似的聲音這麼說。梅莉達不知所以，只能讓視線在兩名德特立修學生之間游移。感覺情況不太對勁。

「妳剛才聽見了吧？梅莉達她們必須通過這次考試才行。限制時間正逐漸逼近，我們根本沒空玩樂喔。」

「噯……噯，妳冷靜一點啦，繆爾同學……！」

因為氣氛逐漸變得緊張，梅莉達委婉地想幫忙打圓場。

「我不要緊的，妳也聽聽莎拉夏同學怎麼說吧？說不定她有什麼很重要的事……」

「這……」

然後，就在梅莉達與繆爾的注意力稍微分散的那個空隙。

莎拉夏突然迅速地橫掃著手。她順勢折返回牆壁邊。

梅莉達察覺到懷裡有異樣，她連忙看向莎拉夏手邊。只見莎拉夏搶走了通過考試的證明，也就是冠上《梅莉達．安傑爾》這標題的收納本。

「莎拉夏同學？妳怎麼突然……！」

「對……對不起，可是——」

「哎呀哎呀哎呀，莎拉真是的，惡作劇好像有點過火了呢。」

繆爾踩響鞋跟逼近友人，砰！一聲地用手敲打書架。

莎拉夏將書本緊抱在胸前，繆爾像要蓋住她似的瞪著她看。

「把書還給梅莉達，那是她的東西喔。我們要大家一起帶著合格的證明回學校。這麼一來，應該就能大家一起迎接圓滿大結局喔？」

「不……不行啦，小繆！這種事果然是錯誤的！」

LESSON Ⅳ

～沾滿天使點心的姊妹～

「都到這裡來了，妳還在說什麼……！」

梅莉達已經完全無法理解事情發展。有著同樣心境的銀髮堂姊妹走近梅莉達，兩人互相歪頭對望。愛麗絲悄聲地發出疑問：

「……妳們兩人在說什麼啊？」

雙方的注意力忽然轉向這邊。表情緊迫的莎拉夏，以及繆爾同樣讓人覺得似乎很拚命的聲音，演奏出不協調音。

「我們不能再繼續前進了，梅莉達同學！這場考試是——」

「莎拉夏！」

「這場考試是陷阱！」

隨後，彷彿從地底轟隆作響的詭異吼叫聲，撼動了閱覽室。

克莉絲塔・香頌

位階：劍士

HP	3740	MP	299		
攻擊力	280	防禦力	374	敏捷力	307
攻擊支援	－	防禦支援	0～25%		
思念壓力	26%				

主要技能／能力

牢固 Lv4／練氣功 Lv4／零之守衛 Lv4／節能 Lv4／逆境 Lv5／修劍士・上級連舞劍「先鋒強襲」／修劍士・上級守衛法「槳環」

神華・茲維托克

位階：劍士

HP	4052	MP	368		
攻擊力	336	防禦力	415	敏捷力	379
攻擊支援	－	防禦支援	0～25%		
思念壓力	29%				

主要技能／能力

牢固 Lv6／練氣功 Lv5／零之守衛 Lv5／增幅爐 Lv5／逆境 Lv4／修劍士・上級連舞劍「先鋒強襲」／修劍士・上級守衛法「槳環」／Brigant Rio

【劍士】

以強大的防禦性能跟支援能力為傲的盾牌位階。專用能力「牢固」可以在自己周圍製造出阻擋敵人舉動的領域。倘若讓幾名劍士組成陣型，應該會成為任何人都無法通過的銅牆鐵壁吧。

資質〔攻擊：C　防禦：A　敏捷：B　特殊：－　攻擊支援：－　防禦支援：B〕

LESSON：V ～死神的使者～

LESSON：V ～死神的使者～

「這次又是怎麼回事？」

不斷鳴叫且帶著怨念的多重奏，讓梅莉達等四人急忙衝出閱覽室。還是一樣遼闊到讓人不安的無限圖書館……彷彿要刺穿鼓膜的尖叫轟隆轟隆地一直迴盪在各個角落。

「亡者的聲音……？」

繆爾微微蹙起眉頭，同時這麼分析，隨後。

紫色海嘯以驚人的氣勢從迴廊前方襲擊而來。彷彿滑過地面似的飛翔著，同時把嘴巴張到最大限度，吶喊著吐血般的詛咒話語的那些東西，是徘徊在畢布利亞哥德的成群亡靈。

四人震驚地睜大了眼，同時立刻一蹬地板。梅莉達與愛麗絲同時往上跳，慢了一拍後，繆爾也跳起。然後在差點被亡靈波浪吞沒的前一刻，莎拉夏飛舞起來。冠上《梅莉達·安傑爾》這個標題的書本從她的手中滑落。

「啊……！」

滾落到地板上的書立刻被奔馳過迴廊的幽色軍隊給淹沒了。

亡靈的目標似乎並非梅莉達等四千金。他們看也不看在上空飛舞的天使身影，彷彿以通往冥府的門為目標一樣，朝著某處進攻。看到源源不絕的幾百具屍骸，梅莉達蹙起眉頭。

「他們究竟打算上哪兒去呢……？」

四名少女抓住書架和梯子，俯視眼底下流動離去的空洞軍隊。一直露出嚴肅表情的莎拉夏，忽然注意到某件事情。

亡靈並沒有明確的實體。掉落在地板上的書不會被踢飛，仍然躺在原地。注意到這個事實的除了莎拉夏，同時還有另一個人。

繆爾突然鬆手放開書架，往下跳落。落後了一瞬間的莎拉夏也跟著往下跳。兩人在空中拔出武器，撲向激流之中。

「莎拉夏同學！繆爾同學！」

梅莉達的哀號與兩種斬擊聲響重疊起來。

莎拉夏與繆爾一邊砍斷礙事的亡靈，一邊在迴廊的低處奔馳起來。兩人的目標是掉落在地板上的《梅莉達·安傑爾》的書。兩道火焰在宛如瀑布般的軍隊中奔馳，亡靈的殘骸像是要顯示足跡似的飛舞著。

LESSON: V
～死神的使者～

「「……！」」

櫻色火焰與漆黑火焰不時交錯，響起更加激烈的金屬聲響。兩人的速度愈來愈快，飛奔在迴廊當中。她們砍飛亡靈，迸出火焰，瞄準《梅莉達．安傑爾》的書，從兩邊展開激戰。迸發出激烈火花後，雙方的影子往上跳起。

緊咬嘴唇的莎拉夏在梅莉達與愛麗絲的附近著地。

然後繆爾則是在與三人對岸的書架上著地。

從地板上撿起來的的書本──在繆爾手中。

「妳……妳們兩人為什麼不惜做到這種地步……」

「梅莉達．安傑爾──……」

梅莉達話說到一半時，一個聲音彷彿在朗讀劇本的女演員一般，重疊了起來。

繆爾翻開書本的第一頁，一字一句地仔細編織出台詞。

「攻擊力１２９……防禦力１１１……敏捷力１４１……」

性感的舌頭舔舐嘴唇，宛如看到眼前有大餐的肉食獸一般，笑容扭曲起來。

「位階……──『武士』。」

一陣毛骨悚然的戰慄竄過梅莉達背後。

妖豔的「魔騎士」看似滿足地闔上書，揚起了嘴角。

「呵呵……得趕緊通知席克薩爾的哥哥大人才行。」

繆爾從全身迸發瑪那，猛烈地踹開書架。急速遠離的黑水晶背影，讓莎拉夏咬緊牙關。慢了幾拍後，她像要跟隨似的跳躍。

梅莉達只能愣愣地目送她們遠去，這時某人用力搖晃梅莉達的肩膀。

「莉塔，得抓住她才行！」

愛麗絲用急迫的表情這麼大叫，隨即盡全力一蹬書架。梅莉達身陷混亂的漩渦中，但她仍將瑪那集中在腳部，然後使勁地跳向半空中。

——為什麼？繆爾同學！

梅莉達無暇發呆，也無暇思考。她只能追尋逐漸逃向遠方的「答案」，在書架之間飛翔。她跳躍過眼底下擁擠的亡靈軍隊，沒多久便與他們朝不同方向前進。

「把莉塔的書還來！」

愛麗絲一邊在空中調整姿勢，一邊拔出長劍。她彷彿遊隼一般，從繆爾頭上發動襲擊，隨後響起宏亮的金屬聲響。左手抱著書的繆爾用一隻右手揮動厚重的大劍。那可怕的臂力比在選拔戰中見識到那時更驚人。

繆爾一邊應付追擊，同時究竟打算上哪兒去呢？她迸出漆黑火焰，在迴廊中奔馳，跳落到樓下幾次。不過以她一隻手和小提包裡都抱有好幾本負擔的狀態，當然無法徹底

LESSON V
～死神的使者～

甩開聖騎士與龍騎士的追蹤——

「小繆，我不會讓妳再繼續下去！」

宛如隕石般飛舞降落的莎拉夏揮出矛，伴隨著轟隆聲響擊碎地板石頭。四處飛散的礫石讓繆爾護住臉，與此同時，繞到她背後的愛麗絲揮動長劍一閃。繆爾連同勉強擋住攻擊的大劍，一起吹飛到幾十公尺外的地板上。

小提包的繩子斷裂開來，好幾本魔法書散落到地板上。

在繆爾重整架勢前，愛麗絲與莎拉夏從兩側襲向她。彷彿寧可把書劈成兩半似的，兩人銳利地握緊長劍與矛。

勉強抬起上半身的繆爾，隨後——「嘻」地嗤笑一聲。

「『童話之夜』！」

強風以繆爾為中心捲起漩渦，將愛麗絲與莎拉夏彈飛到後方。

不知何時打開的魔法書，在繆爾手中結束任務，化為碎片的最後一頁被風吹散。被風之防壁守護的繆爾揚起嘴角——但她隨即驚訝地睜大雙眼。

她在視野中捕捉到鑽過強風，貼近地面飛奔前來的黃金色影子。縱然是繆爾，這次也沒有餘力防備，她被抓住衣領，面朝上地被撲倒了。

「抓到妳了！」

僅僅數秒。魔法的限制時間到來，強風轟一聲地消散。

突然變安靜的迴廊上。梅莉達跨坐在繆爾身上，但稍微放鬆了勒住她衣領的力量。

只有困惑與混亂在紅寶石般的眼眸中盤旋著。

「告訴我，繆爾同學。妳為什麼要做這種事？我們不是成為朋友了嗎？妳說要一起通過檢定考試，是騙人的嗎……？」

「要說為什麼的話，這個嘛——」

繆爾看來絲毫沒有動搖，她露出一如往常的微笑。

「是因為我喜歡梅莉達喔。」

「什……什麼……？」

「因為喜歡，所以會忍不住想欺負呢。可愛的梅莉達，妳還認為這是檢定考試嗎？——『童話之夜』！」

繆爾趁梅莉達措手不及的一瞬間空隙，這麼高聲大叫。

散落在地板上的好幾本魔法書，一起發動了效果。幾百頁的紙張飛舞到上空，彷彿巨蛋一般覆蓋住梅莉達她們的周圍。

拚命飛奔到這邊的兩人當中，櫻花色少女以悲痛的聲音吶喊：

「糟糕，那裡已經是席克薩爾家的『門』上——快逃呀！梅莉達同學！」

LESSON V ~死神的使者~

但是，梅莉達不得不領悟到為時已晚。在宛如暴風般翻騰的紙片風暴籠罩下，四人當中沒有任何一個人能逃走。梅莉達的注意力鎖定了散落在地板上的一本書。那是魔法書《梅特林克的觀測圖》。

氣勢洶洶地翻開空白頁的那本書上，緩緩滲出了迷宮的地圖。

看到書頁右上方大大標記的「目前樓層」，梅莉達驚愕地睜大了眼睛。

——**十八樓**？

梅莉達等人原本應該在「五樓」參加六等考試，這樓層實在低太多了。照理說是從一樓潛入畢布利亞哥德的梅莉達等人，究竟是何時，又為什麼會深入到這種深處呢？

梅莉達因衝擊而快麻痺的腦海中，閃過了剛才聽見的繆爾的低喃。

『妳還認為這是檢定考試嗎？』

……梅莉達不得不承認自己犯了很嚴重的疏忽。梅莉達聽著無止盡地從書本被吐出來，覆蓋住視野的書頁聲響，同時像要勉強維持住冷靜的思考一般，在腦海中冒出一個疑問。

如果說這並非考試，究竟是從何時開始……——

† † †

——這究竟是從何時開始設下的圈套呢？

彷彿要斬斷緊黏在腦海裡的疑惑，神華・茲維托克揮劍橫掃。身為劍士位階鍛鍊出來的攻擊技能，將亡靈的軀體一刀兩斷。

看到敵人化為薄霧被吹散的身影，周圍發出了摻雜安心感的歡呼聲。

「神華學姊！」

是為了挑戰檢定考試，一起潛入畢布利亞哥德的考生。人數有六人，一半是二年級生。神華一邊若無其事地擦拭冷汗，同時轉頭看向同學。

「各位，妳們沒受傷吧？」

「我們沒事，都是託學姊的福！」

神華環顧集團，點了點頭。「我們走吧。」眾人也點頭回應她這聲號令。

神華率領學生在巨大漫長的迴廊中奔馳，同時拚命想釐清錯綜複雜的思考。我們這些考生身上究竟發生了什麼事呢？

去年也參加過檢定考試的她，很快地確信這次的考試發生了異常狀況。從學院的葛

LESSON: V

～死神的使者～

拉斯蒙德宮搭乘升降機時，在途中遭遇到令人費解的現象，回過神時，已經被扔入畢布利亞哥德的內部了。

倘若是正規的考試，絕對不可能發生這種事。考生首先會在安全地帶的畢布利亞哥德一樓接受最後的考前說明，然後由講師分頭帶領各個小組出發。照理說會依靠分配到的魔法書《梅特林克的觀測圖》，以指定樓層的閱覽室為目標前進才對。

更何況今年還有缺乏經驗的一年級生參加。居然在沒有講師帶領也沒有地圖，連成員都分散四處的狀態下，被丟到廣大的迷宮裡，這實在太離譜了！

發生在自己身上的不合理遭遇，讓神華不由得用力緊咬嘴唇。不過，她不能讓學妹察覺到內心的動搖。學妹都露出求助般的視線，只有神華的背影是她們的依靠。神華無法不像樣地辜負她們的期待。

神華率領著在迷宮裡會合的幾名考生，一個勁兒地在迴廊上奔馳。不過老實說，這座迷宮實在太廣闊了。不管走到哪裡，都是類似的書架景色，沒有地圖的話，甚至連樓梯在哪兒都不曉得。

更麻煩的是在四處徘徊的亡靈。

他們會從書架陰影處驀地現身，削減己方的精神與體力。亡靈恐怖的面貌讓學妹發出哀號，神華心想必須保護她們才行，指尖又繃緊得更用力。每經過一戰，就確實地接近極限……——

就在神華思考著這些事時，在通道轉角與某人碰頭了。有什麼東西以看不清的速度逼近眼前，神華慢半拍地揮起劍尖。

凜然地將武器互相對準彼此的鼻頭後，神華看見對方的臉。

「學院長！」

神華不知不覺地誇張地放鬆肩膀的力量。

聖弗立戴斯威德女子學院學院長夏洛特·布拉曼傑，緩緩收起架在兩手上那把充滿威嚴的長杖。她依序眺望著神華與後方的考生。

「有學生受傷嗎？」

對於學院長開口第一個問題，神華勉強能搖頭回應。從後方追上來的考生，緊緊抓住老練的魔女。

「學院長！我們，我們……！」

「幸好大家都沒事。已經用不著害怕嘍。」

一看之下，布拉曼傑學院長也帶著幾名身穿演武裝束的女學生。情況大概跟這邊一樣，是突然被丟到畢布利亞哥德裡，目前正一邊找回考生，一邊以通往學院的升降機為目標前進吧。

LESSON: V
～死神的使者～

學院長環顧增加到十人前後的女學生，用宏亮的聲音說道：

「各位應該正感到混亂，但目前最重要的是先回到我們的學舍。由我來帶頭，各位同學別跟丟嘍！」

少女們開朗地齊聲回應。學院長面露微笑，轉身翻動長袍衣襬。

學院長有如運動員一般在前頭奔馳著，神華加快速度，與學院長並肩。後方的少女可能也會聽見，但神華沒有餘力壓低音量。

「學院長，我們身上究竟發生了什麼事？」

「妳能回想起突然覆蓋住升降機上方的成群大樹嗎？茲維托克小姐。」

學院長神色自若地奔跑著，同時注視前方這麼回答。

「那個幻影是魔法書《佩羅那的錯視畫》造成的。效果是把被捲進魔法的人傳送到畢布利亞哥德的一定距離內。我們應該是因為魔法書的效果，而跳過了原本應該降落的『一樓』，被送到迷宮深處了吧。」

「到底為什麼會演變成這種狀況……？」

學院長這時看來有些猶豫該怎麼回答。

「……詳情就等之後再調查吧。目前必須先把考生一個不漏地回收，大家一起平安回到聖弗立戴斯威德才行。」

「學院長，沒看到一年級生的身影呢。」

神華說出她一直感到在意，卻又說不出口的不安。

布拉曼傑學院長露出有些苦悶的表情，點了點頭。

「……其他帶隊的老師應該也被送到畢布利亞哥德，跟我們一樣率領著考生，以回到學院為目標才對。只能祈禱她們是跟某個帶隊的老師一起行動。我想她們應該不至於往迷宮更深處前進吧。」

除非有人煽動——學院長微微動著皺紋十分顯眼的嘴角。神華的內心愈發焦躁，甚至難以克制語氣。

「學院長，該不會像月光女神選拔戰那時一樣，聖弗立戴斯威德又面臨了考驗吧？我好擔心那些可愛的學妹。」

「冷靜下來吧，茲維托克小姐。檢定考試的異常應該沒多久也會傳達到學院那邊，很快就會有可靠的救援趕過來吧。」

「——喔呵呵，那實在太好了啊。」

沙啞的男人聲音插入兩人的對話，學院長嚇一跳似的停下腳步。

神華慢了一步停下，接著後方的女學生也零散地停下腳步。

像是要堵住去路一般，兩個人影從書架陰影處走了出來。

LESSON V
～死神的使者～

他們套著彷彿破布般的黑色長袍，甚至無法分辨年齡和性別。但看到從衣襬露出來的劍犀利地發亮，他們不懷好意這點可說是一目了然。

布拉曼傑學院長毅然地向前踏出一步，開口詢問：

「就我推測，設計出這種情況的是你們吧？你們用《佩羅那的錯視畫》的幻影捕捉我們，究竟有何企圖？」

破布長袍一動也不動，但從其中一方的嘴裡響起了聲音。

「主謀者的確是我們，不過佩羅那……？我不曉得妳在說什麼啊。以我們的立場來說，目標這樣分散四處，實在很麻煩呢。」

「真會裝傻……！學院長，跟他們說下去也只是浪費時間罷了！」

神華意氣軒昂地走上前，拔出劍士位階的長劍。

破布長袍兩人組像要應戰似的高舉劍，緩緩踏出步伐。

「這樣就行了。獵物別說些廢話，只管緊抓著所剩不多的生命就行了。」

「看來沒有交涉的餘地呢。」

布拉曼傑學院長高舉充滿威嚴的長杖，向前走到神華身旁。她側目與學生交換了一下視線，柔和地鬆緩嘴角。

「其中一人由我來對付吧。妳可不能掉以輕心喔，茲維托克小姐。」

「學院長，請您別太勉強自己。請仔細觀賞聖弗立戴斯威德教育了我這三年的成果吧！」

咚——神華使勁地一蹬地板，接著學院長也像滑行似的飛奔而出。

破布長袍一對一地面對兵分兩路的對手。這表示他們好歹有自信正面打贏身為瑪那能力者的目標。

神華用力咬緊牙關，朝跳躍到正面的破布長袍揮下劍。她確信攻擊命中後，隨即響起了尖銳的金屬聲響。敵人的劍準確地彈開了攻擊。

隨風搖曳的長袍衣襬遮住手邊，難以猜測對方的劍法。再加上輕易擋住我方一擊的那種反應速度……這些神祕刺客肯定也是瑪那能力者吧。

——明明誕生於貴族家系，卻淪落成犯罪者！

裂帛般的氣勢傳遞到神華手握的劍上，化為火焰迸發出來。神華用無庸置疑地是聖弗立戴斯威德全年級最快的劍法，朝敵人使出猛烈的連續攻擊。

劍尖描繪的軌跡彷彿課本示範的一樣滑向敵人的手腕。神華流暢地將劍往上一撥，敵人飛離手邊的劍便高高飛舞到半空中。

「喝啊！」

神華朝敵人門戶大開的側腹發動全力的劍擊。她愛用的模擬劍以驚人的速度被吸入

LESSON V ～死神的使者～

破布長袍——

噗滋——砍斷肉的真實感觸滲入指尖。

「——！」

神華的全身有一瞬間緊繃起來。就在這時候。破布長袍以劍刺進側腹一半的狀態，一邊發出尖叫，同時飛撲過來。從傷口飛濺出來宛如泥濘般的鮮血拍打著臉頰，令十五歲的少女驚嚇地抽動了一下身體。

「噫……！」

破布長袍跳向呆站著不動的神華。他以宛如野獸般的舉動一把抓住神華雙肩，在兜帽底下張開滿是口水的嘴。泛黃的犬齒企圖咬向少女的脖子——在千鈞一髮之際，轟！從旁毆打過來的衝擊打飛了破布長袍。

在緊急時刻插入兩人之間的老練魔女，用長杖前端撞飛了破布長袍。在地板上翻滾了幾圈的敵人，儘管腹部血流不止，仍發出呻吟試圖站起身。學院長踩響鞋跟走近敵人，從正上方用力毆打敵人頭部，讓敵人安靜下來。

學院長舉起身經百戰的長杖，「唔嗯」地開口說道：

「……觸感真奇妙呢。感覺你並沒有特別鍛鍊肉體啊。」

學院長一臉若無其事地低喃，長袍的衣襬底下滴落了幾滴鮮血。目睹到尊貴的生命之滴，神華和其他十幾名女學生都震驚地倒抽一口氣。

「學院長，您……您受傷了！是在包庇我的時候……？」

「沒什麼大不了的，茲維托克小姐。好啦，我們趕緊前進吧。」

一看之下，學院長負責對付的敵人早已經倒在地板上。神華察覺到自己不僅沒有徹底打倒敵人，甚至還扯了後腿，用力地緊咬嘴唇。

學院長撿起掉落在地板上的模擬劍，伴隨著微笑將劍遞給神華。

「沒想到妳竟然能在實戰中奮戰到這種地步，讓我好驚訝。剛才的劍舞很精彩喔，神華。」

「……！」

至少不能再給學院長增添負擔——神華這麼心想，把劍牢牢地收回腰上。

破布長袍兩人組已經一動也不動了。如果這麼一來，障礙便全部消失的話就好了，但該說不出所料嗎？事情果然沒這麼簡單。

一行人以為總算找到上樓的樓梯時，發現了占據在樓梯周圍的幾個人影。服裝跟剛才的兩人組是一模一樣的破布長袍。

那些人影全部背對著神華等人，監視著樓上那邊。

「真奇怪呢，他們究竟在警戒著什麼呢？」

LESSON V ～死神的使者～

「雖然不曉得是什麼，不過學院長，這是個好機會喔。」

神華將手放到劍柄上，以三年級生為中心的考生用僵硬的表情點了點頭。看到學生用緊迫的眼眸握緊武器的身影，學院長有些不安地點了點頭。

「……那麼，這邊就交給妳們吧。各位同學，不能太勉強自己喔。」

「「「是！」」」

學生彷彿集會一般點頭回應，接著一起從陰影處衝了出去。

破布長袍集團隨即想轉過頭來，但面對雖說是訓練生，但也是瑪那能力者的集團，所有人無法立刻做出反應。神華一邊奔馳，同時高聲拔出劍。

「擊潰他們的手腳！奪走他們的戰鬥能力吧！」

神華以自己的經驗為前提，這麼督促著大家。果然就憑還是學生的自己等人，無論習得多麼卓越的劍術，仍舊沒有殺人的覺悟。既然如此，就以「不殺」為原則吧。相對的，眾人會在他們死不了的範圍內，毫不留情地發動攻擊。

敵方集團共有五人。學生分成兩三人一組，從破布長袍背後發動襲擊。毆打頭部，砍向雙腳，刺穿不會成為致命傷的部位。

所有破布長袍都渾身是血地倒在地板上，學生氣喘吁吁地喘著氣。

「呼……呼……我……我們辦到了。」

「——呵呵，小老鼠完全中了圈套啊。」

隨後，在某處聽過的沙啞聲音響徹周圍。

在女學生措手不及的同時，地板石頭在她們腳邊散發不祥的光芒。從破布長袍身上流出來的鮮血宛如蛇一般竄過地面，描繪出不可思議的圖樣。

在血跡連成圓形的瞬間，一種激烈的感覺襲向站在中央的神華。那種劇痛彷彿生鏽的鎖鍊綑綁住心臟，且用力勒緊一般。

「咕……啊啊啊啊！」

彷彿靈魂被撕裂般的痛楚，隨後因為撞擊側腹的衝擊，突然地結束了。跌落在地板上的神華勉強抬起頭，看見了——

把神華撞開的學院長，正代替她體驗著地獄。

「咕……唔……！」

學院長以長杖為支柱，使勁站穩在咒術陣中央。從地板石頭伸出的血色鞭子捕捉住年邁的身軀，狠狠地勒緊。從長袍衣襬底下流出慘不忍睹的鮮血。

不知從何處傳來了刺耳的老人歡呼聲。

「喔——呵呵呵！學院長，您可別太勉強啊！殘渣般的壽命又會縮得更短喔！」

布拉曼傑學院長沒有理會，忽然猛然睜開她細小的眼睛。

LESSON: V
~死神的使者~

宛如鋼鐵一般繃緊的全身噴射出瑪那，長袍華麗地翻動著。往上揮起的長杖猛烈地摔向地板石頭。破壞力朝四方奔馳，地面伴隨著轟隆聲響爆裂碎開。沾滿血的圓陣斷開，學院長的身體逐漸脫離咒縛。

老練魔女忍不住跪倒在地，幾名女學生連忙飛奔到她身旁。

「學……學院長，請您振作點！」

「呼……呼……各位同學沒大礙吧？」

沒有任何一個學生能回應氣喘吁吁的學院長。受到咒術陣影響最深的是神華，其他人因為拘束很快被破除的關係，並沒有什麼大礙。在集團裡負傷最嚴重的，肯定是學院長吧。

是充分確認了這一點的關係嗎——

空無一物的空間突然變形扭曲，某人從裡頭走了出來。

那人高高瘦瘦，穿著像是以劇毒為染料一般的五彩鮮豔長袍。頭上戴著附裝飾的頭巾，有著一張扁平疣十分顯眼的年邁男性面孔。

學院長拄著長杖，用強烈的視線瞪著神祕老人。

「……看來我完全被擺了一道呢。從剛才開始就一直把我們逼入絕境的是你吧？」

老人彷彿宮廷占卜師一般，用殷勤的態度鞠了個躬。

「幸會，夏洛特・布拉曼傑學院長。敝人名叫庫洛德爾。是發誓效忠弗蘭德爾最凶狠的武鬥組織——黎明戲兵團的使者，也是以『死靈法師（Necromancer）』之名蓋世的人造藍坎斯洛普。」

老人庫洛德爾的這番話包含著好幾個讓人在意的詞彙，但最重要的是敵人終於明朗的真面目，讓布拉曼傑學院長不由得先扭曲了表情。

「黎明戲兵團……！沒想到我的家居然會遭到那群法外之徒威脅。」

「呵呵，別說什麼法外之徒嘛。我們是遵循我們的忠義，想要替這個弗蘭德爾找回正確的秩序啊。低俗的生命大概無法理解吧。」

老人瞧不起人似的哼笑，讓神華忍不住挺身而出。

「請等一下，我在課堂中學過『死靈法師』這名詞。我記得那應該是藍坎斯洛普的其中一個種族，會以人類或動物屍體為媒介，行使玩弄生命的異端法術……！如果你是死靈法師，那我們打倒的那群長袍是……」

其他女學生也猛然驚覺，她們剝開依然倒在地板上的破布長袍的兜帽。

目睹到早已喪失活力的腐敗肉塊，少女從喉嚨發出哀號。

「咯咯——」死靈法師庫洛德爾回以讓人不愉快的笑聲。

「妳們發現得太慢啦，學生。要扣分啊——沒錯，妳們拚命不下殺手在戰鬥的對象，其實早已經是被抽光鮮血的傀儡了。」

「咕……！」

那麼——庫洛德爾舉起雙手。他的手伸長到讓人覺得詭異，粗糙的指尖亮起藍坎斯洛普特有，伴隨冷空氣的咒力。

「只要能剷除學院長，就沒什麼好怕的。差不多該請妳去死嘍。」

「且慢，為什麼黎明戲兵團會以本校的學生為目標呢……」

「死人是不會說話的。我的研究室不需要多嘴的老鼠。」

倒落在地板上的破布長袍，彷彿被線操控一般地站起身。他們根本不在乎手腳受了多重的傷。那悽慘的身影讓女學生發出哀號。

其中一隻破布長袍用折斷的手臂揮起武器，朝這邊飛撲過來。神華使勁咬緊牙關，同時拚命站穩腳步。她瞇細單眼，將劍尖向前揮出。

滋噗——刀刃深深埋進敵人左胸，這手感確實是貫穿了核心。

儘管如此，敵人卻仍舊沒有停止動作。敵人在胸口被刺中的狀態下伸出兩手搔著半空中，企圖抓住神華的肩膀。那超乎常人的模樣讓神華的精神受挫，她的雙腳倒退了兩三步。

「噫……！」

「沒用的，那些傢伙早已經是死人！就算被砍斷脖子，也不會停止行動！」

響起庫洛德爾沙啞的歡呼聲。神華沒有餘力確認，但其他學生也陷入了劣勢。縱使被砍斷手臂，破布長袍仍舊會前進；即使雙腳被折斷，也會沿著地面爬過來。少女集團逐漸陷入恐慌。

狡猾的死靈法師彷彿機不可失似的高聲喊道：

「看吧，學院長！妳重要的學生即將在妳眼前變成屍骸的一分子嘍！」

寄宿著咒力的指尖描繪出複雜的軌跡。兩隻破布長袍展現出敏捷的反應，強襲呆站在原地發抖的二年級女學生。

「……唔！」

學院長迸出裂帛般的氣勢，宛如暴風一般奔馳。鮮血伴隨著殘像飛舞，在血液掉落到地板前，先響起了鮮明強烈的打擊聲。學院長在眨眼間打倒兩隻破布長袍。

瞬間，庫洛德爾的指尖宛如指揮家一般輕快地躍動著。

「好啦，趁現在！」

儘管只有一瞬間，但絞盡全力的學院長跪落下來。彷彿看準了這一瞬間似的，逼近學院長背後的一隻破布長袍將劍尖刺向學院長。

劍柄宛如墓碑一般從敬愛的學院長背後伸出的光景，讓每個人都倒抽一口氣。

LESSON V ～死神的使者～

「「「學院長！」」」

破布長袍忽然改變目標，所有人一起撲向學院長。他們蓋住學院長背後，毆打她的腳，在學院長重心不穩時從四方揮落劍。那彷彿蛆蟲蛀蝕大樹般的光景中，血花斷斷續續地飛濺。女學生近乎瘋狂地發出哀號。

「不要啊啊啊啊啊啊啊！夠了，快住手！學院長會……！」

「喔——呵呵！必須守護學生的使命感，還真是艱辛啊！」

瞬間。破布長袍一隻不剩地朝四方彈飛。

在其中心揮動長杖的布拉曼傑學院長，伴隨著吐血發出咆哮。

「擁有要賭上性命守護的事物……這正是我的驕傲！」

轟！布拉曼傑學院長讓地板強烈震動，宛如子彈一般展開突擊。魔女以雷電般的速度逼近的身影，讓庫洛德爾陰沉的眼眸驚愕地睜大。

「我不會讓你碰我的學生一根汗毛！」

寄宿著猛烈火焰的長杖前端，攻擊著庫洛德爾的正中間。死靈法師的老邁軀體宛如枯枝一般凹折，隨後空間變形扭曲，現身的是破布長袍。

「真遺憾，那是替身啊。」

真正的庫洛德爾與一隻破布長袍交換了。被當成替身的屍骸抓住長杖根部，朝布拉曼傑學院長的脖子使出手刀。他精準地瞄準頸動脈，「啪嘰」的駭人打擊聲撼動神華等人的鼓膜。

學院長用巧妙的手法封住敵人的手刀。她將敵人的身體連同手臂一起捲入，使勁揮動後扔了出去。庫洛德爾這次無法完全避開，他伴隨著咂嘴聲彈了一下指尖。吹飛到半空中的破布長袍在中途爆裂了。

「可惡，妳居然把灌注我咒力的一顆貴重棋子——」

他沒辦法說到最後。因為魔女隨後沐浴著屍骸的肉片和血液，朝他衝刺過來。「什麼！」庫洛德爾驚訝地睜大眼，布拉曼傑學院長這次穩穩地將渾身一擊貫穿庫洛德爾的心窩。

長杖的前端隨即迸出火焰，解放了魔彈。從貼身狀態下發動連續射擊。彷彿要絞盡所有瑪那一般，猛烈的槍擊聲攻擊著庫洛德爾。

「咕！嘎……嘎呼……嘎！啊啊！嘎啊啊啊！」

在幾秒鐘的充電後，轟出了格外強烈的一發射擊。庫洛德爾的駝背彷彿拉炮一般迸出鮮血。他裂開的嘴唇吐出瀑布般的血液。

「這……這……怎麼可能……！」

布拉曼傑學院長緩緩縮回身體，然後盡全力揮擊長杖。側頭部遭到重擊的庫洛德爾吹飛到地板上。頭蓋骨陷落的老人，之後就一動也不動了。

與此同時，所有破布長袍都彷彿斷線似的倒落。因為他們從死靈法師的支配中獲得解放了。一直啞口無言的女學生總算找回了話語。

「學……學院長！」

「可惡，真是惱人！」

學院長突然用粗暴的語調發牢騷，隨即坐倒在地板上。充滿威嚴的長袍整件染上了朱紅色，雙腳彷彿小鹿一般顫抖著。感覺她沾滿鮮血的雙手已經連武器都拿不動了。

「腰和腿都不聽使喚了……要是我再年輕個十歲的話！」

「學院長……」

神華露出一臉悲痛的表情，陪伴在學院長身旁。不過學院長環顧圍繞在她身邊的女學生，以嚴厲的聲音激動地說道：

「各位同學，妳們沒時間在這裡逗留了。黎明戲兵團與此事相關的話，就表示刺客不可能只有剛才那個人吧。」

「可是，學院長……」

「茲維托克小姐，請妳代替我率領學生。只管以樓上為目標前進吧。如果遭遇到像剛才那樣的刺客……我想想，請妳設法折返回這裡。由我來想辦法對付吧。」

閃耀的水珠從神華雙眼滴落，她緊緊抓住瀕死的學院長。

「我不能丟下學院長離開……！」

「神華，請妳聽話……」

「學院長明明這麼痛苦，我卻什麼也辦不到！我根本是個廢物！為什麼學院長願意拯救這麼軟弱無力的我呢……？」

學院長沾滿鮮血的嘴脣浮現幸福洋溢的笑容，讓人絲毫感覺不到她的負傷。

「因為我深愛著妳們呀，就像自己的親生女兒一樣。」

「學院長……！」

在神華崩潰大哭時，從學生的集團裡面響起兩個膝蓋跪地的聲響。

「請原諒我們，學院長！」

「這一切……這一切都是我們害的……！」

所有人一起看向聲音的主人。掩面痛哭的兩名二年級生，也與神華認識。兩人組在上學期的月光女神選拔戰中，擔任愛麗絲・安傑爾的小組成員。

「黛西同學……？普莉絲同學……？」

「在升降機裡閱讀《佩羅那的錯視畫》的人……不是別人，正是我們！」

這衝擊的告白讓女學生動搖起來。神華吊起雙眼，站了起來。

LESSON: V
~死神的使者~

「妳們為何要做這種事?」

「是……是因為父親大人的命令,父親大人要我彌補在選拔戰中的失態……據說是一個叫革……革新派?革新主義者?的派閥下達的指示……!」

「我們沒想到事情會變成這樣!沒想到居然會與犯罪組織相關,我們不曉得會害學院長……害大家……受這麼重的傷……嗚……嗚嗚——」

布拉曼傑學院長依然維持穩重的眼神,傾聽她們的懺悔。

學院長從一開始就注意到了。為了發動魔法書,使用者必須待在現場。閱讀《佩羅那的錯視畫》,讓考生在迷宮裡徘徊的犯人,一定是當時待在升降機上的聖弗立戴斯威德的某個自己人。

渾身是血的魔女在神華的攙扶下,靜靜地說道:

「妳們必須向所有考生進行相同的告白,獲得她們原諒才行。」

「是的……」

「然後妳們要回家,斬釘截鐵地向雙親表達意見。告訴他們即使被血之盟約束縛,那也不可能成為操縱人偶的拉線。明白了吧?」

「是的……是的,學院長……!」

這時,好幾個雜亂的腳步聲與女學生的啜泣重疊起來。

是從畢布利亞哥德的樓上傳來的。粗暴地飛奔下樓的人，當然不是布拉曼傑學院長等人的同伴。是肌肉發達的身體上穿著毛皮背心，與知性的無限書庫毫不相配的粗獷男人。還有數量多到覆蓋住整個樓梯，貌似野狼、山豬與蛇的凶暴肉食獸集團。

毛皮男宛如率領群眾的領導者一般，他迅速抬起手，制止野獸。他轉動臉部環顧四周，用鼻子哼哼地嗅著氣味。破布長袍和庫洛德爾流出的大量血液散發著臭氣，男人彷彿靠嗅覺掌握了情況一般，扭曲了表情。

「庫洛德爾那個糊塗鬼……對手不過是普通的老太婆和學生吧！」

足以撼動肌膚的怒吼，讓女學生呆站在原地。布拉曼傑學院長緊抓著長杖站起身。從長袍衣襬底下流出大量的鮮血。

「真是的，連休息的時間都沒有……」

是身為戰士最起碼的禮儀嗎？毛皮男挺起厚實的胸膛往後仰，大聲喊道：

「妳就是夏洛特．布拉曼傑吧。我名叫亞特摩斯。我跟死在那裡的庫洛德爾，還有另一個人，在黎明戲兵團裡因為**有些脫離常人**這層意義，有個外號叫做『三爪惡魔』。妳知道嗎？」

「小混混的名字根本沒有刊登在課本上的價值。」

自稱是亞特摩斯的男刺客，嘴唇浮現出彷彿野獸般的笑容。

LESSON V
～死神的使者～

「我實在很想跟全盛時期的妳打一場看看，但這也無可奈何。讓我見識一下妳臨死前的掙扎吧！我亞特摩斯大爺會將大樹的樹根連最後一根都撕裂！」

「各位同學，我們要保護學院長！」

率先拔劍的神華，還有剩餘的考生排成一列，在布拉曼傑學院長前方形成一道牆。

亞特摩斯像是感到掃興似的扭曲表情。

「我沒事要找不知鮮血與飢渴的學生！給我退下！」

「像……像你這種人……我們才不會讓你傷害學院長……！」

看到神華儘管劍尖顫抖著，仍不退卻的身影，亞特摩斯從鼻子哼了一聲。他簡短地吹了個口哨，覆蓋住樓梯的野獸便露出流著口水的獠牙。

「挺有骨氣的啊。既然這樣，就變成我同胞的飼料吧！你們上！用那勇猛的獠牙，將她們一個不剩地咬破喉嚨吧——————！」

隨後，噴出了大量的鮮血。

是從樓梯上噴出來的。接連重疊起來的野獸慘叫聲，以及不斷降落的血雨。從樓梯上滾落的屍骸，還有讓人毛骨悚然的斬擊聲響，讓亞特摩斯驚愕地轉頭看。

「怎麼回事！」

有個青年的身影讓軍服衣襬隨風搖曳，從畢布利亞哥德的樓上飛奔下來。若說他的服裝是黑暗，刀便是漆黑。青年俐落地穿過敵方軍團之間，流暢的刀身出鞘聲同時響徹周圍。慢了半拍才認清狀況的眼睛也捕捉不到的劍擊，將野獸逐一砍飛。

一頭山豬撲向青年，他便抓住山豬的短腳，摔向牆壁。接著盡全力揍飛跳過來的野狼。摔落到地板上的衝擊讓山豬彈起，青年便朝山豬使出猛烈的掌打。

站穩腳步的壓力從下半身竄起，從手心被解放出來的壓力讓野獸炸裂。肉片與體液盛大地飛濺，青年立刻伸出一隻手橫掃。是手上裝了打火石嗎？瞬間冒出的火花點燃了獸油。

突然發生的噴射火焰席捲了樓梯。熱浪侵襲過來，亞特摩斯忍不住摀住臉。超過數十隻的野獸軍隊還來不及逃跑，就慘遭火焰蹂躪。

「這太亂來啦！」

亞特摩斯這麼抱怨，敵人隨後穿過火焰之牆衝了過來。從刀鞘拔出來的刀刃亮光，讓亞特摩斯驚訝地睜大眼，在千鈞一髮之際拔出手斧迎擊。響起尖銳的金屬聲響，在雙方刀刃交鋒的姿勢下，亞特摩斯慢慢地被推向後方。

「——唔喔喔喔喔喔喔喔！」

亞特摩斯的背後撞上通道的欄杆，在那邊停了下來。他情急之下揮落的右拳，被敵人的左手擋住了。雙方暫時進入膠著狀態。

LESSON V
~死神的使者~

一看之下，剛登場的敵人雖說是軍人，卻是個還很年輕的青年。不過外表根本不是問題。亞特摩斯露出渴望著鮮血的犬齒，猙獰地揚起嘴角。

「有一套……！但是真遺憾啊，人類的戰士是無法打倒本大爺的……就讓你見識一下我身為人造藍坎斯洛普『蠍獅』的本性吧！」

隨後，亞特摩斯的體格膨脹了一倍。他的肌肉肥大化，體毛蓋住全身，頭部變貌成類似獅子的模樣。爪子銳利伸長的右手將敵人的手推回。

「唔哈哈哈哈！怎麼樣，嚇了一跳嗎？你聽了一定會懷疑自己的耳朵吧，我現在的能力值是──」

嘎嘰──亞特摩斯的全身被壓制住了。

與敵人纏鬥的右手，被一股難以置信的力量推回來。野獸的手被一股非比尋常的握力捏碎，啪嘰啪嘰地變形扭曲。彷彿從腳邊竄上來的寒氣，與青年右眼中搖晃的蒼藍火焰，讓亞特摩斯驚愕不已。

「怎……怎麼可能……！你……你這種力量難道是……──」

斬！青年揮刀橫掃。

亞特摩斯踉蹌地退後兩三步，從欄杆邊朝背後倒落。壯漢獸人墜落到畢布利亞哥德深處，上半身與下半身在途中分成兩半，各自被火焰包圍，他驚愕地睜大的雙眼，沒多久便被黑暗吞沒，消失無蹤。

青年揮刀甩落鮮血後，將刀收回刀鞘。他迅速轉過身，只見聖弗立戴斯威德的少女淚流滿面地迎接他。

「——庫法大人！——」

「有人受傷嗎？」

聽到他開口第一個問題，女學生讓開道路，指示後方。

「學……學院長她……」

庫法飛奔上前，於是布拉曼傑學院長細小的眼眸又恢復光芒。她彷彿在地獄裡仰望光明一般，顫抖著聲音說了：「喔喔……！」

「這不是作夢吧？請保護學生……！」

「妳也需要保護，學院長。」

庫法大致看了一下，布拉曼傑學院長的狀況相當嚴重。如果不立刻帶她回學院讓醫生診療，會有生命危險。庫法想攙扶學院長起身，只見她一邊虛弱地吐氣，但仍用拚命的聲音向庫法訴說：

「其他還有幾名考生被留在畢布利亞哥德。我很擔心她們。敵人自稱是那個犯罪組織黎明戲兵團……」

LESSON V
～死神的使者～

「不要緊的，我大概明白情況。」

庫法將學院長的手繞到自己肩上，用力地攙扶她站起身。

「那之後立刻有犯罪預告函寄到聖弗立戴斯威德。不只是我，蘿賽蒂小姐和碰巧在場的聖都親衛隊與菲爾古斯公也前來救援了。他們會幫忙回收所有剩餘的考生吧。」

這番話是為了讓學院長安心，但她沾滿鮮血的嘴脣吐露出疑問。

「你說犯罪預告函……？」

學院長一臉疑惑地蹙起眉頭。就在庫法正想追問她真正的用意時，沙啞的老人聲音響徹周圍。

『天啊，居然連亞特摩斯也被做掉了！』

倒落在地板上的長袍裝屍體中，有個紫色影子緩緩起身。

那是一個老人的上半身剪影。身上黏著發黴的骨頭與坑坑洞洞的腐肉，模樣慘不忍睹。那個臉頰消瘦的骸骨影子，讓神華驚愕地睜大眼睛。

「不……不會吧……是剛才的死靈法師？他應該被學院長打倒了才對！」

『沒錯，此刻我已是死人。捨棄肉體，以「死靈之王」身分復甦的壓箱祕技……！我本來不想用這招的。』

骸骨的頭部佩戴著生鏽的王冠。庫洛德爾的亡靈高舉雙手，只剩骨頭的指尖亮起詭異的光芒。

『我還以為可以狩獵到新鮮的肉，沒想到損失慘重！既然如此，我就拉你們所有人陪葬吧。來吧，無限書庫的亡者，現在可不是數著書架木紋的時候嘍！』

骸骨指尖複雜地躍動，畢布利亞哥德整體像要回應似的鳴動起來。

『趕緊聚集到國王身邊！撕裂所有生者吧！』

讓人毛骨悚然的吼叫從地底往上頂。

是徘徊在畢布利亞哥德裡的亡靈聲音。迷宮裡的亡靈大概是遵照死靈之王庫洛德爾的指令，以這個地方為目標吧。不光是現在這層樓，此刻幽色軍隊肯定也從樓上和樓下朝這邊湧入。

神華露出至今仍難以置信的表情，步履蹣跚地走了兩三步。

「不……不會吧……我從未聽說有人能自由使喚大迷宮的亡靈呀……」

『喔呵呵，這是成為死靈之王的我專屬的權威。你們已經無法阻止了。死靈只會聽死靈說的話！』

庫法立刻將手繞到布拉曼傑學院長的腰上，高聲喊道：

「大家快跑！」

以神華為首，女學生都立刻做出反應，飛奔而出。她們沿著散落野獸屍骸的樓梯往上跑，到達高一階的樓層。看到眼前彎彎曲曲地延伸下去的好幾道迴廊，所有人都迷惘地停下腳步。

神華推動學妹的背，同時激勵著她們：

「不可以停下腳步！這種光景，我在去年的檢定考試中見過……各位，走從右邊算起第二條的通道！聖弗立戴斯威德的『門』應該很近才對！」

庫法攙扶著布拉曼傑學院長，率先一蹬地面。彷彿在拉動看不見的線一般拉著女學生們，按照神華的記憶奔馳過迴廊。就在他們心想還沒看見亡靈身影而鬆了口氣時，就目擊到沿著遠方高處的天花板爬過來的紫色地毯。

「他們會從上面下來！小心！」

話聲剛落，亡靈便踹開書架降落下來。一隻亡靈衝撞上地板，第二隻壓扁了牠。第三隻到第五隻一起壓在上方，庫洛德爾的亡靈舞落在剛誕生的即席寶座上。只剩骨頭的手指宛如指揮棒一般揮動。

『好，上吧！碾碎他們！』

亡靈從天花板、從樓下、從迴廊轉角無止盡地溢出。牠們拉倒前頭的同伴，踩在牠們身上，流著口水爭先恐後地衝向這邊。

布拉曼傑學院長主動與庫法拉開距離，神華扶住步履蹣跚的她。

「別在意我，梵皮爾先生……！」

庫法一蹬地面代替回答。他有節奏地跳躍在左右兩邊的書架之間，同時揮動著刀。

庫法將刀身「鏘」一聲地納入刀鞘並著地後，再次高速奔馳。

高到必須抬頭仰望的書架從中間被砍斷，在學生飛奔離開後立刻衝撞上地板。在揚起的漫天沙塵中，後頭的亡靈踩著變成踏板的同伴，追趕庫法等人——對於沒有實體的對手來說，障礙物果然沒什麼效果。

軍隊已經是幾百隻的規模。庫法刻意放慢速度來到學生的最末尾，朝後方盡全力揮刀。刀斬線從通道兩端筆直地奔向書架，書架無法承受自身重量而倒塌。帶了幾十隻亡靈陪葬，崩落到最深處。庫法猛然加快速度，從神華手中接過學院長後，順勢跳躍到前頭。

「就是那裡，可以看見了……聖弗立戴斯威德的『門』……！」

學院長沙啞的聲音中也不禁摻雜求助般的音色。存在於樓梯井空洞的迴廊盡頭，有個似曾相識的魔法陣等候著學生到來。

十幾名女學生到達魔法陣上面後，神華迅速地操作地板的一部分——但是，什麼也沒有發生。魔法陣絲毫沒有發亮，依舊保持沉默。

「這……這是怎麼回事？沒辦法讓它動呀！」

LESSON V ～死神的使者～

神華近乎瘋狂地敲打著地板。在她們磨蹭的幾秒間，幽色軍隊輕易地追趕上來。亡靈不留絲毫空隙地覆蓋魔法陣周圍，學院長拔出長杖，但仍衰弱地跪倒。庫法保持警覺地架起刀。

庫洛德爾被亡靈的高台扛起，同時看似愉快地弄響骨頭。

『喔呵呵……看來菈凱爾蒂進行得很順利啊。聖弗立戴斯威德的歷史也將在今天劃上句點嘍，學院長。』

「你……你對升降機動了什麼手腳？」

『不及格喔，學生。妳就到那個世界去對答案吧！』

庫洛德爾嘲笑神華，在骨頭指尖迸出更激烈的咒力。亡靈從壞掉的喉嚨中發出「唔喔喔」的呻吟聲，慢慢地逼近。

庫法像要威嚇似的將刀尖揮向前，環顧周圍一圈。面對這群不知何時會襲擊過來的亡者，他被迫做出命運的選擇。

——只能吸血鬼化了嗎？

要一邊保護學生，一邊殲滅這種數量的軍隊是不可能的。但是庫法作為吸血鬼的身影被學院長她們目擊到的話，「庫法・梵皮爾」這個身分便會宣告終結。好一點也會被解除家庭教師的任務，再也不能以庫法身分面對這一年來相遇的人們。

在檢定考試前交換的話語，會成為與那名金髮少女最後的道別。

但是，儘管如此——正因為要貫徹身為庫法・梵皮爾的信念，不能就這樣在眼前失去女學生。庫法用左手按住顏面，讓火焰從眼眸中迸出。從枷鎖解放出來的殺意，伴隨激烈的咒力竄上來的感覺。

但即使做好了覺悟，對那名心愛學生的依依不捨，仍然在猛獸的脖子套上項圈。

沸騰的岩漿急速沉沒，庫法暗自感到驚愕。

——沒辦法……吸血鬼化……？

前所未見的現象讓庫法迷失自我。在實際上只是零點幾秒的時間中，高速的思考閃過腦海中。為何無法下定決心！只不過是再也不能與一個人見面，為什麼胸口會如此痛苦！

——每當思念起她，就會擾亂內心的這股熱度，真面目究竟是什麼啊！

沙啞的老人叫聲砍斷十七歲青年的糾葛。

『好，上吧，亡靈！把所有活祭品都獻給王吧！』

幽色軍隊發出駭人的吼叫。女學生用顫抖的手指拔出武器。神華主動踏向最前列，布拉曼傑學院長像是做好覺悟似的抿緊嘴脣。就在至今仍身陷混亂漩渦中的庫法用力咬緊牙關的瞬間——

從上空降落的某個東西，唰唰唰唰！地插在魔法陣周圍。

宛如牢籠一般將女學生隔離的那東西，是繪有神奇圖樣的繃帶。繃帶比鋼鐵還要堅硬，宛如生物一般地柔軟行動。在亡靈被先發制人時，接著有一大團繃帶墜落下來，在著地的同時朝四方散開。

看到從內側現身，穿著外套的青年，庫法不禁發出歡呼聲。

「——你趕上了嗎，威廉．金！」

「千鈞一髮啦！」

青年銳利地伸出手臂，於是有幾條繃帶從袖口飛翔出來。繃帶封住在高台上擺出傲慢態度的庫洛德爾，將他綑綁起來。骸骨的嘴角吐出了苦悶的叫聲。

『咕嗚……！什……什麼……「屍人鬼」金為何會在這裡……！』

庫洛德爾試圖移動獲得自由的指尖。但咒力光芒從骨頭前端逐漸消散。連下半張臉都用繃帶纏繞住的青年，面不改色地開口說道：

「沒用的，我的繃帶會封印異能。無論是瑪那或咒力都一樣。」

『你這混帳，明明只是個屍人鬼……！』

LESSON: V

～死神的使者～

繃帶青年沒有理會，而是環顧周圍。

幽色軍隊彷彿夢醒似的安靜下來。死靈之王的拉線消失，讓牠們迷失了行動方針。青年接著發出的聲音彷彿波紋一般滲透著。

「聽從同樣是死靈的話語吧——亡靈，快想起你們的夙願。你們找到預言書了嗎？繼續調查書架，直到靈魂腐朽為止。好了，散開吧！」

『…………』

亡靈移開空洞的眼眸後，一個接一個地融化到地板中。連支撐高台的部下都消失無蹤，被拖落到地板上的亡靈之王用沙啞的聲音嘶吼著。

『可惡，可惡……！叛徒金！我會跟盟主報告這件事的……你別想全身而退……！我要在你那醜陋的腐肉上擦毒藥，讓你品嚐冥府的痛苦……！』

「閉上嘴吧，老頭子。」

青年將繃帶拉緊到極限。骸骨的上半身被勒緊到面目全非，庫洛德爾的亡靈隨後發出「噗滋！」一聲，像被切斷似的消散到半空中。

繃帶像鞭子似的甩落殘渣，青年將繃帶捲回袖口。

「我的名字叫威廉。」

這麼自稱的藍坎斯洛普青年，「啪哩」地彈了一下手指。於是守護女學生的繃帶牢籠輕飄飄地鬆開散落到地上。

庫法收起刀，飛奔到青年身旁。他甚至難以壓抑安心感。

「我沒想到你真的會來。感謝。」

繃帶青年模仿睡鼠發出啾啾聲，彎曲食指。

「誰叫你說什麼『只有一隻鞋無法跳舞』啊。你要是不在的話，我的計畫也會跟著泡湯呢。希望你別忘了『交易』啊。」

「請問一下，庫法老師？這位是……？」

看來難以掌握狀況的女學生拎著出鞘的武器，戰戰兢兢地向這邊搭話。庫法打算用事先準備好的藉口來搪塞，他開口說道：

「這位是我所屬部隊的相關人士，名叫——」

「他不是藍坎斯洛普嗎……？」

女學生這麼詢問的聲音顫抖著。

即便幽色軍隊的威脅解除，女學生仍然保持著警戒。這也難怪，瑪那能力者中根本不存在操縱繃帶的異能。再加上從繃帶底下稍微露出的龜裂肌膚……威廉·金拉起外套衣領，靜靜地轉過身去。

就在庫法迷惘著該怎麼掩飾過去時，一個宏亮的金屬聲響徹周圍。某人將武器收回

LESSON V
～死神的使者～

鞘，瀟灑地走上前來。

「無論他是誰，都沒有關係！他跟庫法老師和學院長一樣，是我們的恩人！」

是華麗的波浪捲髮隨風搖曳的神華．茲維托克。她毫不畏懼地走近到金的攻擊範圍內，像是要致上最誠摯的謝意一般鞠躬行禮。大家閨秀般的秀髮舞動起來，花朵的芳香柔和地撫摸繃帶。

「我代表大家由衷地向您道謝。不知名的騎士大人——」

「……！」

金目睹到殘留在神華臉頰上的淚痕。他驚訝地睜大光芒黯淡的眼眸，沉默了幾秒後

……忽然別過臉去。

「……沒什麼。」

他冷淡地這麼回答後，像要逃走似的在魔法陣旁邊蹲下來。

他故意咳了兩聲清喉嚨，招手呼喚庫法。

「一個災難過去了是很好，但把戰力都集中到這邊，說不定是步壞棋。」

「這話什麼意思？」

「不管怎麼做，升降機都不會動。聖弗立戴斯威德的『門』從學院那邊被鎖住了。

而且剛才那個叫庫洛德爾的老頭子，跟另外兩個分別叫做亞特摩斯和菈凱爾蒂的傢伙，

是『三人組』的殲滅部隊呢。你已經**做掉**所有人了嗎？」

庫法的表情也不禁緊繃起來。他在畢布利亞哥德內打倒的只有蠍獅這個人造藍坎斯洛普。聽到兩人的對話，學院長也插嘴發表意見。

「我很在意黎明戲兵團特地寄出犯罪預告函這件事。他們不會在犯罪時講究美學。我在想那封預告函會不會是用來告知聖弗立戴斯威德的考生有危機，誘導他們進入迷宮的假動作呢……」

滿目瘡痍的魔女劇烈地咳嗽起來，女學生連忙攙扶著她的背。

金用光芒黯淡的眼眸注視庫法，不動聲色地說道：

「……可能很不妙喔。那些傢伙這次的目標，果然不是梅莉達妹妹啊。倒不如說委託人的目標不是梅莉達妹妹，那個『老糊塗』真正的目標是——」

「聖弗立戴斯威德所有學生的性命……？他的目的並非葬送小姐，而是打算在騷動的詳情傳達到報社前，把所有醜聞的目擊者都滅口嗎……」

「他還是一樣不分青紅皂白呢。」

學生並沒有聽見目前為止的對話。庫法抬起頭，仰望上方的漫長巨大隧道。讓人覺得是無限延伸下去的深淵前方，是庫法和蘿賽蒂，還有以學院長為首的講師群都不在，戰力被無限削弱的少女的學舍。

LESSON V ～死神的使者～

假如此刻有什麼災難降臨到那裡的話——……

庫法咬緊下脣，深深嘆了口氣。

「該說有備無患嗎……看來把**那傢伙**留下是正確的啊。」

† † †

聖弗立戴斯威德女子學院三年級生，克莉絲塔．香頌此刻無庸置疑地正面臨人生最糟糕的絕境。至今只有在課本和資料照片上看過的「惡夢」，伴隨著壓倒性的存在感出現在眼前。

孕育著彷彿要凍僵的殺意與寒氣(咒力)的那個，跟打擊訓練用的稻草人截然不同——

「我已經封鎖葛拉斯蒙德宮的『門』了。這……這樣就行了吧！」

寄宿著苦澀思緒的指尖從控制板上移開後，一個似乎很滿足的笑聲從她背後傳來。是把克莉絲塔逼到這個玻璃宮殿升降機房間的女性的聲音。

「是呀，辛苦妳了。這麼一來，潛入畢布利亞哥德的講師就無法回到學院。宛如被折斷翅膀的**蝴蝶**一樣……妳說是吧？」

「妳……妳說得沒錯！」

「呵呵，謝謝妳。那麼接下來，妳願意幫忙把城門『鎖城』的話，我會很開心喔？」

以溫和的聲音下達單方面命令的，是一個成熟女性的「人影」。

稱為人影，是因為她並非人類。她的肌膚是綠色，眼球則是黯沉的黃色。長在側頭部的食蟲花飄散出劇毒的刺鼻臭味。包住豐滿身材的是用植物的葉子製造的洋裝……或許可以稱為美女，但給人的印象就是詭異。

菈凱爾蒂——她是這麼稱呼自己的。

據說她是所屬於黎明戲兵團的人造藍坎斯洛普「花妖愛娜溫（Alraune）」。

對於菈凱爾蒂提出的要求，儘管克莉絲塔不情願地緊咬嘴唇，也不得不唯唯諾諾地服從。原因是被優雅的愛娜溫單手捕捉住的一名少女。

一年級的女學生被當成了人質。菈凱爾蒂的五指宛如樹根一般伸長，銳利的尖端按在白皙的脖子上。假如她有那個意思，想必能輕易刺破皮膚，貫穿喉嚨吧。自己的生命被這樣輕率地玩弄，作為人質的女學生眼眶堆滿淚水。

「非……非常抱歉，克莉絲塔學姊……非常抱歉……」

聽到學妹不停顫抖身體，朝這邊低喃的聲音，克莉絲塔也無法隨便回應她。目前學院方還沒有出現任何一名犧牲者，簡直就是奇蹟。

——究竟為什麼會演變成這種狀況……！

LESSON V

～死神的使者～

在菈凱爾蒂緊黏在背後的狀態下，克莉絲塔沿著通往葛拉斯蒙德宮玄關大廳的道路前進。雙腳麻痺到很容易就會倒落，沒有真實感，甚至覺得地板隨時會脫落。

今天原本是假日。因為會舉辦迷宮圖書館員檢定考試，以克莉絲塔為首的學院學生前來學院協助事務工作，打算與住宿的學生一起歌頌本年度所剩不多的學院生活。

結果卻變成這樣。從黎明戲兵團這個犯罪組織寄送犯罪預告函到學院辦公室的那一瞬間開始，熟悉的學舍風景已經變貌成異質的非日常。

考生的安危不詳，以庫法和蘿賽蒂為首的可靠大人，還有碰巧以訪客身分在場的聖都親衛隊與安傑爾騎士公爵都急忙前往迷宮，只剩下學生與修女的學院，突然被動盪不安的氣氛給支配。

就在三百名少女一心一意地祈禱考生能儘早平安歸來時，葛拉斯蒙德宮的升降機伴隨著齒輪開始上升。

由克莉絲塔帶領的學生打從心底期盼與考生來一場感動的重逢，但在她們面前現身的是——一個人占據升降機中央的非人妖花。

難以掌握狀況的學生集團，面對動粗毫不猶豫的幹練刺客，實在束手無策。菈凱爾蒂立刻輕易地讓幾名拿出武器的學生無力化，並擄了一名顫抖到動不了的一年級生當作人質。

然後她用彷彿在邀人一起散步的輕鬆態度下令。

從內側與外面徹底封鎖聖弗立戴斯威德——

妖豔的愛娜溫不曉得是善變還周到，要克莉絲塔學生會長帶她四處參觀學院。從她對校舍塔、宿舍塔和練武場等地方不感興趣，卻很仔細調查庭園和城牆附近這點來看，應該是想要確認逃脫路線吧。

這段時間對克莉絲塔和學生也十分有意義地發揮作用——

然後現在，愛娜溫已經準備萬全，克莉絲塔被迫封鎖葛拉斯蒙德宮的「門」。光是關掉升降機的動力她還不滿足，她封殺所有可以移動到迷宮的手段，讓聖弗立戴斯威德與畢布利亞哥德完全隔離開來。

克莉絲塔自覺到自己太常用力咬緊嘴唇，幾乎快要沒有感覺這點，同時終於來到玄關大廳。從正門來到前院後，克莉絲塔看準菈凱爾蒂與人質退出宮殿的時候，朝圍住葛拉斯蒙德宮的高牆上打暗號。

那是個讓瑪那從高舉的指尖斷斷續續點燃的簡單暗號。意圖成功傳達出去，有燈光從高牆上忽明忽暗地閃爍著。暗號朝這邊打了兩三次。然後朝城牆那邊也打了兩三次。

過沒多久，轟隆低鳴的振動宛如波浪一般遍布地面。鐘聲「轟——」地貫穿黑色天空。有旋律的驅動聲與宛如身體組織一般微微動起地城牆機關。這些東西繞了聖弗立戴

LESSON V
～死神的使者～

斯威德的城牆一圈後，五顏六色的火焰從城牆裊裊升起。

這是據說一年不曉得能否觀賞到一次的聖弗立戴斯威德的「鎖城」。

上學期的月光女神選拔戰，如今就像很久以前的事一般，讓人感到懷念。那時有可靠的布拉曼傑學院長與講師在場。隱藏著深不見底的魅力的家庭教師庫法，以及新銳的「一代侯爵」蘿賽蒂也在旁觀看守護著。

此刻，他們沒有任何一個人留在這裡。

克服眼前的苦難，守護聖弗立戴斯威德的安寧，是以克莉絲塔為首的女學生必須靠自己達成的考驗。

克莉絲塔努力壓抑住盤據在內心的恐懼，用堅決的態度轉過頭去。

「好啦，聖弗立戴斯威德已經按照妳的要求，完全封鎖了！快放開人質！還是說，妳沒有肉盾的話，連像我這樣的學生也不敢面對呢？」

「哎呀哎呀，這麼勇敢，真是了不起呢。」

菈凱爾蒂依然面帶微笑，非常乾脆地放開了人質。兩名女學生有一瞬間措手不及，而立刻回過神的克莉絲塔一蹬地面。

她拉起一年級生的手，穿過菈凱爾蒂旁邊，在飛奔進宮殿的同時大喊：

「各位，就是現在！」

有幾十個人影從牆上同時現身。是聖弗立戴斯威德的學生，所有人都攜帶著各式各樣的武器。

後方是葛拉斯蒙德宮的正門，正面與左右則被槍口不留縫隙地團團圍住，「哎呀？」菈凱爾蒂有些傷腦筋似的露出疑惑的表情。

「我看有些人偷偷地到處亂跑，不知在做什麼，原來是在設置伏兵呀。」

「妳就後悔自己表現得太老神在在吧！聖弗立戴斯威德三年級總數四十一名的槍手位階的一齊射擊！妳就仔細地品嚐吧！」

克莉絲塔舉起手，氣勢洶洶地往下一揮。「發射————！」

幾十道槍口焰盛大地閃耀。互相衝撞的槍聲演奏出彷彿要震破鼓膜的宏亮聲響。超越音速的子彈破風前進，讓空間扭曲成螺旋狀。面對無處可逃，從四面八方一擁而上的豆粒大的破壞力——

「啊哈，真漂亮！」

菈凱爾蒂一臉欣喜地扭曲表情，隨後，四十一發子彈接連射穿了她。

噠噠噠噠噠——中彈的音色有節奏地響徹周圍。菈凱爾蒂的全身因衝擊而後仰，還來不及喘息便旋轉起來，四肢不斷扭曲的動作看起來就宛如舞蹈一般。她果然不是人類嗎？伴隨鮮血炸飛的是植物的葉子和花瓣。

LESSON: V
～死神的使者～

槍聲飛舞交錯的時間，實際上不到五秒。

菈凱爾蒂豐滿的身體坑坑洞洞，四腳朝天地倒落了。大量血液滲透地面，她已經一動也不動。克莉絲塔有些洩氣似的喃喃自語：

「打……打倒她了嗎……？」

雖然這樣的落幕實在太平淡，但只能這麼認為。學生的槍擊毫無疑問地命中了她。那慘不忍睹的負傷不可能是演技。總之，應該確認屍體看看嗎……？就在克莉絲塔這麼心想，並向前踏出一步時。

暴露出悽慘死狀的菈凱爾蒂，突然揚起了嘴角。

「真是太棒了。剛才那狀況，就算是我也必須**犧牲一個人**才行呢。」

「什……！」

克莉絲塔會震驚地睜大眼，也是理所當然的。

菈凱爾蒂的屍骸逐漸被「修復」。宛如植物生長一般補齊了缺損的部分，還有清水洗掉黏在身上的血液。樹葉不知從何處聚集而來，製造出洋裝，在她站起身時，已經完全恢復成本來的美麗姿態。

美女對啞口無言的三年級與一年級少女露出微笑。

「啊，妳們別喪氣喔？妳們確實是收拾掉『一個』我了。妳們可以誇耀這個戰果，當成黃泉的餞別禮喔。」

「怪……怪物……！」

克莉絲塔立刻舉起手臂，再次對槍擊隊打暗號。

不過，槍聲並未響起。取而代之的是傳來了哀號。

「不要啊啊啊！放……放開我！」

究竟發生了什麼事呢？克莉絲塔反射性地環顧周圍，然後看見了令人難以接受的光景。槍擊隊的其中一人，在牆上被擰起手臂。

抓住學生的是有著綠色肌膚的妖豔愛娜溫。

「咦……？」

克莉絲塔不禁交互看著眼前的敵人與牆上的光景。還來不及平息混亂，學生的哀號便從前後左右到處重疊起來。埋伏在牆上的槍擊隊，突然遭到從背後現身的敵人「集團」襲擊。

幾十隻敵人無一例外，都是分毫不差，有著相同外貌的愛娜溫。

「哎呀哎呀。」「呵呵。」「要玩鬼抓人嗎？」「等等我，等等我。」「我討厭會逃跑的蝴蝶。」

愛娜溫一揮手橫掃，手臂就變形成宛如樹根一般，揍飛女學生。她吐出的氣息變成

LESSON: V

～死神的使者～

毒霧，只要吸入一口，就會彷彿斷線般倒落。

這宛如人間地獄的騷動，讓克莉絲塔無計可施地顫抖著手腳。

「這……這是怎麼一回事呀……！」

「我是人造藍坎斯洛普『花妖愛娜溫』。不能用人類的生態來思考喔。」

菈凱爾蒂像是對腦袋不好的學生感到傷腦筋一般，將手心貼在臉頰上。

「如果要告訴妳一個淑女的祕密，我想想……我可以透過把樹苗種植在大地上，來培育自己的分身喔。數量最多可以到一百隻……！」

「怎……怎麼會……」

「呵呵，謝謝妳親切地幫我帶路，學生會長小姐。妳以為只有妳們做好了戰鬥的準備嗎？我也有在這間學院的四處留下樹苗，讓它們在大地生根蔓延喔？——啊，看吧，妳能聽見嗎？」

菈凱爾蒂彷彿在傾聽妖精的旋律一般，陶醉地閉上雙眼。克莉絲塔也好奇地側耳傾聽，然後總算察覺到了。

不只是從葛拉斯蒙德宮的周圍。整個聖弗立戴斯威德的四處，都能聽見女學生畏懼著妖花的哀號。閉關在宿舍塔裡的一年級生、保護她們的二年級生、勇敢地準備了武器的三年級生……克莉絲塔腦中浮現三百多名少女在學院各處面臨絕境的光景。

在她因為絕望而顫抖著雙腳時，菈凱爾蒂又召喚了更可怕的惡夢。

「好啦，差不多該開始重頭戲了吧？其實我雖然這樣威脅大家，但不是很擅長粗俗的戰鬥呢。我有我的跳舞方式呀。」

從她的側頭部長出來的食蟲花，宛如生物一般蠢動著。食蟲花像氣球似的一度膨脹起來，然後急速萎縮，同時不斷吐出紫色的霧。

在能見範圍內的菈凱爾蒂的分身，都採取了一模一樣的行動。恐怕在這間聖弗立戴斯威德被解放出來的一百個愛娜溫，此刻都企圖把少女的花園染上劇毒般的顏色吧。

那行動的影響，很快就顯現出來了。

「克……克莉絲塔學姊……」

在後方靠著正門的一年級生，看似痛苦地發出呻吟，同時倒落地面。克莉絲塔立刻試圖飛奔到她身旁，但在踏出第五步時，膝蓋一軟，跪倒在地。

克莉絲塔立刻注意到感覺逐漸從手腳末端消失的現象。

「這是毒粉吧……！」

「答對嘍！要把三百人的生命之芽一個個摘除這種事，我實在提不起勁呢。所以我會讓大家一起死。我的咒力會搭乘在花粉上化為劇毒，從內側侵蝕人類。少女的學舍將會綻放死之花海喔？啊哈，真棒！」

克莉絲塔的全身噴射出火焰。她將手放在膝蓋上，勉強抬起上半身。

「哦～」菈凱爾蒂有些佩服似的揚起嘴角。

「既然毒粉的真面目是咒力，就能用瑪那抵抗……妳真聰明呢，學生會長小姐？」

「妳可別小看了聖弗立戴斯威德……！在學生屈服於妳的毒粉之前，還有些緩衝時間。只要在這段時間內驅除妳──」

從菈凱爾蒂的指尖伸長幾公尺的樹根，高速掠過克莉絲塔的左腳。令她的皮膚被挖起，鮮血隨之飛舞，少女的嘴脣迸出「啊！」的痛苦叫聲。

菈凱爾蒂用宛如模特兒般的動作，走近再次跪倒下來的女學生。

「妳把人家說得好像害蟲還什麼一樣呢。妳沒什麼教養喔。」

「……惡……惡徒別講得這麼囂張──」

菈凱爾蒂狠狠地甩了克莉絲塔一記耳光。克莉絲塔的身體飛出去，在地面上滾了好幾圈。

被毒粉折騰的女學生，看到學生會長悽慘的模樣，扭曲了表情。

「克莉絲塔學姊，請……請妳快逃吧……！」

「啊哈！逃到哪裡呢？妳們根本無處可逃喲！」

菈凱爾蒂舉起手臂，收縮成細長形狀的手宛如鞭子一般銳利地彎曲起來。她使勁一擊趴倒在地的克莉絲塔，看到裂開的制服與鮮紅的傷痕，妖花揚起了嘴唇。

「通往畢布利亞哥德的道路封閉了！城牆已經化為牢獄！已經變成我私人庭院的這間學院，根本不存在能危害支配者的威脅！這群吱吱喳喳鳴叫的三百隻小鳥，我會一隻不剩地扯斷羽翼，統統擊落到地面！啊哈哈哈哈！」

「就算我們殞落——」

趴倒在地面上的克莉絲塔開口說道。凌亂的頭髮卡在嘴角邊，儘管如此，她仍毅然抬起的視線射穿了菈凱爾蒂的眼眸。

「必定會回到這裡的聖弗立戴斯威德的騎士……一定會將妳的花瓣砍落到一枚不剩吧……妳就做好覺悟等著吧……」

「……這種不服輸的話真像甜死人的蜂蜜呢，令人作嘔。」

啪嘰！菈凱爾蒂的一隻手變形了。她的手彷彿分枝的樹根一樣粗糙不平，強韌地變尖銳，像在炫耀一般拉緊的樹根前端，瞄準了趴倒在地的少女。

菈凱爾蒂氣勢洶洶地一蹬大地，發出咆哮。

「我現在就在這裡先殺了妳！」

「——！」

克莉絲塔緊緊閉上雙眼，淚珠從她的眼皮底下滑落。只能在旁注視這一切的女學生因絕望而倒抽一口氣。菈凱爾蒂的嘴脣宛如惡魔一般裂開揚起。

——瞬間，有個輕盈的腳步聲從玻璃宮殿飛奔而來。

在千鈞一髮之際插進來的人影，空手擋住了菈凱爾蒂揮落的單手。低沉厚重的聲響擴散開來，衝擊波驅散了附近一帶的毒霧。

正面相對的菈凱爾蒂不用說，在旁注視的女學生也啞口無言。戰戰兢兢抬起頭的克莉絲塔，看到像要庇護自己一般站在前方的纖細背影，不禁眨了眨眼睛。

「修……修女……？」

是穿著平凡無奇的修道服，在學院工作的修女之一。雖然克莉絲塔也認識，但至少克莉絲塔所知道的她，根本沒有能力空手擋住藍坎斯洛普的全力一擊。

菈凱爾蒂一臉疑惑地歪了好幾次頭，然後硬是擠出一張笑容。

「哎呀哎呀，修女小姐，這裡可輪不到一般人出場喔？」

變形的手臂前端宛如蛇一般翻動，企圖從背後攻擊貼身狀態的修女。

這時又發生了讓每個人懷疑起自己眼睛的光景。才想說修女的雙手讓人看不清地動了起來，就見她甩落幾隻蛇並瞬轉，用宛如子彈般的肘擊招呼菈凱爾蒂。衝擊轟隆地貫穿到背後，菈凱爾蒂忍不住彎下身體，修女毫不留情地踹飛美女的顏面。

像是玩笑般，菈凱爾蒂遠遠地吹飛出去，在地面翻滾了少說幾十公尺。她採取護身倒法跳了起來，宛如野獸一般撐開四肢著地。

抬起頭的妖花已經不再浮現嬉鬧般的笑容。

「妳是什麼人？」

修女從會讓人著迷的橫踢姿勢收起了腳。她的腳從中間**扭曲**起來，讓克莉絲塔不禁感到震驚。更讓人驚訝的是，修女**拆下**了那隻骨折的腳，**隨手丟棄**，個頭變嬌小了一圈。

「……真沒辦法……任務外……畢竟人命優先……」

修女簡直像在替自己找藉口似的發著牢騷，同時將「零件」從全身接二連三地拆卸下來。另外一邊的義腳、兩隻義手、身體的矯正器。她看似煩躁地脫掉修道服，取而代之地換上漆黑軍服。

她將兜帽壓低蓋住雙眼，從底下撕裂膚色面具。

不知是從容與否，事情發展至此，菈凱爾蒂恢復成滿面笑容。

「看來是預定外呢。想要摧殘我花瓣的妳，究竟是誰呀？」

『我是白夜的使者。』『是千變萬化的千面人。』

黑色筆記從上空飛舞飄落，代替回答。一開始是兩張，接著又一張。

『然後——』

最後一張擦過兜帽，在宣告的同時燃燒起來。

LESSON: V ~死神的使者~

火焰有一瞬間照亮了從黑暗深處注視著這邊的少女臉龐。

『是要讓妳斃命的人。』

LESSON：Ⅵ ～黑暗野獸與月之野獸～

劍閃劈裂毒霧並奔馳著。菈凱爾蒂將雙手變形成樹根迎擊。雙方互相衝撞的武器冒出好幾道火花，擴散之後描繪出完美的圓環。

一身黑的少女軍服衣襬隨風搖曳，充滿活力地躍動全身，分秒不停歇地揮劍攻擊。菈凱爾蒂露出欣喜的表情，拍落描繪著螺旋襲來的連擊。

「這種身體能力！毫不猶豫的殺意之刃！妳是騎兵團的騎士吧！」

愛娜溫手臂的前端分成好幾根細枝。每一根都像細鞭一樣彎曲，衝向敵人。黑衣少女更加快了速度，模糊的殘像已經邁入神速的領域。她完美地拍落幾十根攻擊線，同時讓刀刃順勢轉向，挖起美女的左眼。

菈凱爾蒂的左臉被砍裂，立刻蠢動起來的皮膚修復缺損的部分。

「而且不是普通的戰士！能否告訴我妳的所屬部隊呢？」

「半吊子的傷會被無效化……？既然如此……」

黑衣少女沒有理會，在喃喃自語的同時收起了劍。她以流暢的動作拔出左輪手槍，

LESSON VI

～黑暗野獸與月之野獸～

把槍彈全部轟向美女性感的雙腿。

菈凱爾蒂「咕！」一聲地屈膝時，黑衣少女的左手已經拔出第二把武器。她全力揮落的鎚矛頂部，將敵人的頭部敲得粉碎。

木屑和花瓣飛散四處，失去頭部的菈凱爾蒂猛然跪倒在地。不過，要不了多久，植物又從傷口生長出來，恢復成原本的美麗的姿態。

「啊，這下是『第二個』。我苦心栽培的樹苗泡湯嘍？妳再稍微客氣點——」

在菈凱爾蒂話說完前，一把長劍刺進她豐滿的胸口。「哎呀？」她傾斜的脖子有一陣風咻地劃過。黑衣少女將猛然拔出來的刀收回腰部的刀鞘，只見菈凱爾蒂的頭從平滑的剖面掉落了——快到肉眼也看不見的拔刀術。

『即使受傷也會治癒。』『縱然死亡也會復甦。』『是無限的再生力？』『精密的幻影？』

『不。』『不可能。』『應該在某處』『有什麼機關才對。』

黑色筆記從上空躍動似的降落，黑衣少女甚至不給人瀏覽筆記的時間，接連不斷地拔出武器。她同時揮動鎚矛與長杖擊潰菈凱爾蒂的雙手，並用前踢踹飛美女變得毫無防備的軀體。

她追趕敵人滑過半空中的影子，立刻一蹬地面。

『既然如此——』

黑衣少女收起鎚矛，拔出左輪手槍，在奔跑的同時將雙手的武器伸向前方，發射。

菈凱爾蒂衝撞上牆壁，從旁發射的槍擊像要釘住她全身似的降落。黑衣少女飛奔靠近，隨即用力一踢敵人變得坑坑洞洞的軀體。牆壁伴隨著轟隆聲響凹陷下去。

『無論幾次我都會殺，』『直到妳死亡為止。』

宛如暴風雨般的劍擊肆虐。黑衣少女以快到看不清的速度揮落右手的長劍與左手的刀，用超高密度的劍閃轟炸菈凱爾蒂。在不知何時會結束的無限破壞中，美女的身體裂開又連接起來，被粉碎後又逐漸再生。

她揚起的嘴唇遭到瞬間的切斷攻擊，甚至沒辦法好好地發出聲音。

「真……真是一點也不不不——留情呢！那……那麼，這這這樣子如何——呢？」

隨後，從遠處傳來了哀號。黑衣少女的二刀流攻擊驀地停止下來。

一看之下，眼前的菈凱爾蒂暴露出悽慘的屍骸，已經一動也不動了。她就這樣躺在砍裂牆壁又劃破地面的駭人破壞痕跡的中央。

黑衣少女掀起兜帽，眺望校舍塔的方向。

「怎麼回事……？果然另外有本體……？實在很棘手……」

她用無法聽清楚的聲音這麼低喃，隨即一蹬地面。一直目瞪口呆的克莉絲塔勉強回過神來，叫住了打算像風一樣飛奔離去的黑衣人影。
「請……請等一下，騎士大人！請問您何時，又為何會到聖弗立戴斯威德……？」
『我沒有能說明的事情。』『妳待在這裡。』
黑衣少女扔下簡潔的兩張筆記，同時在眨眼間跳出圍住葛拉斯蒙德宮的牆壁。在至今仍微微飄散的毒霧中，與敵人悽慘的屍骸一起被留下的克莉絲塔，無力地坐倒在地面上。
「為……為了保護學院，我身為學生會長該做的事情是……」
愛娜溫的毒（咒力）滲透到克莉絲塔掙扎著想站起來的膝蓋，她不甘心地咬緊嘴唇。

LESSON VI ～黑暗野獸與月之野獸～

布拉克．馬迪雅宛如風一般奔馳在學院的領地內，同時在內心咂嘴。照理說是單純的監視任務，卻被捲進了麻煩的狀況。
她從幾天前潛入聖弗立戴斯威德，當然是為了調查那個據說造訪了學院，自稱是梅莉達．安傑爾父親的男人。那當真是本人嗎？或是第三者的惡作劇呢？倘若是本人，就迅速捕捉起來並揭露其真面目，如果是冒牌貨，就牽制學生避免醜聞不小心洩漏出去。
然後與此同時，監視至今仍不能大意的「他」，也是馬迪雅這次的任務。
雖然好像已經被「他」本身察覺到馬迪雅潛入了這裡……

總之，該說不出所料嗎？從「面具父親」騷動後還沒過幾天，狀況就有了巨大的變化。舉辦畢布利亞哥德圖書館員檢定考試、考生遇難、開始暗中活躍的黎明戲兵團……其中一名刺客甚至像這樣將魔爪伸向養成學校，企圖虐殺無辜的學生。即使是從幼少期開始就每天埋頭進行任務的馬迪雅，在她充滿血腥的人生當中，也從未度過這般瞬息萬變的生活。

梅莉達·安傑爾——以那個少女為中心，此刻在這個國家中，有什麼事情正準備發生呢？然後關鍵的「他」，又是打算如何操弄這複雜地糾纏起來的宿命之線？

自己小巧的胸口不知不覺激昂起來，高溫的瑪那伴隨血流竄過全身。

不過，與昂揚的內心相反，身體比平常還要沉重。雖然是一點一點地，但可以感覺到身體能力緩緩在衰減。這大概是那個自稱菈凱爾蒂的人造藍坎斯洛普「花妖愛娜溫」散播在學院中的毒粉效果吧。

縱然馬迪雅用高壓力的瑪那抵抗，但敵人也是狠角色。寄宿著凶狠殺意的粒子滲透皮膚，融入肺臟，確實地進行著侵略行動。如果不速戰速決，很難有勝算。豈止如此，倘若花費的時間愈多，那些還不成熟的學生裡出現犧牲者的可能性就愈來愈高。那肯定就會像滾雪球一樣。

馬迪雅一邊因為另一種意思心跳加速，同時拉緊右手握的劍。她在前進方向發現複

LESSON VI

～黑暗野獸與月之野獸～

數人影。是在庭園的噴水廣場架起武器的女學生，與慢慢逼近她們，姿態完全相同的愛娜溫群。

馬迪雅更加快了速度，並在奔馳的同時逐一收拾敵人。她粉碎第一個人的延髓，把第二個人從背後刺成肉串。她一邊朝第三個人扔圓月輪加以牽制，同時用另一隻手拔出來的左輪手槍把第四個人轟成蜂窩。

她間不容髮地狂奔，握住半吊子地插進敵人喉嚨的圓月輪，然後用盡全力一揮。美女的頭顱飛過高空，女學生微弱地發出哀號。

四隻愛娜溫忽然倒落到地面上，沒有顯露出再生的徵兆。果然還是猜不透她能力的機關。倘若不能盡快看穿，勝算會愈來愈小吧。在馬迪雅感到焦躁不已時，少女顫抖的聲音傳入她耳中。

「妳……妳跟庫法大人同樣是軍人……？」

各自散落在庭園四處的少女，大概是英勇地想要拯救學院，而帶了武器出來吧。不過馬迪雅冷淡地遞出了筆記給少女看。

『妳們無能為力的。』『跟其他學生聚集在一個地方。』

『四處散開的話，』『要保護也保護不了。』

「咦，什麼……？非常抱歉，霧太濃了，看不太清楚。」

女學生一臉疑惑地蹙起眉頭。馬迪雅在兜帽底下咬了咬嘴唇。

雖然違反信念，但這也是逼不得已。馬迪雅用劍尖指著校舍塔，用很少發出來的真正聲音命令：

「小……小雞很礙事……妳們就像小羊一般群聚起來吧，學生……！」

「嗯？咦？啊，啊——————！妳是那時的！」

這時，其中一名學生發出了瘋狂的哀號。

顫抖著嘴唇並用手指指向這邊的少女，倘若是一年級的同班同學，就會稱她為涅爾娃．馬爾堤呂吧。不過馬迪雅只是一臉不可思議地歪了歪頭。

「……妳是誰？」

「可惡————————！我我我可不准妳說忘了喔，妳這惡魔！妳又學不乖，想來妨礙我表現的機會嗎？」

對少女的螺旋雙馬尾完全沒有印象的馬迪雅，隨後突然轉身，使出了連續踢。將被捲進來的學生吹飛到後方。

「什……！」

涅爾娃和其他被踢飛的少女並沒有受到太大衝擊。在她們一起被踢到牆邊的同時，馬迪雅一邊拔出武器，一邊大喊：

LESSON: Ⅵ ～黑暗野獸與月之野獸～

「快趴下！」

隨後，地面的土塊彈飛了。超過幾十根的樹根矛從四面八方伸長，企圖攻擊馬迪雅。雙手的武器激烈躍動著，在千鈞一髮之際迴避直擊。

啵——彷彿從地面萌芽一般，美女從廣大庭園的四處現身。超過幾十人的愛娜溫，用完全相同的動作妖豔地微笑。

「妳果然會造成威脅呢……！就在我的場地確實擊潰妳吧！」

馬迪雅一邊將學生的位置與敵人的出現場所記在腦海中，一邊思索起來。

——接著來驗證……「敵人的本體混在分身當中」的可能性……

在幾十雙眼眸緊盯自己全身的狀況下，馬迪雅右手持劍，左手拿刀。

「驗證……開始！」

土塊飛濺，馬迪雅主動衝進了敵陣。她以極為迅速的敏捷力穿過綠林當中，同時順手砍殺露出空隙的敵人。只不過絕不窮追。使出的僅有一擊。也不回首沒有擊中致命傷的對象，而是瞄準下一個目標。

上演了一場沒完沒了，讓在旁觀看的學生顫抖不止的混戰。身體能力是黑衣少女壓倒性地占上風。但是愛娜溫那邊的人數不僅非比尋常，而且絲毫不把痛楚當一回事地撲向敵人。黑色殘像自在地躍動，綠色肉片填滿了半空中。

換成一刀流的馬迪雅將敵人全身切成碎片。趁機纏到她腳上的藤蔓植物將嬌小的少女摔飛。位於直線上的菈凱爾蒂用肥大化的手臂把敵人揍飛回去。馬迪雅利用這股氣勢拔出鎚矛，在飛越時粉碎一隻愛娜溫的頭部。她反過來握住一直纏繞在腳上的藤蔓，當成鐵鎚一般揮動，橫掃擊倒了幾隻愛娜溫。

打著打著，馬迪雅開始能區分「會再生的敵人」與「不會再生的敵人」。就算轟掉手腳或頭部，她們也會不斷被修復。但擊潰心臟的對象則是一直躺平在地面上。至於切成碎片的對象就更不用說了……

馬迪雅一找到機會就觀察敵方集團，沒多久她便目擊到決定性的瞬間。軀體被她砍成兩半的敵人倒落在地面上，有什麼東西從敵人崩潰的胸部掉落出來。是「樹苗」。隨後有木片聚集起來並增加體積，試圖模擬出人類的形狀。

在敵人再生前踩爛樹苗的話，失去原形的敵人便一動也不動了。然後與此同時，待在遠處的一隻愛娜溫，突然全身崩壞了。

「……是這麼回事。」

馬迪雅立刻一蹬地面，在噴泉頂端著地後，讓所有人的目光集中在她身上。

「也就是──『分割ＨＰ』！」

她這麼放話後，綠色的敵方集團停止了動作。只有發出黃色亮光的眾多眼眸，在毒

LESSON: VI

～黑暗野獸與月之野獸～

霧中緩緩搖晃，注視著這邊。

馬迪雅保持警覺地檢視七把武器，同時繼續說道：

「妳的能力是複製以樹苗為核心的分身。如果相信妳說的話，分身的總數一共是一百隻。然後，那一百隻個體全部是妳本人，可說是『一百人一起共享一百條ＨＰ』的關係……！」

「……」

「而且減少的ＨＰ，能夠在各個體間互相流通！這就是感覺是無限的再生能力的底細。妳的再生並不是『回復能力』……在一個妳治癒傷口時，應該有其他的妳代替受傷，讓ＨＰ減少才對！」

既然如此——馬迪雅拔出刀。高舉在眼前的刀身有些微光芒反射，照亮了兜帽底下的眼眸。

「我就剷除一百隻份的生命（HP）。這樣就算我獲勝了……！」

在旁觀看戰況的女學生緊張地吞了吞口水。菈凱爾蒂群仰望君臨在噴泉頂端的嬌小黑衣少女，一直沉默不語的她們忽然熱烈地鼓掌起來。

「——了不起。我到目前為止也跟騎兵團的人交戰過幾次，但無論誰都身陷混亂，只能被我玩弄至死。究竟是經歷多麼嚴苛殘酷的人生，才能在妳這種年紀就累積了如此豐富的戰鬥經驗呢？」

「…………」

「我幫妳補充一點吧，黑衣小姐。我只能透過種植樹苗來複製分身，是因為要從大地榨取生命能量喔。換言之，我想說的是……我們每個人的ＨＰ不是『百分之一』，而是『乘以一百』喔！」

一直保持溫和微笑的菈凱爾蒂，搖身一變露出猙獰的獠牙。

「就算被揭露底細，我的戰法仍然只有一種，就是在散播毒粉後打持久戰！妳能感覺到吧？滲入妳五臟六腑的毒粉，正讓身體能力緩緩衰退。我的直接戰鬥能力確實沒多強，不過，妳的限制時間應該一分一秒地逼近了……！當妳的體力（能力）低於一定數值時，我就勝券在握了！」

『正合我意。』

馬迪雅使勁一蹬踏腳處，氣勢凶猛到雕像都爆裂了，她衝進敵人集團。在飛越敵人的瞬間砍斷一隻菈凱爾蒂的脖子，以流暢的動作擊潰第二隻的頭部。彷彿連開口發言的時間都覺得可惜一般，黑色筆記混在飛散的木屑與花瓣中降落。

『只要揭露』『機關的話，』『根本不足為懼。』

『妳這種程度，』『就算身體能力減半』『也足夠應付。』

「總算輪到主菜上桌了呢！妳就儘管用挑釁（香料）來裝飾吧！」

菈凱爾蒂露出陶醉的表情這麼吼叫。只看戰況的話，是單方面的壓制。馬迪雅揮起長杖後，立刻發動一氣呵成的連續射擊。菈凱爾蒂的全身上下一處不漏地被射穿，她露出被撕裂的笑容，就這樣炸飛出去。

其他一隻接續她的話語，從四面八方將黑衣敵人逼入絕境。

「來比比看是我的『剩餘機體』會先耗盡，還是妳的身體能力會先見底吧！雖然樹苗已經被妳摧毀不少，但我剩餘的力量還很充分喔？相比之下，妳又如何呢？體力差不多快見紅了吧！」

彷彿要砍斷語尾一般，一隻菈凱爾蒂的脖子被砍飛到高空。隨後在右後方傳來臨死前的慘叫聲。幾乎就在同時，有花瓣從左邊飛散，就連自己本身也被持續不斷的連續攻擊無止盡地切割。

——就連殘像……也捕捉不到？

菈凱爾蒂與幾十隻分身共有感覺，同時打從心底感到戰慄。理應被毒粉逐步侵蝕的黑衣少女，速度反倒比剛才更快了。莫非她到目前為止，是為了看穿自己的能力，而壓抑了實力嗎？

黑色筆記以緩慢的節奏降落到四腳朝天倒下的一隻愛娜溫視野中。

LESSON: VI
～黑暗野獸與月之野獸～

『我話先說在前頭，』『我就算這樣，』『在所屬部隊當中』『也算慢的喔。』

『如果妳跟那傢伙對打，』『那雙遲鈍的眼珠』『大概會嚇到掉出來吧？』

「咕……！」

一直保持妖豔笑容的幾十隻菈凱爾蒂，終於一臉憎恨地露出了犬齒。因為她目測人數後，發現了一件事。比起毒粉侵蝕敵人的速度，自己的ＨＰ條下滑的速度要快太多了。照這樣下去，會被做掉的──……

既然想到了這一點，該做的事情就只有一件。

也就是轉換方針。

「妳比我想像中更有一套呢，全身黑的騎士大人！不過呢，我可是燈火騎兵團的天敵黎明戲兵團！我很清楚讓你們露出破綻的手段喲！」

「──！」

在馬迪雅注意到的同時，一隻菈凱爾蒂抬起了手。她瞄準的前方，是在庭園各自散開的聖弗立戴斯威德的女學生。

稚嫩的少女緊張地繃緊表情，隨後菈凱爾蒂變形的手臂宛如矛一般飛翔。馬迪雅立刻拔出左輪手槍，以精密射擊擊落攻擊線。

「看吧，妳露出破綻了！」

剩餘的菈凱爾蒂群浮現出醜惡的喜色。

一隻菈凱爾蒂渾身踏向前方後伸出手臂。她的指尖變形得宛如樹根，銳利伸長的那指尖化為極粗的矛刺進黑衣少女的軀體。發出宛如金屬般的衝撞聲響。

首次感覺到攻擊命中的菈凱爾蒂揚起嘴角——隨後她的笑容便僵硬地緊繃起來。

從黑衣少女腹部滴落的血相當少。敵人將近乎狂暴的火焰集中在身體中央，樹根前端只有刺穿皮膚幾公分而已。

「只靠瑪那與肌肉擋住了？值得驚嘆的反應速度……！不過！」

面對數量超過幾十隻的集團，儘管只有一瞬間，暴露出破綻仍然是致命傷。剩餘的菈凱爾蒂緊接在一開始的那隻後面，一起伸長樹根，馬迪雅嬌小的身影被來自四面八方的突刺吞沒。數不清的矛擊徹底捕捉住全身，黑色的軍服身影宛如小沙包一般被撞飛到空中。

令人害怕的是，儘管她避開了所有致命攻擊，但被撞飛到半空中的身影毫無防備。幾十隻菈凱爾蒂吸入滿滿的空氣，接著噴出。

從她們嘴裡噴射出來的溶解液，在空中灑向黑衣少女。發出宛如熱水蒸發般的音色與嗆人的白煙，還有被殘酷地撕裂，四處飛散的軍服。女學生發出哀號。

「不要啊啊啊啊！騎……騎士大人！」

LESSON VI
～黑暗野獸與月之野獸～

「啊哈哈哈哈！妳就只留下骨頭，成為我的養分吧！」

隨後，從後方傳來讓人毛骨悚然的「啪嘰！」一聲，響徹周圍。

綠色美女受驚似的轉頭一看，然後目擊到了。

一隻菈凱爾蒂從背後被勒住脖子，頭部被扭轉。有著褐色肌膚的嬌小少女鬆手放開已經喪命的個體，一臉無趣似的低喃道：

「這樣大概就剩下一半了吧。」

「……！」

菈凱爾蒂感到戰慄，轉頭看向被打落到地面的黑衣身影。那裡只有漆黑的軍服，內在忽然消失無蹤。溶解液根本沒有傷害到少女一根汗毛。

綠色美女愈來愈像在稱讚強敵一般，張開了雙手。

「太棒了！妳剛才立刻脫掉軍服當替身對吧？不過，妳這樣是否太亂來了呢？妳自傲的蒐藏品究竟上哪去啦？」

菈凱爾蒂稱為蒐藏品的七把武器，散落在庭園四處。現在的馬迪雅是一身輕便的貼身衣物裝扮，手無寸鐵。看到她裸露出來的褐色肌膚被刻上細微的傷痕，表示剛才的集中攻擊絕非徒勞無功。

領悟到救世主一口氣被迫居於劣勢，女學生挺身而出。

「騎……騎士大人！我們來助您一臂之力……！」

「妳們別出手，學生。」

馬迪雅用小刀般的視線注視著敵方集團，並小聲地用不知能否聽見的音量述說。完全無法窺見她的感情。

「妳們……跟我不同。妳們的手是為了保護弱者而存在的吧。既然如此，現在還不該被汙穢的血玷汙。乖乖閉上嘴被我保護吧，妳們這群小雞……！」

「可……可是……」

菈凱爾蒂呵呵地嘲笑還十分年幼的戰士的獻身。

「真是了不起的自尊呢！我一直以為這次的工作是無聊的切割雜草，實在是天大的誤算。沒想到能遇見像妳這樣的戰士！打敗妳這種強敵的經驗，一定會在我內心成為莫大的糧食吧！」

「這句話是我要說的……真是夠了，只要與『他』相關，總會有讓人內心雀躍不已的戰鬥……」

手無寸鐵的馬迪雅悄聲喃喃自語後，便壓低重心。

她的嘴角猙獰地往上吊起。大大張開雙腳的架勢宛如野獸。轟……感受到彷彿會撼動大地的鳴動，菈凱爾蒂的表情嚴肅起來。

LESSON VI
～黑暗野獸與月之野獸～

馬迪雅全身纏繞著彷彿從地底迸出的瑪那，同時收緊了雙手。

「這次的事件對聖弗立戴斯威德而言是不幸嗎……？非也！學生們，對妳們能在現場見證一事感到幸運吧。從現在起，我要讓妳們見識瑪那能力者的巔峰！」

馬迪雅用力一揮手臂，於是從指尖飛翔出去的瑪那穿越戰場。瑪那纏住刺在地面上的七把武器，隨後彷彿有了生命一般往上跳起。

「──什麼！」

菈凱爾蒂驚愕地轉頭一看，七色武器隨即發出低吼。

武器宛如纏繞了瑪那的流星一般在半空中四處奔馳，用劍貫穿、用刀砍裂，鎚矛刺穿敵人的軀體。圓月輪描繪跳躍般的軌道蹂躪敵方集團，收納在馬迪雅手心的法杖緊接著粉碎美女的頭部。

總算回過神來的菈凱爾蒂群，朝馬迪雅射出樹根。於是立刻飛來的左輪手槍與長杖自動扣下扳機，燒傷半空的彈道擊落敵人的手臂。美貌的愛娜溫終於啞口無言了。

「這……這什麼呀……！噫！」

「這就是我的王牌──！」

馬迪雅銳利地一蹬地面。她抓住飛越半空中的長劍，回手一刀橫掃敵人。她用左手的法杖破壞另一隻的心臟部位。追隨周圍的左輪手槍與長杖，毫不停歇地吐出閃光，逐一射穿碰到的敵人。

在眼看數量愈來愈少的敵人集團中，馬迪雅逼近了大概會殘留到最後的菈凱爾蒂。

她瞄準美貌扭曲起來的愛娜溫的心臟，拉緊右手的劍。

「『亡靈……霍洛洛基烏斯』！」

從六個方向衝過來的武器釘住全身，用渾身力氣刺出的長劍粉碎了敵人的胸部。敵人的上半身盛大地炸飛，飛舞在半空中的樹苗斷成兩半。

聚集在庭園的菈凱爾蒂群的最後一隻，猛然彎下了膝蓋。

在自行瓦解散落的全身當中，殘留到最後的嘴脣——不懷好意地揚起嘴角。

「所謂的王牌……不是應該保留到最後一刻的東西嗎？小姑娘……」

「…………」

「妳在最後關頭……有點天真呢…………」

啪沙——最後的菈凱爾蒂宛如腐葉土一般瓦解，散落到地面上。

拔出劍的馬迪雅隨後癱軟無力地跪倒在地。毒粉的侵蝕程度慢慢嚴重起來。喪失攻擊技能的絕大支配力，六把武器也失去光輝，墜落下來。

對於敵人留下的最後宣告，馬迪雅伴隨著急促的呼吸回答：

「的確……我可能太天真了啊。」

LESSON: VI
～黑暗野獸與月之野獸～

同一時刻，有個美女的身影在毒霧中緩緩抬起上半身。

地點是玻璃宮殿葛拉斯蒙德宮的領地內。女性從被弄到凹陷的圍牆中爬起身，轉頭看向遙遠庭園的方向。

「呵呵……呵……明明看穿我的能力到那種地步，卻將一株樹苗置之不理，實在太大意了呢。我這邊也是稍微保留了一點ＨＰ喔……」

呼——菈凱爾蒂一邊吐出急促的氣息，同時邁出步伐。幾乎是用拖著走的腳步，全身沉重，視野也跟著模糊不清。生命力(HP)與咒力被那個強敵削減到極限，沒有剩餘的力氣可以修復全損的肉體。

瀕死的愛娜溫將手貼在圍牆上，像是爬行似的朝樹林方向前進。

「繼續跟那個騎士打下去很危險……！但是，最後露出微笑的果然還是我。之後只要躲藏起來，等那傢伙跟學生毒遍全身——」

「不，妳到此為止了。」

聽見從背後傳來的聲音，菈凱爾蒂就連轉頭反應都慢了幾秒。轉頭看見的逼近眼前的銀色劍閃，是總結她那惡毒人生的最後光景。

「喝！」

聖弗立戴斯威德學生會長揮落的會心一擊，從頭頂將綠肌美女砍成兩半。樹苗從被砍斷的胸部中滾落，伴隨著平滑的剖面瓦解。

「剛才欠妳的……我現在奉還！」

克莉絲塔在飛奔而過的瞬間緊接著揮出第二擊橫掃，被砍飛的美女上半身在半空中飛舞，背後衝撞上地面。

那身體從尾端化為黑土，開始被風俘虜。失去一百個寄宿體與所有咒力，暴露出醜陋屍骸的菈凱爾蒂將雙手伸向空中。

「騙……騙人的……我會……消失……？我這美麗的愛娜溫……用我的花朵覆蓋全世界的使命……！居然會被這種小鳥啄摧毀……？」

「我現在確實還是隻不成熟的小鳥，但是——…………」

「可惡……可惡啊啊啊………………………！」

愛娜溫拚命猛抓搆不到的天空，但她的手臂忽然伴隨著閃光炸裂。撼動腹部的低音穿越上空，炸飛到半空中的黑土沒多久後隨風消逝。

與此同時，那個凶狠的愛娜溫之前散播的毒霧，急速地開始消散。克莉絲塔自覺到呼吸逐漸變得輕鬆，同時抱著劍跪倒在地面上。

「我由衷地感謝您給予我挽回名譽的機會，黑色騎士大人……！」

她自覺到滑過臉頰的一抹熱度，同時感慨良深地這麼喃喃自語。就這樣，襲擊聖弗立戴斯威德的前所未有的危機，由學生會長親手拉下了簾幕。

† † †

LESSON VI ～黑暗野獸與月之野獸～

一走下升降機，庫法立刻詢問並列在那裡的少女：

「被害狀況如何？」

在葛拉斯蒙德宮升降機房間待命的是以克莉絲塔・香頌學生會長為首的幾名三年級生。一看之下，克莉絲塔會長的肌膚上纏著繃帶，嘴角還黏著血跡。

庫法預測最糟糕的回答，看似苦悶地蹙起眉頭。在畢布利亞哥德中，還有在總算動起來的升降機上，他已經設想了所有可能的狀況。

不出所料，克莉絲塔會長對於庫法的預測，是一半肯定，然後一半否定。

「在老師們前往畢布利亞哥德救援的期間，有盜賊闖入了學院裡。看來這似乎才是盜賊在這次襲擊中真正的目的。」

「學生會長，雖然光是開口這麼問，都讓人覺得舌頭會凍僵……」

「請您放心，庫法老師。關於負傷情況，沒有學生受到比我更重的傷。這都是多虧

「一位全身黑衣的騎士大人，將被害壓制到最低限度——」

在話說完前，有個少女飛奔穿過克莉絲塔會長的身旁。有著褐色肌膚且眼神凶狠的少女，不知為何以輕便的貼身衣物裝扮，拉扯庫法的胸前。

「把……把你的軍服給我！」

「啥？……話說妳怎麼會這副打扮啊？」

「敵人毀了我的上衣！我想要遮掩身體的東西！快脫衣服！現在馬上！」

因為少女實在太吵，庫法脫掉自己暗色的軍服，蓋在她頭上。少女發出「呼咕！」的呻吟，動作笨拙得像小孩一樣，穿上了外衣。

克莉絲塔會長看似傻眼地俯視袖子和衣襬都太長的救世主身影，像是重振精神一般將視線移向升降機載回來的一行人身上。

「應該說，各位能平安歸來實在太好了。」

「很難說所有人都平安無事……有人現在就急需送到醫務室的病床上。」

露出疑惑表情的克莉絲塔會長，看到在女學生攙扶下走下升降機，滿目瘡痍的魔女身影，驚訝地睜大了眼睛。

「學……學院長！」

克莉絲塔會長的聲音變調，飛奔到布拉曼傑學院長身旁。由眾多學生與修女鄭重地

LESSON: VI
~黑暗野獸與月之野獸~

護送離開的老媼，很快就會被送到病床上休養，接受醫生治療吧。現在只能祈禱她能平安地早日康復——

這時，在人數減少的升降機房間，響起一個悠哉到讓人火大的聲音。

「喔~總算打開了。那個『鎖城』還真是不得了的玩意兒呢。」

這熟悉的聲音讓庫法與馬迪雅反射性地轉過頭去，同時大叫：

「老爹！」「爸爸！」

以一定的節奏拄著枴杖，鬆垮的軍服衣襬隨風搖曳並現身的男人，是庫法與馬迪雅所屬的白夜騎兵團的上司。這個中年男子還是一樣沒有好好修剪的鬍鬚與放任留長的頭髮，香菸充滿咬痕，給人有些骯髒的印象。

上司「喲」了一聲，用非常沒有緊張感的態度舉起手。

「我可愛的孩子們啊，有沒有認真工作？有沒有引發問題？有沒有動不動就找上層麻煩？要是爛攤子跑到我這邊來，爸爸可是會哭的喔？」

「小心我踹飛你。事到如今，你還出來做啥？」

因為已經看不見女學生的身影，庫法也露出本性，口無遮攔。上司一臉無奈地搔了搔頭，吐出菸味濃厚的嘆息。

「你還是老樣子啊……追根究柢，是你的報告書太過隨便，我才特地前來學教區這裡確認的……——話說，妳在做什麼啊？」
上司將視線移到庫法的背後。中年男子一現身就連忙迴避到庫法背後的褐色肌膚少女，纖細的肩膀受驚似的跳起。
看到暴露出稚嫩真面目的特工，上司露出傻眼的表情激動地說道：
「呃，說真的，妳在做什麼啊？妳不能暴露出真面目吧……」
「嗚……嗚～……這……這是不可抗力！」
「之後給我交悔過書啊。」
不知是否玩笑，上司冷淡地這麼放話說道，同時將視線對上留在這房間裡的最後一個人。是半張臉纏繞著繃帶的藍坎斯洛普青年。
上司看來沒有露出敵意，捏起香菸。
「你就是這傢伙的報告書裡提到的『證人』……更正，是希望入團者嗎？」
「沒有那麼誇張啦，只是在情報交換方面互惠罷了。」
金也一派輕鬆地用一如往常的語調這麼回答。
「我會提供對你們而言有意義的情報。所以也給予我想要的情報作為回報吧。」
「你的籌碼是？」
「關於庫法・梵皮爾的背叛，以及梅莉達・安傑爾血統的可信度。」

LESSON: VI ～黑暗野獸與月之野獸～

上司用視線催促對方說下去。金輕鬆地搔著臉頰，繼續說道：

「我以『敵人』的立場作證，梅莉達．安傑爾體內確實沉睡著聖騎士位階的素質。只不過，最好不要用蠻力試圖去揭露那點。我也是打算確認真偽，結果反倒被摧毀了部隊。」

「……哦。」

「那男人想保密的是與我的關連。我再怎麼廢也是黎明戲兵團，他說他不想被人知道跟我聯手這件事……雖然這麼做好像適得其反。」

上司試探般的視線注視著庫法冷淡的美貌。

白夜騎兵團團長將視線轉回金身上，用低沉的聲音詢問：

「那麼，你所謂的回報是？」

「關於把藍坎斯洛普變回人類的方法──」

感覺屍人鬼青年的語調稍微有些認真。

金用光芒黯淡的眼眸注視著上司，只有語調仍然一如往常地繼續說道：

「在進行這種研究的只有『你們那邊』。所以說，我希望你們能毫無保留地讓我也共享研究成果。如果你能答應這點，我會以潛伏在黎明戲兵團的間諜身分，持續性地提供犯罪情報──如何？」

上司的眼眸又一次看向庫法，然後再度移回金身上。

「你該不會是想變回人類吧？」

「這個問題沒有關係。你只要回答ＹＥＳ或ＮＯ。」

「…………我觀察看看。」

一陣沉思之後，上司伴隨著香菸的煙霧這麼回答。

「依照你今後的功勞判斷你是否有益。ＯＫ？」

「好，目前這樣就行了。」

金揚起單邊眉毛點頭同意。他稍微與庫法對上視線，進行無言的溝通。不曉得是否有洞悉青年等人的意圖，上司輕輕聳了聳肩。

在旁觀看情勢發展的馬迪雅，從庫法背後戰戰兢兢地探頭。

「那……那麼這次的事件，這樣就告一段落……結……結束了嗎？」

「然而事情並沒有這麼簡單——喂，『庫法』。」

突然被以任務的名字稱呼，庫法有些驚慌。上司以嚴肅的表情繼續說道：

「看來這次的事件似乎沒那麼單純喔。黎明戲兵團引起的襲擊事件，似乎只是以現在進行式發生的事情的一小部分。」

庫法以嚴肅的表情點了點頭。這也是他早已經隱約察覺到的事情。

「我也一直有種情報莫名對不上的印象。就布拉曼傑學院長等人的證言來看，似乎就連黎明戲兵團的刺客，都沒有正確掌握到環繞著聖弗立戴斯威德的狀況……我在想搞不好檢定考試的考生遇難，與黎明戲兵團的襲擊並沒有任何關連。」

上司沉重地點頭附和。庫法繼續開口詢問：

「不過，我反倒想問為什麼老爹你們這麼清楚這邊的狀況？」

「……有情報提供者。」

上司捏起香菸，一邊吐出煙霧，一邊這麼回答。庫法蹙起眉頭。

「我們白夜騎兵團為了探索那個『面具父親』的真相，朝很多方面著手調查。於是就在這時，有某個人物主動與我們接觸。」

「那個所謂的情報提供者是誰？」

「是三大騎士公爵家之一的——『魔騎士』拉．摩爾女公爵。」

即便是庫法也不禁驚訝地睜大雙眼。無庸置疑地是弗蘭德爾最高掌權者之一的她，對被稱為黑暗騎兵團的我們這種存在，應該也很敏感吧。

「拉．摩爾公為何會這麼做？」

「因為大迷宮畢布利亞哥德屬於拉．摩爾家的管轄啊。一直窩在研究室的女公爵觀測到似乎趁迷宮圖書館員的檢定考試，有其他不在預定內的『門』的開放。一個是莫爾

LESSON: VI
～黑暗野獸與月之野獸～

德琉武具商工會管理的『門』——」
真傷腦筋——上司搖了搖頭。
「不巧的是那邊早已經人去樓空，但我們從狀況證據掌握到有危險分子侵入，目標是檢定考試的考生。」
「附帶一提，我也是從那扇『門』進入畢布利亞哥德的。」
金這麼插嘴，所有人的視線稍微集中在他身上。上司繼續說道：
「然後重要的是這之後的部分。根據女公爵所說，預定外的『門』的開放，似乎不只一扇。還有一個存在於巴德巴賽爾外圍居住區的『門』，據說也有活動的徵兆。」
「……管理那扇『門』的是？」
「是三大騎士公爵…………『龍騎士』席克薩爾家。」
上司說出口的話語讓現場十分緊張。滿臉鬍渣的中年男子嘴角，像是在表現內心似的扭曲。
「……究竟發生了什麼狀況？」
「調查這一點就是我們的——我的工作。」
庫法堅決地這麼說道並轉過身。失去支柱的馬迪雅「啊哇哇」地驚慌失措，金朝著毫不猶豫地走向升降機的襯衫裝扮背影搭話：

「你一個人不要緊嗎？對手是騎士公爵吧？」

「嗯，你們繼續救出剩餘的考生，還有努力防衛聖弗立戴斯威德吧。席克薩爾家的『門』那邊由我來處理。」

庫法在這麼說的期間，也敲打著升降機的控制板，玻璃魔法陣伴隨著語尾緩緩開始下降。在即將分別時，上司從懷裡掏出某個東西，扔向庫法。

「收下吧！這是拉・摩爾女公爵給的餞別禮！」

描繪出流暢的拋物線，納入庫法手心裡頭的是一本厚重的書。這是庫法在知識上見識過幾次，畢布利亞哥德貴重的遺產之一。

「那是魔法書《梅特林克的觀測圖》。連接巴德巴賽爾外圍居住區的門在第十八樓……好好幹啊，**庫法**！這無庸置疑地是——」

「只有我能勝任的工作。」

庫法這麼說完後，升降機隨即被吸入隧道深處。庫法更進一步操作控制板，將降落速度提昇到極限。他感覺到自己無可奈何地感到焦急。

有白夜騎兵團尚未掌握到的情報——不，該說正因為是自己，才能預感到嗎？這次黎明戲兵團的——也就是他們的委託人莫爾德琉卿的目標，並非梅莉達小姐。不過在他們發動襲擊的同時，還有另一個勢力在進行某些策略。

LESSON VI
～黑暗野獸與月之野獸～

那些傢伙肯定是在升降機上設置魔法書《佩羅那的錯視畫》，在分散四處的聖弗立戴斯威德考生當中，將僅僅兩名目標誘導到席克薩爾家的『門』。他們的目標是那少女的祕密，還是性命呢——

以最快速度到達畢布利亞哥德的升降機，伴隨著刺耳的金屬聲響停止下來。庫法立刻踏出一步，在他面前有什麼東西緩緩從地板上滲出。

『喔呵呵……你又學不乖地跑回來啦……！』

是宛如破爛的抹布一般，慘不忍睹的「死靈之王」落魄的模樣。庫法還以為他被金消滅了，但他似乎勉強留住了靈魂，蒐集微微飄散在四周的咒力，試圖勉強模擬出人類的形狀。

只剩下食指的骸骨手心，寄宿著類似淡雪的寒氣。

『我不會放棄的……！既然如此，我就把弗蘭德爾變成死者之國吧。坐在那寶座上的不是盟主也不是騎士公爵家，而是我庫洛德爾大人——』

隨後，像是爆炸的壓力吹散了老人的戲言。

從青年全身瘋狂噴出甚至能融化大地的瑪那。甚至能凍結時空的咒力讓死靈之王的靈魂顫抖不已。

青年的頭髮變成白色，伸長到肩膀。犬齒伸長得宛如獠牙，刺在紅色嘴唇上。隱含著狂暴殺意的眼眸，寄宿著蒼藍火焰凝視正前方。

只能害怕得不停顫抖的亡靈，抖動著骸骨的下巴。

『怎……怎麼回事……？這不可能……為什麼夜界的貴族會在這種地方……！』

「礙事。」

庫法只是踏出一步，爆發性膨脹的壓力便踩扁了庫洛德爾。執著的死靈之王連魂魄的碎片都徹底被燒毀殆盡，消逝在半空中。

化為半吸血鬼的庫法踏出下一步，同時將身體彎低。他解放所有潛在能力，打算以最快速度穿越畢布利亞哥德。

庫法才不管騎士公爵家什麼的，對方實在太小看自己了。企圖威脅那名少女意味著什麼，就伴隨著惡夢刻印到他們的靈魂裡頭吧。

沒錯。假如那名少女會面臨被奪走性命的時刻——

「那是只屬於我的任務！」

隨後，伴隨轟隆聲響飛舞起來的惡魔身影，在無限書庫的上方遨翔著。

夏洛特·布拉曼傑

位階：魔術師

		MP	803		
HP	4156			敏捷力	448
攻擊力	459（663）	防禦力	426		
攻擊支援	0～33%	防禦支援	－		
思念壓力	48%				

主要技能／能力

咒術攻擊 Lv7／HP 轉換 Lv7／魔術追蹤者 Lv7／增幅爐 Lv7／逆境 Lv7／抗咒 Lv7／花棒望遠鏡／駭人雲集／暗影體驗閘門／修術士·超級淨魔彈「流星比率」

【魔術師】

以強力的攻擊支援輔助同伴的後衛位階。專用技能「咒術」具備拉低對象能力值的可怕效果。因為有可能打從根本顛覆敵人的戰術，愈是戰鬥高手，就愈明白魔術師的重要性。
資質〔攻擊：D　防禦：D　敏捷：D　特殊：遠距離攻擊 B　攻擊支援：A　防禦支援：－〕

Secret Report

先前當作參考列舉出來的學生能力表，是在聖弗立戴斯威德的三年級生當中，成績最為優秀的兩名學生。尤其是只要關注神華·茲維托克就能知道，只比較數值的話，絲毫不遜於騎兵團的主力。
不過考慮到學生欠缺戰鬥經驗，應該最優先警戒的，果然還是「魔女」夏洛特·布拉曼傑吧。雖說她退出現役，可以預測她的能力如今也大副衰減，但傳聞她昔日的 MP 甚至超過 1000。雖然不曉得我們當中是誰會跟她對上，但眼前的敵人可能會成為自己的處刑者這點，務必銘記在心。

（節錄自犯罪組織「三爪惡魔」的作戰計畫書）

It has spread the night of darkness outside city-state Flambre. He and she met in kind of world

LESSON：Ⅶ ～吹牛人偶的審判～

非常熟悉的紙張與墨水味，刺激著梅莉達的鼻腔。

她戰戰兢兢地張開一直緊閉的眼皮。耀眼的光芒刺向雙眼，連掌握狀況都很吃力。

周圍一片冰冷且鴉雀無聲，聲音的回響讓人覺得這應該是個相當遼闊且封閉的空間。

自己身上究竟發生了什麼事呢？才想說自己通過了檢定考試，兩名公爵家千金就突然針對自己起了爭執，追趕逃走的繆爾並捕捉到她時，不曾見過的魔法書效果吞沒了梅莉達等人——……

就感覺來說，目前還在那延長線上。實際上從那之後，一定還沒經過十秒。呆站在原地的梅莉達緩緩放下無意識地庇護臉部的雙手。

然後她大吃一驚。即使已經做好相當的覺悟。

「這裡是哪裡呀……！」

那個地方已經不是有無限書架連綿不絕的畢布利亞哥德。雖然有曖昧的霧籠罩著，但好像是某處宮廷的……迷宮庭園（Maze）嗎？修剪平整的樹籬圍繞著四方，闢出一塊感覺能進

LESSON VII

～吹牛人偶的審判～

行簡易球賽的寬廣空地。

廣場上有好幾個設備。樹籬上排列著彷彿觀眾席的椅子，廣場最深處設置著特別高的平台與座位。有幾張桌子左右對稱地排列著，但那些桌子從較高的位置以階梯狀往下配置。

換言之，位於廣場中央的梅莉達站在最低的位置，形成被所有椅子俯視的構圖。自己的周圍是被柵欄不留空隙地覆蓋住，高度及腰的扶手……這時，梅莉達俯視自己的打扮，又被迫大吃一驚。

「服裝又改變了？」

現在的她並非穿著聖弗立戴斯威德的演武裝束，而是褶邊裝飾非常可愛的鮮亮圍裙裝。會給人一種像是小孩子的印象，應該是因為裝飾在頭上的大蝴蝶結，還有長裙底下穿的古典襯褲吧。

掛在腰帶上的刀還殘留在腰部，可以說是唯一的救贖吧。已經是第二次遇到這種現象的梅莉達，立刻想到了這個可能性。

「這也是魔法書的效果呢……！難道她又閱讀了《歌后的詩集》嗎？」

「答對一半喔，梅莉達。」

有個妖豔的聲音從左側這麼回答。淡淡籠罩周圍的霧稍微散開。

看到在桌子上蹺起二郎腿坐著的黑髮少女，梅莉達瞬間揚起眼尾。

「繆爾同學！」

「我的確是閱讀了魔法書，但這次跟《歌后的詩集》是不一樣的書……這本書叫作《渥特幻想譚》，效果是『把人關在故事的世界中』。」

一看之下，她也改變了裝扮。讓人感覺到野性的毛皮背心與熱褲，還有像貓一樣的耳朵與尾巴。套上毛邊手套的手指，筆直指向頭上。梅莉達也跟著將視線往上移，比起驚訝，更感到一陣毛骨悚然。

在庭園上空拓展開來的，並不是熟悉的黑色天空。而是奶油色的「背景」。立體的單字與文章彷彿雲朵一般飄浮在空中，給人一種二次元的封閉感。

繆爾毫無愧疚之意，在交叉的雙手上咧嘴露出微笑。

「被這本魔法書囚禁的人，會成為記載在書上的故事配角，直到迎接結局或找出逃脫的路為止，都無法回到外面的世界……！雖然這原本是用來絆住對手、拖延時間，或是跟朋友一起玩樂的魔法啦？」

「莉塔！妳沒事吧……？」

接著響起的聲音，讓梅莉達的臉猛然轉向反方向。

右側桌子的霧逐漸消散，親愛的堂姊妹身影顯露出來。她也跟梅莉達等人一樣，變身成故事配角的裝扮。膨鬆鼓起的短褲，還有色彩華麗的背心。金色懷錶與看似兔子的耳朵是她的註冊商標嗎？

被迫坐在椅子上的愛麗絲，立刻踢開桌子，試圖飛奔過來。但有好幾道「牆壁」伴隨金屬聲響聳立在她面前。薄薄一層卻具備鋼鐵般硬度的牆壁，是比人類還要巨大的撲克牌。

繆爾隔著死神(Joker)的圖案，露出殘酷的笑容。

「不行喔，愛麗絲？演員的意志和行動能夠改變故事的發展……就算這樣，還是想請妳尊重一下最起碼的故事情節呢。這場舞臺的主角，很遺憾地並不是妳。而是充滿欺瞞的『灰姑娘』喔。」

黑曜石眼眸望向這邊，梅莉達勇敢地逼近少女。

「……對我有意見的話，我可以聽妳說！把愛麗從這裡放出去！」

「妳用不著擔心，我根本不會欺負她喔？因為這裡不是『處刑場』，而是『法院』……是用來讓應該接受懲罰者認罪的地方。」

叩叩叩！木槌的尖銳音色響徹周圍。

「肅靜！肅靜！現在起將開庭審判喔！」

籠罩廣場的霧大片地消散。聳立在梅莉達正前方的高台更增添存在感，坐在頂端的一個人影浮現。

那傢伙是所謂的「稻草人偶」。用大顆鈕釦與毛線的線擺設出滑稽的表情。只有服裝穿著相當隆重的裝扮，豪華的深紅披風與用金線裝飾的緊身上衣，而且頭上還戴著黃金王冠。

稻草人偶隔著手套轉動木槌把玩，張開另一隻手臂。

「歡迎來到紅心國王的法院！承蒙大家千里迢迢遠道而來，不勝喜悅……那邊那位『有著玻璃眼眸的人偶娃娃』，就是那個梅莉達．安傑爾嗎？」

稻草人偶以爽朗的美聲這麼呼喚，繆爾露出美麗的微笑回答：

「哥哥大人，這位毫無疑問地就是安傑爾本家的千金。無法讓您一睹容貌實在很遺憾……是個非常可愛的女孩子喔？」

「真令人懊惱呢。唯有此刻我很後悔選了這本魔法書喔。」

兩人互相說笑之後，拉．摩爾家的千金轉頭看向梅莉達。

「梅莉達，坐在那個特別高的座位上的人，就是這次『陰謀』的主謀喔？我是按照那位人物的指示，將梅莉達妳們誘導到這個地方來的。」

「……繆爾同學，妳是說妳被那種稻草人偶的花言巧語給矇騙了嗎？」

繆爾發出呵呵笑聲，稻草人偶也晃動肩膀咯咯笑著。

「原來哥哥大人看起來像是那樣子呢——不是喔，梅莉達。這也是魔法書的效果。《渥特幻想譚》會擾亂被囚禁者的主觀。換言之，就是一般人看起來像是完全不同的某些事物。如果像我跟梅莉達這樣有著深刻的因緣，有時會無效，但據說原本應該是讓人忘記身分與立場，用來享受故事配角的設計喔？」

換言之，那個「主謀」什麼的想要隱藏自己的真面目。這種卑鄙的作法，讓梅莉達不滿地抿緊嘴脣。

「既然這樣，繆爾同學，就算我問妳那個稻草人偶的真面目是誰？妳也——」

「不能告訴妳呢。對不起喔！」

「那妳的目的是什麼！應該不是想要一起演戲吧？」

梅莉達不禁氣憤地大吼時，竊竊私語的說話聲從比稻草人偶更高的位置降落了。

「……哎呀哎呀，請看，與傳聞中一樣是個野丫頭呢。」

是從高高的樹籬上傳來的。那彷彿劇場貴賓席的地方，穿著小禮服與燕尾服，戴著花俏面具的陶器人偶（假人）群正在交頭接耳。

「你們聽見剛才那大聲喊叫了嗎？哎呀，實在很難想像是高貴名門的千金。」

「倘若是繆爾小姐或莎拉夏小姐，肯定不會慌亂成那樣。嗯，絕對不會。」

「相較之下，愛麗絲小姐威風凜凜的風格實在令人敬佩……！」

叩叩！稻草人偶再次敲響木槌。

「旁聽席的各位請安靜！被告人被認可有發言的自由。即使那是嘴上說說的胡言亂語，也必須給予她找藉口的機會！」

「不愧是我們『革新主義者』的領導者！」

「現在是紅心國王呢！」

梅莉達無視擅自熱絡起來的大人的聲音，用冷淡的表情放話說道：

「雖然我不曉得您是哪位，但我可不想對連真面目都不敢曝光的國王低頭行禮。我還在參加檢定考試，先失陪了。」

「妳逃不了的，梅莉達．安傑爾——不，安傑爾家的冒牌女兒！」

梅莉達的肩膀抽動了一下。稻草人偶提高音量，更激動地說道：

「妳為何會被帶到這間『法院』，都這種時候了，妳不會說妳毫無頭緒吧？我們不會逃避此刻就在那裡的不合理！倘若世界打算對罪惡視而不見，我們就刻意去承擔這項責任吧——書記官，準備記錄！」

稻草人偶裝模作樣地高舉手臂，於是繆爾在蹺起的二郎腿上攤開魔法書。

「『童話之夜』！」這句咒語讓書頁自行翻動起來。就在梅莉達凝視著這次會有什麼效果時，只見裡面都是些空白頁。

然而，才心想這些空白頁冒出了縱橫的裂縫，那眨眼間便豎立起來，變成非常精巧的立體圖畫書。圍繞庭園的樹籬與高度不同的桌子。除了各自的配置外，再加上用紙張重現的角色……梅莉達立刻察覺到了。

「那本魔法書該不會是把此刻在這裡發生的事情，變成一本故事吧……！」

「很漂亮的回答喔，被告人小姐。附帶一提——噢，剛才的互動也正確地被記錄下來，所以勸妳用字遣詞再優雅點比較好喲？」

「……」

看不見的壓力讓梅莉達繃緊了嘴唇。

她隱約地察覺到繆爾和稻草人偶的企圖。換言之，他們打算在這間法院聲討安傑爾家血統的正統性，像是誘導梅莉達失言，或做出不符合騎士公爵家的舉止，想獲得這樣的證據吧。只要把證據賣給期盼著醜聞的報社，安傑爾家的汙點肯定會在盡情被加油添醋的狀態下，傳遍整個弗蘭德爾。

在梅莉達用力抿緊嘴唇時，稻草人偶高聲敲響木槌。

「很好！那麼立刻開始審判吧。她背負著一個嫌疑！被告梅莉達・安傑爾明明不具備騎士公爵家的資格，卻以安傑爾的姓氏自稱！她被懷疑欺騙了弗蘭德爾的民眾長達十三年期間！」

「……」

「這是無法饒恕之事！貴族的職責是成為不具備瑪那的弱者的盾牌，或是利劍！但並未繼承安傑爾家血統的被告，當然也無法操縱瑪那，一直放棄身為貴族的職責！各位能夠認同這種情況嗎！」

「當然不能原諒！」

「可惡的『無能才女』，竟敢欺騙我們！」

觀眾在旁聽席大吵大鬧。見證到觀眾盡情叫囂後，稻草人偶裝模作樣地敲響木槌。

「說得沒錯！不過，她長年累積下來的罪狀，總算到了公諸於世的時候。因為自稱是她親生父親的男人，在檯面上現身了！」

「那是冒牌貨！」

這麼激動大喊並從椅子上站起身的是愛麗絲，她坐在從梅莉達看過去是右方的座位上。

「那種人不可能是莉塔的父親大人。蘿賽老師他們也說事情很奇怪。而且假如他真的與莉塔有血緣關係，我一定可以看出來的！」

「辯護人，『可以看出來』是指？」

稻草人偶面不改色——也就是用那種氛圍，冷淡地這麼反駁。

「能請妳證明被告人血統的可信度，讓我們也能確定嗎？而且妳所說的老師，是指一代侯爵嗎？能請妳提出她那麼判斷的證據，並證明那對我們而言，也是足以信任的事嗎？」

「唔～……」

被接連不斷地質問，愛麗絲看似不甘心地咬緊牙關。

稻草人偶像是得寸進尺一樣，以歌唱般的聲音繼續說道：

「好，看來已經沒有異議了呢！沒錯，她們無法證明被告人的血統是正統的。不過，我們卻能證明被告人的血統並不純正！」

他這麼說道，用跳舞般的動作拿出了一本書。

書名刻印著《梅莉達．安傑爾》。稻草人偶瀏覽開頭，朗讀出聲。

「名字，梅莉達．安傑爾。攻擊力１２９、防禦力１１１、敏捷力１４１……然後，天啊！位階居然是──…………『武士』！」

梅莉達緊咬嘴唇，觀眾像在炫耀似的發出「喔喔！」的喧鬧聲。

彷彿對觀眾的反應非常滿意一般，稻草人偶高舉闔上的書本。

「這就是不動如山的證據！騎士公爵家的瑪那具備屹立不搖的顯性遺傳。即使與平民混血，也不會失去優勢。明明如此！為何她的位階並非聖騎士呢？」

「因為她的血統是虛假的！」

「被告人果然欺騙了我們！那傢伙的父親並不是菲爾古斯公爵！」

彷彿伴隨質量的眾多辱罵聲降落下來，全部斥責著嬌小的少女。

在騷動總算稍微平息時，梅莉達下定決心，張開嘴唇。

「……我知道在我的父親大人與母親大人之間，有那個，會成為安傑爾家之恥的謠言。可是，那才是不折不扣的謊言！因為我的老師告訴過我，縱然出生於騎士公爵家，也有並未繼承上級位階的情況。倘若血統的純度每經歷一代就逐漸變淡，也可能出現能力衰弱，或是瑪那本身斷絕的情況！」

觀眾發出倒抽一口氣的氣息。梅莉達趁此機會放話：

「就算我的位階是武士，也無法證明我不是父親大人的女兒！」

坐在審判長席上的稻草人偶，將《梅莉達．安傑爾》的書放到桌上。

一直佯裝開朗的聲音改變了。說好聽點是感覺很認真，說難聽點是感覺很不高興。

「……原來如此，妳說得確實沒錯。即使只有這本書，也足以煽動民意，但儘管如此，仍無法成為確定妳出身的絕對性證據。假設在現實中上法院審判，被裁決的肯定是我們吧。」

「席克薩……不，不是！紅心國王，您在說什麼啊？」

LESSON: VII ～稻草人偶的審判～

一名觀眾連忙挺身這麼說道，但國王本人卻看也不看那邊一眼。

稻草人偶的鈕釦——也就是位於被扭曲的主觀另一頭的人物，給人一種瞇細了單眼的印象。

「不過，有件事我無論如何都不明白。為何妳曾經是『無能才女』？」

「……！」

「原來如此，那麼假設妳當真是菲爾古斯公的女兒，儘管繼承安傑爾家的血統，卻因為由平民階級的母親生下，而沒有繼承到聖騎士的位階好了——不過，就算是這樣，有可能根本不具備瑪那嗎？還有為什麼妳到了十三歲的現在，才突然覺醒了瑪那呢？」

「這……這是因為……」

那晚的記憶化為熱度，在梅莉達的嘴唇復甦。家庭教師曾經說過，縱然是為了讓瑪那覺醒，但要是被人知道他對公爵家千金施加了非活即病，成功率約七成的粗暴療法，他就無法容身於正常社會……

做出決定的是自己。但因此背負風險的卻是他。梅莉達打從心底相信自身血統的正統性。儘管如此，還是有必須保密的事情。

觀眾俯視陷入沉默的梅莉達，突然找回了氣勢。

「看……看吧！她無法反駁！果然有什麼感到愧疚的原因吧！」

「不……不是……」

「什麼不是！妳本身也很清楚吧，被稱為『無能才女』的自己不是個配得上騎士公爵家的人！」

女性的話語高聲打斷梅莉達的反駁，旁聽席突然沸騰起來。

「說得沒錯！她曾是『無能才女』這件事，就是並非公爵家血統最有力的證據！」

「倘若她真的是菲爾古斯公的女兒，即使並非聖騎士位階，照理說也會發揮相當於聖騎士位階的實力才對啊。」

「你突破盲點了！沒錯，也就是說那丫頭自己讓眾人認識到，她是個多麼沒用的廢物！且並未繼承安傑爾的血統這點！」

「不要說莉塔的壞話！」

忍不住爆發的是愛麗絲。她使出全力一踢插在桌上的巨大撲克牌，以驚人的氣勢踢飛一張牌。

在大人的聲音不禁中斷的瞬間，她彷彿喉嚨要變沙啞似的大叫：

「莉塔比我還要強多了！我在選拔戰中輸給她了！」

「……結……結論是那次不過是偶然而已喔？」

儘管語尾有點支支吾吾，女性的聲音仍立刻這麼反駁。

LESSON: Ⅶ ～吹牛人偶的審判～

「只要比較兩人的能力，可說一目了然！梅莉達小姐不過是靠家庭教師灌輸給她的卑鄙奇策攻其不備而已。倘若她具備符合公爵家地位的實力，照理說已經堂堂正正地打敗愛麗絲小姐了吧？」

「……！」

敗北就是敗北，愛麗絲的內心似乎也有懊悔的念頭，她瞬間說不出話來。

某個觀眾彷彿想說「看吧，早說如此」一樣，不屑地哼了一聲。

「這下定案了啊。可以說就此揭開真面目了嗎？」

「嗯，沒錯。我從之前就這麼想了。聽說那個『無能才女』連瑪那都不會用，竟然還敢去上課，每次都被打得落花流水之類的。」

「簡直就像稻草人嘛！卑賤平民的女兒是稻草人！哈哈，太適合啦！」

「……！」

梅莉達用力握緊拳頭，使勁到膚色都發白了。大人的嘲笑仍然沒有停止。

「你們看過那丫頭入學時的資料了嗎？我還以為是在開玩笑呢，嗯，我想一定是資料打錯了。我還以為有五歲小孩入學了！」

「我當然記得，我從未看過個位數的的能力值。太震撼啦！哎呀，真是場鬧劇！那時在派對上不曉得該說什麼話題時，多虧有這件事可以聊呢！」

「不僅無能，還搞不清楚自己的立場。簡直就像那個武器商人一樣啊。不知他怎會如此放肆，居然跟騎士公爵家提親……」

「哎呀，我聽說是他們本人的希望喲？聽說為了兩人的婚姻，菲爾古斯公不曉得耗費多大心力到各方面東奔西走……那時是大家津津樂道的話題呢。明明如此，但那個厚顏無恥的賤女人，居然背叛菲爾古斯公的獻身！」

「她本性就是卑賤啊！果然還是應該把平民階級一個不剩地趕到下層居住區，把弗蘭德爾變成只屬於我們貴族的領地吧？根據我卓越的先見——」

「…………了。」

喃喃地插進來的聲音，讓熱絡的議論突然平息下來。

在類似狹窄牢獄的被告人席上的梅莉達，不停顫抖著全身。那聲音雖小，卻是不由得會傳入耳裡，相當情緒化的聲音。就在每個人心想怎麼回事，蹙起眉頭的瞬間——

「吵死了————————！」

讓人以為是超音波的高分貝音量迴盪四周，並非誇張，樹籬沙沙地抖動起來。無論小孩或大人，所有人都忍不住驚愕地縮起身體，一名觀眾還嚇到腿軟，差點從那高高的位置跌落下來。

讓肺裡的空氣全部爆發出來後，梅莉達大口喘氣。

不過，她還沒有就此停下來。

「吵死了！吵死了！你們明明只敢居高臨下地說三道四，少在那邊講父親大人與母親大人的壞話啦！」

「妳妳……妳說什麼，真是失禮……」

「你們又懂母親大人的什麼了？我可是全部記得，母親大人還在世時的回憶，全部是我的寶物！母親大人很專情地深愛著我與父親大人！我絕對不可能是『背叛父親生的小孩』！」

「……！」

旁聽席的假人彷彿被震撼住似的縮了回去。宛如從牢籠中飛離的小鳥一般，梅莉達毅然決然地踏出一步，藍色裙子隨之翻動。

「我會證明這點！我會變得更強更厲害，加入聖都親衛隊，變成全國人民都認同的『安傑爾家之女』給大家看！我會證明父親大人與母親大人的愛情給大家看！就算我是廢物，就算我是無能才女，我也絕對不會放棄……！我才不會輸給你們呢——————！」

在旁聽席後排的假人，這次當真從椅子上跌落下來了。

在主觀之牆另一頭的大人，每個人都被震撼住，說不出話來。

只有梅莉達急促的呼吸在虛構的庭園中迴盪時——

坐在審判長席上的稻草人偶停止嬉鬧的態度，靜靜地俯視金髮少女。

「……這樣啊。妳期望成為聖騎士，是為了已故母親的名譽嗎？」

梅莉達彷彿看見青年呵呵地露出淺笑般的光景。

「跟傳聞中一樣呢，梅莉達・安傑爾。而且，是比我想像中更麻煩的對手。」

「咦……？」

「既然如此，妳就證明給大家看吧。倘若妳打算邁向那荊棘之道，首先就跨越我準備的障礙給大家看吧。讓我們見識一下妳是否真的能與騎士公爵家並駕齊驅。」

紅心國王高舉單手，高聲彈響手指。

於是有人影從奶油色上空飛舞降落。人影宛如老鷹般急速降落，一邊掀起粉塵，一邊著地。轟！一聲擴散的風揮開了霧。

櫻花色頭髮隨風搖曳的少女，穿著類似軍服的外套與褲裙裝扮。以白色為基調，再增添幾分黑與紅的配色，讓人莫名聯想到撲克牌。壓低的軍帽遮蓋住雙眼，在翡翠色眼眸中落下昏暗的陰影。

「莎拉夏同學……？」

「…………」

能像這樣看見真面目，是被強烈因緣連結起來的證明。不過席克薩爾家的千金並沒有回答梅莉達的呼喚，她將手上的矛隨意往左右揮動。描繪出纖細刀法的前端，俐落地砍飛圍住被告人席的柵欄。

稻草人偶在高高的審判長席上擺出高傲的態度，再次以演戲般的舉動揮落手臂。

「上吧，我忠心的騎士『傑克(Jack)』啊！揭露蔓延在安傑爾家的欺瞞給大家看吧。用那把矛的尖端玷汙虛偽之血！」

簡直就像提線木偶一般，莎拉夏流暢地轉動矛，壓低身體擺出架勢。那攻擊距離之廣讓梅莉達反射性地感到威脅，她跳向後方。

「等……等一下！別這樣，莎拉夏同學！」

「可能的話，我很想在事情變成這樣前，加以阻止的──」

莎拉夏一邊看準能不露一絲破綻發動突擊的瞬間，一邊蹙起眉頭這麼回答。

「既然事已至此，這也是無可奈何的。至少讓我親手迅速地結束這一切。唯有這點是我的──自尊！」

土塊在莎拉夏的腳邊炸飛，與此同時，梅莉達將手伸向劍柄。

最快的矛與瞬速的刀猛烈衝撞，宏亮的金屬聲響成為開戰的信號。

「莉塔！」

立刻從辯護人席想跳出來的愛麗絲，隨即被從背後刺向她的刀身封住行動。緊貼在脖子上牽制住愛麗絲的，是把凶狠的大劍。

「呵呵，愛麗絲的對手是我～」

以貓一般的敏捷度繞到愛麗絲背後的繆爾，看似愉快地露出微笑。像是要表現出對比的感情一般，轉頭盯著繆爾看的愛麗絲，用彷彿會凍僵人的聲音說道：

「礙事。」

以迅雷不及掩耳的速度拔出的長劍，銳利地揮開大劍。繆爾用巧妙的劍法擋住了接連發動的第二擊第三擊。

公爵家四千金全身上下同時高高噴射出色彩迥異的瑪那。

宛如不協調音的狼煙一般——

莎拉夏・席克薩爾

位階：龍騎士

HP	1749	MP	204		
攻擊力	170（205）	防禦力	144	敏捷力	190
攻擊支援	0～25%	防禦支援	—		
思念壓力	11%				

主要技能／能力

飛翔 Lv3／空氣刃 Lv2／增幅爐 Lv2／節能 Lv2／抗咒 Lv2／恐懼增強／武竹雨

繆爾・拉・摩爾

位階：魔騎士

HP	1900	MP	179		
攻擊力	200	防禦力	162	敏捷力	151
攻擊支援	—	防禦支援	—		
思念壓力	11%				

主要技能／能力

災禍 LvX／吸收攻擊 Lv3／增幅爐 Lv2／節能 Lv2／抗咒 Lv2／魔王之牙／空無之夜

【龍騎士】

擁有與其他位階明顯不同的「飛翔」能力，發揮驚人跳躍力與滯空能力的空擊手位階。是把慣性毫無遺漏地轉化為攻擊力的使矛高手，從上空突擊瓦解敵人陣型的模樣只能說精彩絕倫。防禦性能略微遜色，但無論多麼強力的攻擊，都搆不到能隨心所欲地運用三次元機動的龍騎士。

資質〔攻擊：A　防禦：B　敏捷：S　特殊：對地攻擊S　攻擊支援：A　防禦支援：—〕

【魔騎士】

以所有位階裡頂級的攻擊性能為傲，是最強且最凶狠的殲滅位階。它的精髓在於固有能力「災禍」，藉由這項能力會吞食並搶奪敵人瑪那的性能，在正面戰鬥中會發揮無與倫比的強悍。另外還具備將敵人和同伴所有支援能力無效化的特性，隱藏著能夠單槍匹馬支配戰場的潛能。

資質〔攻擊：S　防禦：A　敏捷：B　特殊：—　攻擊支援：—　防禦支援：—〕

LESSON：Ⅷ　～舞動吧小提琴～

說到席克薩爾家的「龍騎士」，就想到能巧妙地運用矛這種難以使用的武器，甚至比手腳更靈活，擁有高超技術的武人。將離心力與慣性毫無遺漏地聚集在尖端的一擊，就一點突破的破壞力這層意義來說，大多數人認為應該是所有位階中最強大的。

更值得一提的是，那甚至凌駕武士位階的敏捷力資質吧。甚至不給敵人拔出武器的時間，稱霸天地的那副姿態，非常適合稱為「霸者」——

梅莉達被迫清楚地實際感受以前從家庭教師那裡學到，關於龍騎士的基礎知識。刺向眼前的矛尖一邊威嚇這邊的行動，同時使出犀利且變幻自如的伴攻，然後猛烈地踏向前方。在雙方即將衝撞前彈起刀，金屬聲響與火花在臉頰附近炸裂，矛用力往上一揮。

梅莉達認為這是好機會而踏向前方，只見莎拉夏彷彿在跳舞似的旋轉全身。跟著舞動的矛柄發出破空聲並瞄準側腹，勉強擋住攻擊的梅莉達被彈飛到後方。

「咕……！」

梅莉達採取護身倒法，讓上半身翻起，像在牽制刀尖似的撲向前。

莎拉夏悠然地運用遠比對方長的武器，面不改色地斷言：

「反應不錯。但是梅莉達同學，請妳不要太激烈抵抗。我不想看到妳流血……縱然是模擬劍，受到龍騎士的一擊，也無法全身而退的。」

「妳真是溫柔呢。不過，最好不要太小看武士位階喔。」

梅莉達用一刀流重新握住劍柄，果敢地一蹬地面。以養成學校的一年級生來說，是空前的速度。不過在她踏入矛尖攻擊範圍的瞬間，莎拉夏喃喃自語：

「真是白費力氣。」

雙方手臂都變得模糊不清。莎拉夏張開的雙手以超高速揮舞長柄，隱藏必殺切斷力的尖端伴隨殘像躍動著。梅莉達的刀拉出類似流星的軌道，百花齊放的刀法擊退所有攻擊。永無止盡的金屬聲響劃破空氣，幾乎要灼燒空間的火花飛舞著。

梅莉達立刻往後方翻筋斗，同時緊緊蹙起眉頭。

「攻擊距離好廣……！」

打從戰鬥開始後，梅莉達只能在莎拉夏的攻擊範圍內頂住攻擊而已。無論如何都無法把距離拉近到手中刀的攻擊範圍。

既然如此——梅莉達將刀放到下段，再一次發動突擊。莎拉夏彈開這攻擊。

「不管妳重複幾次都沒用的！」

莎拉夏倒算敵人的速度與自己的攻擊範圍，在分毫不差的時機撥起尖端。梅莉達並沒有用刀擋住這攻擊。她在非常接近矛的攻擊範圍外側強硬地站穩腳步，然後發揮全身的彈性，將上半身往後仰。

鞋底挖起地面，刀刃劃過在鼻頭前方幾公分的距離。更令人驚訝的是，她從那非常勉強的姿勢讓身體翻起，轉成前傾姿勢。然後立刻一蹬地面。柔軟躍動的雙腳與飛舞的金髮讓莎拉夏驚訝地睜大眼睛。

「什……！」

她還無暇驚愕地僵住身體，便用長柄迎擊瞄準脖子的劍閃。莎拉夏利用反彈，這次換她往後跳。那毫不留情的攻擊力讓手指麻麻地顫抖。

莎拉夏一邊轉動矛，保持警覺地進行牽制，同時在臉頰上冒出冷汗。

「……真令人難以置信。攻擊被閃避掉這點也是，沒想到妳竟然能從那種姿勢拉近距離。」

「因為我每天都被老師強迫訓練柔軟度嘛。」

梅莉達一邊沒什麼大不了似的回答，同時用右手握住劍柄，左手放在柄頭上。

「的確，如果沒有鍛鍊就這麼亂來，可能已經弄壞身體了。老師的課程真的都很實用，還是該說他專注在教學上呢……」

「…………」

「總之，剛才的行動讓我看穿妳的攻擊範圍了。妳沒辦法再這麼從容不迫嘍。」

梅莉達搖身一變，緩緩地拉近距離。那幽幻的步法宛如在地面滑行一般。莎拉夏莫名有種彷彿在與死神對峙般的印象，她用力抿緊嘴脣。

彷彿能把矛的攻擊範圍看做圓形一般，梅莉達精準地在攻擊範圍的外側停下腳步。她分毫不差地追隨莎拉夏的步幅，毫不理會應付一時的佯攻。而且在這樣的狀態下，不斷維持引誘這邊攻擊的絕妙位置——

「咕……！」

莎拉夏咬牙切齒。她不得不承認，梅莉達是個強敵。不過，她不能證明這一點。革新派「革新主義者」的目的是貶低安傑爾家，把梅莉達從陰謀的漩渦中拖下來——最終來說，就是保護她的安全。

莎拉夏拚命勒緊彷彿要退縮的軟弱內心，大吼出聲：

「喝啊！」

彷彿雷電般的前踏，宛如風雨般的連續突刺，發揮讓人聯想到暴風雨的殘虐性，莎拉夏舞動著。在公釐單位的距離感彷彿會消散無蹤的亂舞當中，梅莉達依然確實地睜大眼睛，觀察敵人的一舉手一投足。

「——吁！」

與此同時，梅莉達細微且犀利地吐氣後，踏向前方。她只用最低限度的動作迴避彷彿要將頭蓋骨刺成肉串的一擊。空氣「啵！」一聲地在臉部旁邊被刺穿。梅莉達順勢倒落並傾斜身體，在非常靠近地面的位置爆發似的狂奔。

莎拉夏用跳舞般的旋轉運動擋住宛如竹林一般從地面伸長出來的眾多劍擊。她瞬間瞄準靈活地在腳邊四處奔馳的敵人身影，隨後猶豫是否要發動突刺。因為她察覺到誘使自己把尖端刺向地面，才是敵人的目的。

就在莎拉夏這麼判斷時，沉重的衝擊襲向她的側腹。是從地面跳起的敵人使出的足刀。莎拉夏只顧到難以應付的刀，反應慢了半拍。梅莉達被襯褲包住的雙腳接連不斷地發動踢擊，長裙下襬在莎拉夏的視野中翻動。

「格鬥……！」

「可別以為對方拿著武器，就一定會用武器攻擊喔。」

最後的迴旋踢瞄準小腿，莎拉夏依照情急之下的判斷一蹬地面。咚！她在踢飛土塊的同時，飛舞到高空。梅莉達順著攻擊落空的氣勢，採取拔刀的架勢。她用使勁揮落的腳踝挖起地面，同時鬧著玩地斬斷敵人的殘像。

儘管撥起劍尖——一直警戒著的來自頭上的強襲，也沒有到來。

梅莉達尋找莎拉夏的身影，接著猛然大吃一驚。

少說跳躍了二十公尺的年幼龍騎士，無論經過多久，都沒有從空中降落。她彷彿在衝浪似的滑翔，宛如小鳥一般描繪出圓形軌道。

從遠方高處俯視這邊的翡翠眼眸，瞬間散發銳利的敵意。

有如獲得解放的箭頭般，莎拉夏用最高速度衝向地面。梅莉達感受到本能的危機，在旋轉的同時跳躍迴避。彷彿要貫穿那殘像一般，來自天上的一擊穿破大地。發出激烈的衝撞聲響，以及被吹飛的大小土塊。

儘管只因為衝擊就被推向後方，梅莉達仍在著地的同時勇敢地往前踏步。她瞄準敵人徹底伸長，充滿破綻的手臂——但刺穿大地的衝擊竟然宛如被吸收一般回到了矛上。也就是莎拉夏的身體連同剛才刺在地上的矛一起往上跳起了。「什……！」這讓梅莉達也不由得大吃一驚。

刀砍向完全落空的位置，另一方面，不斷重複輕盈跳躍的莎拉夏再次「咚」地一蹬地面。她從僅僅幾十公分的跳躍，一口氣增強氣勢，飛舞到遙遠上空。梅莉達暫時目瞪口呆地目送她的跳躍。

「那就是龍騎士的『飛翔』能力……！」

那荒唐的空中機動，完全無視梅莉達向老師學習，一直當成常識的人類動作。與其說是背後，倒不如說給人一種在「腳」上長了羽翼的印象吧。能量的源頭終歸是她的雙腳。不過，她具備可以纖細地控制方向，讓壓力爆發性增加的羽翼。

莎拉夏宛如猛禽類一般看準狩獵的瞬間，同時籠罩在風中喃喃自語：

「沒想到我竟然必須使出全力來對付妳……妳真的很強，梅莉達同學。」

可是——莎拉夏接著這麼說，將巨大的長矛扛在纖細的肩膀上。

櫻花色瑪那迸出，與尖端連動，好幾根箭頭纏繞在周圍。

「既然我用了這個型，妳就已經毫無勝算了！『武竹雨（Sprengeri Rain）』！」

不可視的弓箭射擊出莎拉夏的身體，與此同時，瑪那箭頭接連不斷地射出。面對從上空降落的櫻花色驟雨，梅莉達不顧一切地一蹬地面。

隨後，她專心地飛越龍騎士蹂躪大地的矛雨中。

爆擊音色響徹周圍時，黑白兩色的雷擊在庭園的對角互相衝撞。另一方組合展開肉眼無法捕捉的高速戰鬥，這邊的兩人則相反，每一記攻擊都十分厚重，刀劍互相重疊的瞬間宛如莊嚴的繪畫一般，烙印在觀眾的意識裡。

繆爾簡直像在玩弄愛麗絲一般，用讓人聯想到妖精舞蹈的步法在她周圍轉圈。另一方面，才以為愛麗絲動也不動地在觀察對方的舉動，她就在敵人背對她的瞬間揮起劍

LESSON: VIII
~舞動吧小提琴~

尖。彷彿早就預料到這點一般，繆爾看也不看就閃動的右手揮舞大劍橫掃。

兩種顏色的瑪那激烈衝撞，繆爾轉了一圈彈開長劍，再次踏起舞步。看來毫無防備卻沒有絲毫破綻。愛麗絲做好主動地果敢攻擊的覺悟，雙手重新用力握緊劍柄。瞬間，繆爾的鞋尖「啾」一聲地停止動作。

彷彿凍結住的靜寂──

隨後，劍擊亂舞在兩人中間瘋狂躍動。站立位置並未改變。只是盡最快的速度瘋狂揮動武器而已。雙方的手臂拉出殘像，描繪出來的刀劍軌跡在半空中留下幾條線。每一記攻擊都伴隨絕大的破壞力，炸裂的火花替年幼的美貌增添色彩。

最後的刀鋒相對「鏘！」一聲宏亮炸裂，聖騎士與魔騎士各自被推向後方幾公尺。愛麗絲拚命壓抑指尖的麻痺感，同時嚴肅地蹙起眉頭。

愛麗絲當然是認真的，繆爾應當也沒有放水吧。兩人勢均力敵……不過更令人在意的是這種與梅莉達、學院的同班同學和家庭教師蘿賽蒂對戰時，絕對不曾感受過的異樣感──

彷彿看透了愛麗絲的內心一般，繆爾用依舊看不出破綻的站姿露出微笑。

「妳發現了嗎？愛麗絲。就憑我們的話，不管對打多久，都分不出勝負的。會恢復瑪那的妳與吸收瑪那的我。具備最強防禦性能的聖騎士與以最強攻擊性能為傲的魔騎士……我們實在太合得來嘍。」

「請妳說是太合不來──既然知道這點，表示妳的目的是──」

爭取時間……繆爾妖豔地點頭同意愛麗絲沒有說出口的這句話。

「這場舞臺的主角終究是那邊的兩人嘛──嗳，妳看，莎拉好像終於解禁攻擊技能與『飛翔』能力了。梅莉達已經無計可施了呢。但這是當然的，聖騎士、龍騎士、魔騎士……在三大騎士交錯的這個戰場上，根本輪不到下級位階的武士登場。」

繆爾呵呵地扭曲嘴脣，僅有一瞬間移開了視線。她稍微感到在意的前方，只見《安徒斯抄本》在檢察官席上持續發揮著效果。被攤開的書啪啦啪啦地自動翻頁，在空白頁上寫下故事。

「只要讓全國民眾知道梅莉達敗北，就再也不會有人相信她具備安傑爾家的血統了吧。並非聖騎士位階，如果又壓倒性地敗給同年紀的公爵家千金的話……為了突破這種絕境，梅莉達只能獲勝。可是──天啊，這真是太殘酷了！」

繆爾誇大地張開雙手。看來充滿破綻，但果然還是無法湧現有效攻擊的印象。愛麗絲宛如冰雕一般保持不動的架勢，同時側耳傾聽繆爾的話語。

「梅莉達連萬分之一的勝算都沒有！妳知道為什麼嗎？愛麗絲，妳應該看過我們上級位階的強化資質吧？龍騎士位階的資質是『攻擊力：A』、『防禦力：B』、『敏捷

LESSON: Ⅷ ～舞動吧小提琴～

力：S』……也就是說，莎拉從頭到尾都壓制住武士位階的梅莉達的優勢！」
她隨意揮落大劍，厚重的尖端在愛麗絲眼前靜止。被劈開的風挑起銀色瀏海。隔著刀身衝突的視線，以及飛散的火花。
「妳的行動則由我來壓制。我不會讓妳妨礙那邊的決鬥——對不起，安傑爾姊妹。打從我們在這個畢布利亞哥德相遇時起……不，從半年前她在月光女神選拔戰中贈送勳章給我的那個瞬間開始！這一天的結局就已經注定好了！」
黑水晶妖精浮現喜色，高聲這麼放話說道。
她的頭髮吸收光芒，看起來也有些像是半透明。
該說窺視到在漆黑盡頭，沒有一絲汙穢的純白嗎——
愛麗絲稍微放下長劍尖端，喃喃自語：
「……妳身上散發著騙子的氣味。」
「啥？」
「選拔戰時，莉塔曾跟我炫耀，說她認識了非常漂亮的女孩。她說那女孩的氛圍感覺跟班上同學都不一樣，好像能成為特別的朋友。」
繆爾露出微笑，然後蹙起眉頭。壓低的細長睫毛在眼眸上落下陰影。
「……這樣啊。可是，我已經被討厭了呢。」

「我從那時開始就不喜歡妳，但像這樣直接碰面後，我隱約可以明白莉塔被妳吸引的理由。妳沒有對我們說謊，卻敷衍矇騙著自己──妳真的很喜歡莉塔吧？明明如此，為什麼要做出這種事呢？妳發誓要對那個『稻草人偶』效忠嗎？」

呵──黑水晶少女稍微發出嘲笑。

那究竟是針對誰的嘲笑呢？

「那還用說嗎……因為我最喜歡朋友了。」

「……算了，妳不想說也無妨。但妳弄錯了一件事。」

這次換愛麗絲舉起劍，將尖端刺向繆爾眼前。魔騎士年幼的美貌感到費解似的扭曲起來。

「妳說我弄錯？」

「我問妳一件事。妳跟莎拉夏誰比較強？」

「呃，我想想……雖然我們沒有認真對打過，但我想應該不相上下吧。」

「那我就放心了。」

愛麗絲咻地揮劍，將尖端朝下段收緊。好似雪崩的瑪那壓力從那架勢散發出來，繆爾立刻轉動大劍，同時採取迎擊姿勢。

「如果跟妳不相上下，莉塔是不會輸的。因為莉塔在我們之中是最強的。」

LESSON: VIII
～舞動吧小提琴～

「真是了不起的信賴呢。這次可沒有那位老師的祕計喔？」

「就算沒有作戰，那位老師總是陪伴在莉塔身後。如果妳是為莉塔著想而貶低她，我就會從莉塔背後支持她——這就是我的自尊。」

冰雪瑪那低沉且安靜地解放出來。絕對零度的公主接著宣告：

「妳別以為爭取時間就能了事。從現在起我會全力以赴。」

大劍的尖端緩緩舉起。在漆黑火焰裝飾下，妖精發出嗤笑。

「真棒……！」

隨後，白刃與黑刃正面衝突，瞬間性的雷鳴突破天際。

† † †

從高處觀賞公爵家千金們激戰的，是塞爾袞．席克薩爾公爵召集來的十幾名革新主義者。主動被《渥特幻想譚》囚禁的他們，此刻的心情就彷彿以前繆爾小姐曾說過的「表演秀」。在被扭曲的主觀讓一切顯得更不真實的世界當中，他們在面具底下各自互相評論。

「占上風啊。」

某人看似得意地這麼說，其他人也連連點頭。在眼底下舉辦的「節目」，比宮廷掛保證的歌劇團更加輝煌精彩。白銀聖騎士與漆黑魔騎士一進一退的劍舞。另一邊則是宛如神之雷一般將束手無策的下級位階逼入絕境，輕盈敏捷的龍騎士……

因為大人的主觀也被扭曲，在他們眼裡，安傑爾姊妹的身影看起來像是「有著玻璃眼眸的陶瓷娃娃」。外貌一模一樣的兩隻娃娃當中，有著銀色頭髮的是愛麗絲，金色髮絲隨風搖曳的另一隻娃娃則是梅莉達吧。

金髮人偶難看地跌倒，然後不死心地跳起來的模樣，讓某人不屑地哼了一聲。

「實在太不像樣了。那樣子竟敢大放厥詞，說自己是騎士公爵家的女兒。」

「請看，從剛才開始，她連揮劍都辦不到。倒不如丟掉那累贅，乞求莎拉夏小姐原諒還比較好……」

「算了，各位，別這麼說啦。對方還是小孩啊，是個小孩！難免比較倔強嘛。」

「說得沒錯，我們就以明智的立場在旁溫暖地關懷吧。你們想想，狩獵時獵物一直逃竄，才會更加有趣吧？」

「嘎哈哈！這話真是幽默！」

戴著面具的紳士淑女說好聽點是看似愉快，說難聽點是下流地一起大笑。

在審判長席扮演紅心國王的塞爾袞．席克薩爾公，一邊聽著他們的評論會，同時一笑也不笑地注視戰況。

「在腐敗的眼珠看來，那像是占上風嗎……？」

在交叉的手心底下低喃的聲音，沒有傳入除了他之外的人耳中。

身為席克薩爾家的年輕當家，同時也是弗蘭德爾首屈一指的武人的他，冷靜地分析自己妹妹與無能才女的決鬥。的確，在觀眾眼裡看來，莎拉夏像是單方面居於攻勢吧。但是充分掌握莎拉夏實力的兄長塞爾袞很清楚，看似痛苦地蹙起眉頭的莎拉夏，內心在想什麼。

——無法徹底攻擊？

與妹妹同樣的驚愕在塞爾袞腦內同步。莎拉夏無庸置疑地使出了渾身解數。明明如此，卻無法給予敵人有效攻擊。不論她以最高速度使出宛如降雨般的突刺，或是好幾次發動攻擊技能，梅莉達都漂亮地迴避了所有攻擊。

深不見底的體力……不過更令人驚嘆的是她的精神層面。一般來說，從頭被壓倒性地克制到這種地步的話，首先內心會受挫。照理說肉體的齒輪會對不上，產生致命的破綻。

梅莉達・安傑爾卻絲毫沒有那種狀況。儘管泥土弄髒了臉頰，她仍確實地緊盯上空的敵人，那犀利的眼光甚至像殷切期盼地在看準發動反攻的瞬間。被狩獵的究竟是哪邊呢——這是讓莎拉夏感到焦急的原因之一吧。

席克薩爾公將手指貼在下顎，分析金髮陶瓷娃娃的一舉手一投足。

能力確實是身為龍騎士位階的莎拉夏占上風吧。不過梅莉達的強悍不僅限於能力。狀況判斷力、思考瞬發力、應用力、摧毀自己的破綻並暴露出對方破綻的技巧……這類「能力表上不會顯示的力量」十分出類拔萃。

與一般學生明顯不同。話雖如此，給人的印象也並非累積了實戰經驗的騎士。

真要說的話——**比較接近殺手的戰鬥方式**。

席克薩爾公將身體靠在椅背上，用指尖撫摸嘴唇。

這不可能是聖弗立戴斯威德女子學院的教育方針吧。另有其人。

——是誰？教育那名少女的人是？

矛的破空聲隨後斬斷了在塞爾袞內心首次萌生的這個疑問。在地上四處逃竄的梅莉達有一瞬間看起來像是絆倒了，莎拉夏想趁機一決勝負。

莎拉夏伴隨更加猛烈的爆炸聲從上空急速降落，垂直貫穿風的矛尖瞄準梅莉達的頭頂。在還差零點幾秒就要衝撞上的瞬間——

席克薩爾公忍不住踢飛椅子，站起身來。

「不行，莎拉夏！她是在引誘妳露出破綻——！」

† † †

就在莎拉夏心想哥哥的聲音略微傳入耳裡的瞬間，她的意識被更令人驚愕的光景給吹飛了。在矛尖看起來確實貫穿目標肩膀的時候，梅莉達以單腳為軸心轉動半身，在千鈞一髮之際迴避了直擊——絕妙無比的時機。

莎拉夏驚訝地睜大的眼眸，接著看見梅莉達在採取迴避動作的同時，使勁地收緊右手肘。非常貼近耳邊的嘴唇動了起來。

「總算抓到妳了。」

砰！渾身的肘擊命中莎拉夏的下顎。那像是反擊的衝擊，讓龍騎士也不禁鬆手放開矛，滾落在草地上。

還無暇發出呻吟，梅莉達便彷彿機不可失似的拉近距離。

「我不會再讓妳——」

她一飛奔過來，立刻連續不斷地踢向莎拉夏正打算爬起來的左腳……

「逃到空中了！」

模擬刀流暢的一閃則命中右腳。彷彿從腳邊撈起來一般，莎拉夏被擊飛到半空中，華麗地轉了好幾圈後，「砰！」一聲地倒落到地面上。

「咕……嗚……」

莎拉夏將手貼在地面上，已經連抬起上半身都很吃力。身為「飛翔」能力關鍵的腳遭到破壞。就算以這種狀態轉成地面戰，也沒什麼勝算——

莎拉夏這時終於不得不邁向思考的終點。

身為龍騎士位階的自己，在地面戰無法處於優勢。

最後王牌的「飛翔」能力也從正面被突破了。

換言之，梅莉達儘管是武士位階，卻比貨真價實地繼承了騎士公爵家強力瑪那的自己更——……………

繼續折磨友人似乎也並非梅莉達的本意，她緩緩放下了刀。

「……莎拉夏同學，還有繆爾同學也是。我很清楚，這都要怪我明明生在騎士公爵家，卻沒有聖騎士之力，才會給許多人添麻煩，讓人陷入混亂，或是感到不安——可是，我對自己身為武士位階一事感到驕傲！因為跟『那個人』同樣是武士，我才能振作起來，因為想追逐那個人的背影，我才能鼓起向前邁進的勇氣！」

「……」

莎拉夏只是抬頭仰望，無法做出任何回應。梅莉達將手心貼在自身的胸前。

「即使有人要幫我改變位階，我也敬謝不敏。我就是我，我要以自己的模樣獲得大家認同。就算被稱為『無能才女』，就算血統遭到懷疑也沒有關係……我依然是安傑爾家的聖騎士！」

那聲音宏亮地響徹虛偽的法院，鮮明地揮開虛構之霧。莎拉夏彷彿被光芒灼傷一般瞇細單眼，愛麗絲淺淺地露出微笑，繆爾則看似悲傷地揚起嘴角。

然後，在旁聽席上說不出話的觀眾當中，有人緩緩發出聲音。

「……那……那個，我稍微有個想法。」

旁聽席上的所有人轉頭看向這麼發言的男人。這股壓力讓男人的聲音更僵硬了。

「那個無能才女——不，應該說梅莉達小姐，有沒有可能真的是菲爾古斯公的千金呢……？就如同她所說的，假設瑪那覺醒較慢，和位階迥異都只是單純不走運的話？這……這種情況下，我們此刻是否正在進行對弗蘭德爾非常嚴重的反叛行為……？」

那聲音宛如波浪一般，滲透到鴉雀無聲的眾人裡頭——

LESSON: Ⅷ
～舞動吧小提琴～

彷彿引發無止盡的共鳴現象（Howling），喚起了恐慌。

「所……所以說，我從之前就這麼認為了！應該等事實關係更明朗之後，再採取行動的！」

「你這傢伙，要不要我幫你拔掉那自相矛盾的舌頭啊！」

「唔，唔唔，看來我們形勢非常不利啊……」

「我……我想起有事要辦，差不多該告辭了……」

一個人急忙地起身離席，剩餘的其他人也不甘被留下，眾人踢飛了椅子。他們在高大的樹籬上驚慌失措地四處徘徊，然後發現沒有下去的樓梯。

「席克薩……不對，紅心國王！我們差不多該失陪了！」

「這是場非常愉快的表演秀！請……請你下次再聯絡我們！嗯，請務必聯絡……」

「請……請告訴我們出口在哪！我必須呼叫回程的車，否則會趕不上晚餐的！」

塞爾袞．席克薩爾一邊聽著頭上彷彿鵝叫聲一樣的喧囂，同時依然面不改色。他在審判長席上喃喃地自言自語著。

「……這樣不行。他們這樣不行呢。一旦被逼入絕境，根本就派不上用場。真希望他們能稍微效法一下那個即使被迫處於劣勢，仍舊強烈地散發光輝的金色少女。」

對了——他彷彿此刻突然想到一般，揚起了單邊眉毛。

他並未移動視線。眼底下映照著他妹妹受傷倒下的身影。

「把這裡發生的事情當作『沒這回事』吧。嗯，這樣最好。果然計畫就該設想所有可能的狀況呢。噢，幸好我有事先採取對策——」

他的手「叩」一聲地敲下木槌。

——為了保險起見。

不知為何，以前曾聽哥哥說過的話忽然在莎拉夏耳裡復甦。彷彿那成了契機一般，這時有個東西從胸前口袋滑落出來。

是一枝設計別出心裁，歷史悠久的鋼筆。這是在提出今天作戰的革新主義者會議那天，哥哥當作護身符送給莎拉夏的東西。莎拉夏想起這是個貴重品，立刻伸手想拾回，但鋼筆從她的指尖滑落逃離。

鋼筆一邊旋轉一邊墜落，就在筆尖接觸到地面的——那個瞬間。

無止盡溢出的漆黑泥濘，瞬間覆蓋了整間庭園。

† † †

LESSON VIII ～舞動吧小提琴～

「——什……！」

對於這種現象，在庭園內率先掌握到狀況的是繆爾．拉．摩爾。好幾隻巨大的墨色龍從莎拉夏腳邊飛出，蹂躪著四周。

巨龍吹飛法院的桌子，掩蓋奶油色的天空，才心想牠們突擊了高大的樹籬，眼看就撞出一個大洞。綠色高台不穩地搖晃，伴隨淑女尖銳的哀號衝撞上地面。革新主義者的成員跌跌撞撞地被拋出去。

被染成一片漆黑的天空，不時閃爍著雷電。點綴成奶油色的文章眨眼間遭到侵蝕。繆爾抬頭仰望這光景，以嚴肅的聲音低喃：

「這是『奧爾塔奈特的鋼筆』……！為什麼莎拉會有這種東西……？」

「那是什麼？有怎樣的效果？」

這已經不是還有閒情逸致進行決鬥的騷動了。愛麗絲放下長劍，急促地詢問。

「這個可以『改寫魔法書的效果』，是非比尋常的超稀有物品！就連在母親大人的研究室，我看過的次數也是屈指可數。她到底怎麼會有這種——」

更宏亮的轟隆聲響重疊在彷彿要顫抖的語尾上。

就連知道機關的繆爾都是這副模樣。被迫站在颱風眼中的莎拉夏，更是混亂到了極點。鋼筆彷彿要挖出土塊似的垂直插入地面，不斷從筆尖無止盡地吐出黑色帶子。那些帶子宛如鞭子一般甩動，劃破草地並破壞庭園。它們正試圖改寫故事的世界。

瞬間，有人從正面跳了過來。是金色秀髮隨風搖曳的梅莉達。兩人以互相擁抱的姿勢在地面轉了幾圈後，墨色固體立刻伴隨更猛烈的爆炸跳往上空。應當是鋼筆剛才刺進的地方，開了一個不吉利的大洞。

那洞穴底下並不是泥土，而是連接了好幾層的書頁。有什麼詭異的東西蠕動著從被撕裂的那堆書頁中爬出來。對於接連不斷地一直溢出，演奏出刺耳紙聲的那些東西，莎拉夏和梅莉達也有印象。

「蛀蟲……！」

用泛黃破掉的書頁折出來的巨大蛀蟲，朝天空露出獠牙，發出怪聲。彷彿看準了這時機一般，有個聲音從審判長席上響起。

「天啊，怎麼會這樣！《渥特幻想譚》開始失控了！旁聽席的各位，這裡就由我來爭取時間！請各位盡快逃走！」

國王披風翻動的稻草人偶——更正，是塞爾袞．席克薩爾。對於他言過其實且演技浮誇的言行舉止，只有繆爾一個人理解了背後的關係。

「原來是哥哥大人指使的……他還真是大膽……！」

LESSON: VIII

～舞動吧小提琴～

她的低喃被重疊起來的哀號抹消了。革新派的大人陷入了恐慌。從地面湧現出來的蛀蟲開始襲擊他們。

梅莉達立刻想站起身，莎拉夏反射性地抓住她的領子。莎拉夏猶豫著是否該讓梅莉達離開。於是少女的紅色眼眸筆直地貫穿了莎拉夏。

「——振作點！現在該做的事情是什麼？我們可是瑪那能力者喔！」

「……！」

莎拉夏驚訝地睜大眼時，有四隻手從兩人身旁伸了過來。是中斷了戰鬥的聖騎士與魔騎士，她們拉起各自的摯友。

繆爾輕輕拍掉莎拉夏士兵衣裳上的髒汙，同時開口說道：

「梅莉達說得沒錯，遊戲就到此為止。讓所有觀眾平安地避難吧——愛麗絲跟我一起幫忙尋找逃生路線。梅莉達跟莎拉請幫我們爭取尋找逃生路線的時間。」

梅莉達坦率地點頭，正要飛奔而出時，她忽然停住並用力伸出食指。

「別指揮我！」

「哎呀，這是『請求』喔？」

繆爾用一如往常難以捉摸的態度露出笑容。儘管感到有些無法釋懷，梅莉達等四人仍互相對望並點了點頭，然後兩人一組飛奔而出。

梅莉達將刀朝下段收緊，同時呼喚並肩奔跑著的龍騎士。

「莎拉夏同學，妳的腳還好嗎？——雖然我這麼說也很奇怪啦！」

「沒有問題！應該還能再撐一戰……！」

櫻花色龍騎士以不把負傷當一回事的敏捷度在地上奔馳，宛如風一般飛越過敵人，同時刺出矛。精鍊的矛尖將位於直線上的兩隻蛀蟲一起刺成肉串。

梅莉達也不服輸地揮舞著刀。棘手的是敵人數量之多。她立刻從腰帶上抽出刀鞘，切換成左右手並用的二刀流風格。她穿越在敵人集團當中，同時像跳舞似的旋轉全身，於是呈螺旋狀彈飛出去的蛀蟲演奏出輕快的旋律。

就在這時，像是雞被勒住脖子似的哀號響徹周圍。

「呀啊啊啊啊啊啊啊啊！救命……救命啊啊啊啊！」

穿著宛如喪服般洋裝的假人嚇到腿軟。從聲音來判斷，應該也是女性吧。然後，有一隻蛀蟲正慢慢逼近她。

梅莉達立刻飛奔而出，從背後橫掃無法無天的紙片。被切細的書頁碎片飛舞到半空中。就在梅莉達想尋找下個目標時，一個沙啞的聲音傳入耳中。

「梅……梅莉達小姐……！」

穿著喪服的假人仍然癱軟地坐倒在地，抬頭仰望這邊。她的輪廓扭曲起來，變身成熟悉的老嫗身影。被主觀覆蓋住的濾鏡卸除下來，裸露出來的假人真面目讓梅莉達眨了眨眼。

「奧賽蘿女士？」

「我……我是……」

對方應該也能看見自己的原本面貌吧。她與梅莉達四目交接，顫抖著嘴唇。

「我是為了安傑爾家的繁榮，認為不能讓聖騎士之血斷絕，才……」

她話說到一半，梅莉達便拉起她宛如枯枝的手臂，推了推她的背後。

「請妳快逃吧。奧賽蘿女士沒有回到宅邸的話，愛麗會傷腦筋的。」

「……」

奧賽蘿女士咬緊滿是皺紋的嘴唇，到樹籬陰影處避難。

這時，繆爾與愛麗絲的兩人組到達了《渥特幻想譚》製造出來的庭園角落。這邊也是用高到要抬頭仰望的樹籬圍住四方，無論環顧哪邊，都不存在出口。

樹籬上綻放著鮮紅的薔薇花。繆爾逐一確認著每一朵薔薇，同時呼喚搭檔：

「找出冒牌貨！裡頭應該混入一朵只是在白薔薇上塗了紅色油漆的冒牌貨才對！」

「找到了。這個嗎？」

聽見很乾脆地這麼回答的聲音，繆爾轉頭一看，只見銀髮天使依然面無表情地將手貼在一朵薔薇上。她的指尖沾上紅色，還沒徹底變乾的油漆從花瓣上滴落下來。

繆爾不知該驚訝還是佩服，她像在演戲似的聳了聳肩。

「在閱覽室的時候，我就這麼想了——妳們姊妹的手氣真的很好呢。」

總之——繆爾立刻站到假薔薇前，拉緊大劍。

「我們一起上！——『魔王之牙（Iblis Fang）』！」

「『神聖閃光（Divine Streak）』！」

聖騎士與魔騎士的攻擊技能同時炸裂，將神聖十字架的破壞力灌注到樹籬上。以虛偽的薔薇為起點，呈現放射狀的龜裂在瞬間爆發散開。

在粉塵散開時，開了個大洞的另一頭可以看見無人的廢墟。弗蘭德爾那頭是蓋在巴德巴賽爾外圍居住區的法院遺跡。是席克薩爾家管理的通往畢布利亞哥德的「門」，也是魔法書《渥特幻想譚》的發動場所。

看到逃生路現場開啟，繆爾用彷彿女演員般的聲音呼喚：

「各位觀眾，要回家請往這邊走！別忘了面具（Ticket）！」

在陰影處顫抖的革新主義者的大人，一聽見這聲音，立刻翻身一擁而上。他們再次用面具隱藏身分，同時接二連三地鑽過洞穴。

人數總共是十七人。確認最後一人順利逃離之後，繆爾轉頭想對梅莉達與莎拉夏發信號，就在這時。

地面一直線地炸開，從裂縫急速生長出來的「荊棘」遮蓋住逃生路線。

「「咦……？」」

愛麗絲不禁往後退，然後在另一層意義上也感到驚愕的是繆爾。

因為她對這種荊棘的底細心裡有數。藉由《渥特幻想譚》重現的故事世界當中，死守睡美人的搖籃長達百年期間的詛咒牢獄——

就在她們領悟到自己再度被關閉起來的同時，一個輕快的腳步聲響徹周圍。

「哎呀哎呀，我的主人真會使喚人。拜託別委託這種雙重演出（Double Booking）啦。」

燕尾服隨風擺動，不知從何處降落到審判長席上的，是個身材高瘦的男人。他用手上拿的枴杖敲打肩膀，將隱藏住真面目的小丑面具面向前方，開口詢問：

「……那麼，主人。節目要轉換成《完全的純粹邪惡》是嗎？」

「嗯。我決定先一步離開舞臺嘍。」

稻草人偶國王簡潔地這麼回答，起身離席。小丑面具代替披風隨風翻動著離開的國王跳出審判長席，輕飄飄地降落在庭園裡。

警戒著對方的公爵家四千金當中，金髮的梅莉達「啊！」了一聲，想起男人的面具。

「你……你是……那時出現在集會中的……！」

「又見到妳了呢，我的女兒！……雖然很想這麼說，但那個節目已經結束了。」

小丑面具高舉手上的枴杖，彷彿劍一般地將前端比向這邊。

「此刻我的角色並非『梅莉達．安傑爾的冒牌父親』，而是『完全的純粹邪惡』喔。好啦，各位公主。讓我們上演童話故事的最後一幕吧！」

「你果然是冒牌貨！你竟敢折磨莉塔！」

率先一蹬地面的是聖騎士愛麗絲。她發揮迅雷不及掩耳的速度，但小丑面具的枴杖精準地對著她跳起。

「『三叉戟(Trident)』！」

在眨眼之間，上演了讓人懷疑起自己眼睛的光景。才心想男人手上拿的枴杖瞬間改變了形狀，變成三叉戟的那前端便迸出紫電。

在眼前躍動的真正電擊，讓愛麗絲全身驚愕地僵硬住。紫電宛如鞭子一般挖起她的腳邊，破裂的衝擊波從前進方向吹飛了銀髮天使。

「——啊！」

飛舞在空中的少女美貌扭曲，連護身倒法都無法採取就跌落在草地上。「愛麗！」梅莉達這麼發出哀號，飛奔到愛麗絲身旁，魔騎士與龍騎士立刻燃起了敵意。

「……我沒聽說這種劇情呢。番外篇請退場吧！」

LESSON VIII
～舞動吧小提琴～

轟！地面從兩處炸開，莎拉夏與繆爾的身影消失無蹤。她們運用這種兒時玩伴才有的默契從兩個方向逼近敵人，繆爾同時高速思索著。

——剛才的雷擊是在《人魚公主》故事中登場的「海魔女」的力量！既然如此……

繆爾更往前傾，在非常貼近地面的位置奔馳，她一穿越敵人，立刻揮起大劍。描繪出流暢軌跡的厚重尖端割下男人的手腕，連同三叉戟一起吹飛到上空。

魔騎士以巧妙的步法挖起地面，收緊了第二擊的她妖豔地露出微笑。

「『海魔女』的下場是因三叉戟而自取滅亡！——沒錯吧？」

「妳果然很清楚呢，拉・摩爾小姐。既然如此，妳知不知道『鉤手船長』的來龍去脈呢？」

「——！」

繆爾會驚愕地停下劍也是理所當然的。因為有金屬攻擊線從男人被割斷的左手腕逼近過來。繆爾情急之下擋住一看，只見那是個銀製的鉤子。

「怎麼會，『鉤手船長』……？你現在的角色應該是『海魔女』吧……！」

「小繆，就那樣別動！」

穿過小丑面具背後的櫻色旋風，發動猛烈的矛之雨攻擊。高瘦男子被轟成慘不忍睹的蜂窩，但他隨後崩落瓦解，化為黑色液體。

「以妳們的年紀來說，《影子男》是否有些冷門呢？」

這麼發言的小丑面具男，不知不覺間瞬間移動到少女身旁。

而且他四肢健全地抓住從頭上掉落下來的枴杖，接連不斷地攻擊莎拉夏全身。在速度快到看不清的五連擊之後，男人的長腿立刻踹飛毫無防備的側腹。全身毫無遺漏地遭到痛毆，年幼的龍騎士在草地上翻滾著。

「嗚……咕……！」

「哎呀哎呀，真教人心痛。我該怎麼跟主人解釋才好呢？」

「你到底是……？」

小丑面具的笑容居高臨下地俯視顫抖著嘴唇的黑水晶少女。

「我說過了吧？此刻我的角色是『完全的純粹邪惡（All Villains）』！也就是我身上凝聚了所有故事中的反派（Villain）角色力量。這都是多虧那個祕寶的恩惠呢。」

「沒想到竟然能用『奧爾塔奈特的鋼筆』做到這樣的事情……」

「附帶一提，我下個角色是『跨越萬里者』——是個格鬥專家。」

男人的雙手消失了。繆爾的雙肩與兩膝遭到四連打攻擊，幾乎是同時的衝擊讓繆爾「咕！」一聲地彎下腳，與此同時，像要撈起身體般的沉重拳頭刨進心窩。

「嘎哈……！」

LESSON VIII
～舞動吧小提琴～

大劍從指尖滑落，少女搖晃傾斜的身體癱軟無力地倒落到草地上。

「莎拉夏同學！繆爾同學！」

「別動，梅莉達．安傑爾！」

小丑面具隨意地將楞杖刺向跌落在腳邊的黑水晶少女。雖然沒有刀刃，但要是喉嚨被楞杖前端擊潰，八成會攸關性命吧。

金髮公主緊張地倒抽一口氣，小丑的笑容文風不動地對她宣告：

「妳可能很清楚，我的目標只有妳。只要妳乖乖接受制裁的話……妳懂吧？」

「……我……我知道了。你別再對大家動手了。」

面具男一臉滿意地上下點頭，他高舉反方向的手，然後高聲彈響手指。

梅莉達身旁的地面隆起，有什麼東西宛如蔬菜般從地面長了出來。是「紡織機」。

這個木製器具感覺很適合溫暖的暖爐，但在現場只能說是異樣的存在。

紡織針簡直像在誘導視線一般，朝梅莉達伸展出去。

「用手指去碰那根針——噢，妳用不著害怕。只要稍微碰到就行了。」

「……只……只要這麼做，你就會放過大家嗎？」

「那當然。我跟妳約定，包括妳在內，我今後絕不會再對妳們動手。」

男人有些含糊不清的聲音不用說，從那張被固定成笑容的小丑面具，無法猜出任何他真正的意圖。梅莉達戰戰兢兢地伸出手指。

她用食指碰觸針，狠下心稍微使了點力。銳利的痛楚竄過神經，鬆手的指尖滴落了鮮血。這種程度的傷算得上懲罰嗎？

「好啦，我碰了！你可以回——………」

在話說到最後前，梅莉達的視野搖晃起來。

棉花鋪滿腦海中，思考變得不聽控制。手腳突然變得沉重不已，還來不及站穩，就倒落到地面。從脖子開始虛脫無力，宛如花朵果實般的頭部咚一聲地倒下。

順勢闔上眼皮之後，梅莉達就再也沒有爬起來了。

「莉塔！」「梅莉達同學！」「梅莉達！」

三名友人發出哀號，小丑面具用演戲般的態度舉頭仰望天空。

「我的主人慈悲為懷，他似乎不打算奪走妳的性命！只不過也不能讓妳活著。就請妳永遠在幸福的夢境裡生活下去吧。」

愛麗絲鞭策麻痺的雙腳，站起身來。從冰雪深處燃燒起火紅的敵意。

「你對莉塔做了什麼……！快讓莉塔恢復原狀！」

「很遺憾地，我無能為力。無論在哪個時代，反派都只會散播詛咒與悲劇。」

愛麗絲用力咬緊嘴唇，一蹬地面。朝下段收緊的長劍以絕妙無比的時機往上跳起。

LESSON: VIII

～舞動吧小提琴～

楞杖輕易地擋住了逼近面具男的劍閃。

「差不多到落幕的時間了。別再給我添麻煩好嗎？」

男人甚至沒有動用「完全的純粹邪惡」之力。他輕易甩開年幼聖騎士所有渾身的斬擊，像是穿針線似的伸出楞杖。纖細的肩膀遭到毆打，愛麗絲「咕啊！」一聲，倒落到後方。

「原諒我稍微做出恐嚇的行動吧。」

小丑面具沒有特別針對誰地這麼說道，並舉頭仰望上空，然後緩緩「吼叫」。

那只能用「咆哮」來形容。無論怎麼聽，他都是用並非人類會有的聲帶，發出宛如雷電般的野獸咆哮，撼動了空間。

只見那宏亮聲音彷彿化為波紋擴散出去一般，眨眼間改變了周圍的光景。從綠色的迷宮庭園轉變成連一根雜草都沒有的貧瘠荒野。

有什麼東西從荒野的地平線上掀起飛塵逼近過來。是成群的肉食獸。少說有幾十隻的野獸露出獠牙，朝著一名嬌小的少女一擁而上。

「噫……！」

愛麗絲立刻抓起長劍，雙腳卻使不上力。接連遭到的傷害與恐怖束縛住她的身體。

小丑面具宛如演員一般張開了雙手。

「真是遺憾，無論是作為瑪那能力者，或是作為故事的配角，妳們都遠不及我。公主與反派……這舞臺很遺憾地缺乏最後的角色！」

狂奔的野獸前頭，發出渴求著鮮血的咆哮。飛塵變得更加激烈。

「在悲劇的結局，眾人必定會追求一樣東西——就是少女充滿絕望的哀號！來吧，愛麗絲．安傑爾，用妳天使的嗓門替這場舞臺拉下幕簾吧！」

野獸氣勢洶洶地一蹬地面。牠們亮出利爪與獠牙，一同撲向少女。

愛麗絲驚訝地睜大眼，兩名友人則倒抽一口氣。有種小丑面具的嘴角更加醜陋地揚起的錯覺——隨後。

一條蒼藍火焰一直線地橫跨空間。

有什麼東西伴隨震耳欲聾的斬擊聲，從被荊棘覆蓋住，通往外界的橫洞飛撲進來。將逃生路線拓展成兩倍寬度的登場，讓小丑面具反射性地轉過頭看。只有黑衣殘像稍微橫跨過他的視野。

「『幻刀九首——……」

前頭的野獸頭部被流暢地砍飛。插入幾十隻野獸突擊的他，以彷彿只有他一個人的時間流動與別人不同一般行動著。他逐一砍碎附近的目標，接著將猛然噴射出來的蒼藍火焰與刀身一起收入刀鞘。

「『空牙』！」

與拔刀同時飛翔出去的衝擊波，垂直地蹂躪野獸集團。

「『羅生閃』！」

暴風伴隨回刀攻擊肆虐，到這邊時間才總算追趕上來一般，幾十隻成群野獸一隻不剩地被吹飛到反方向。連臨死前的慘叫都沒有，只見血沫飛舞。

「什………」

在說不出話來，只能注視這光景的公爵家千金當中，唯有在最後戰戰兢兢抬起頭的愛麗絲，看到熟悉的高大背影，表情亮了起來。

「庫法老師！」

一看之下，他也跟少女同樣改變了裝扮。他身穿長版大衣與長靴，還有時髦的禮服用襯衫與大禮帽。唯一跟平常一樣的部分，只有腰間的刀鞘與漆黑的刀。青年透過細長眼眸保持警覺地確認狀況，愛麗絲從後方緊抓住他。

看到銀髮天使貴重的眼淚，庫法認為事情非比尋常，更加謹慎地嚴肅以待。

「我來遲了，愛麗絲小姐。這狀況究竟是……」

庫法一邊將手放在少女肩上，同時環顧周圍。席克薩爾家與拉・摩爾家的千金以慘不忍睹的姿態趴倒在地。愛麗絲流著眼淚，她身旁是一動也不動的金髮天使。

然後，相隔十幾公尺站在那裡的，是身材高瘦的小丑面具——

庫法單膝跪地，用手指撫摸主人的臉頰，確認她的脈搏與呼吸。臉頰的櫻花色與安穩的吐氣讓庫法稍微感到安心，同時將少女交到愛麗絲手上，接著站起身來。

「各位小姐，之後就交給我吧。」

庫法對在場所有人這麼說道，同時將手放到腰部的刀柄上，腳往旁邊一滑。把公爵家千金捲進來似乎也並非對方的本意，只見小丑面具悠哉地踏出長腿，保持與這邊對立的位置，在荒野上移動。

雙方慢慢提昇的瑪那壓力，在裂開的大地上劃下深刻的龜裂。

「我就覺得你應該會來，梅莉達・安傑爾的家庭教師。前幾天我不得不扮演小丑，就讓我趁現在奉還那時欠你的吧。」

「我沒興趣。快滾。」

雙方分別從兩處一蹬地面。接下來的光景，縱然是三名公爵家千金的動態視力，也無法徹底捕捉。

金屬聲在兩人剛才站的位置的完全中間點響徹周圍。黑刀與枴杖互相纏鬥，火花還沒炸飛幾公分，就碰撞到下一擊。打擊聲與閃光填滿了視野，在另一頭以看不清的速度瘋狂揮動手臂的小丑面具，痛快地發出歡呼。

LESSON: Ⅷ ~舞動吧小提琴~

「太棒了！竟然能跟上我的全力！」

楞杖的中間「劈啪」一聲地龜裂。在楞杖斷成兩半的同時，男人在面具差點被劈成兩半前迅速往後退。庫法維持隨意用力揮刀的姿勢，從大禮帽底下回以冰冷的視線。

「剛才那樣就是你的全力嗎？」

「……哼！」

小丑面具看來並非演技似的哼了一聲，然後緩緩高舉單手。

「既然如此，這樣子如何呢？好好品嚐『完全的純粹邪惡』的表演秀吧！」

啪！男人彈響手指，於是周圍的風景又搖身一變。灼燒庫法視野的是有著花俏色彩的火焰、濕漉漉的牆壁、讓人覺得好像是設計給巨人嬉戲的巨大遊藝場——還有與這些東西連動的眾多駭人拷問器具。

小丑面具用彷彿賭徒般的風格，拉下手邊的搖桿。

「遊戲開始！」

輸送帶在庫法的鞋底下超速轉動起來。他還來不及踏穩，就被彈飛到空中，長版大衣隨風搖曳，同時墜落到眼底下。那座遊藝場被圓形牆壁包圍，除了中央的巨大輪盤之外，周圍是深深的壕溝。

在壕溝底下，有幾千隻規模的「死之軍隊」在等候著活祭品。

那是讓人不敢直視的屍體人偶。用線縫合男女老幼的身體零件，設計成沒有自我也不會感到恐懼的軍隊。雖然沒有武器，但數量眾多。在空中收起刀的庫法，一墜落到屍體波浪中，還無暇喘息，就被拖進漩渦裡頭。

「庫法老師！」

被吸入相同世界的少女當中，黑水晶妖精朝著懸崖下呼喚。

「那個軍隊是『荒野魔女』這個反派的能力，攻略方法是——」

在繆爾說完前，幾十隻規模的屍體人偶被砍飛到外側。在中央使勁揮刀的庫法，儘管額頭流著血，仍一臉若無其事地宣告：

「十分抱歉，繆爾小姐。我自幼少時起就對童話並不熟悉……」

我會逐一擊敗牠們——青年無聲地這麼補充，比流水更順暢地揮動黑刀。

與此同時，用瑪那製造出來的無數細小刀刃，彷彿在追隨劍法一般在半空中舞動。

那光景就宛如花瓣飛舞，或者該說玻璃亂舞。青年纏繞著難以計數的殺意，開口說道：

「『千刀術……絕華絢爛』！」

接著踏向前方後發動的劍閃，就宛如暴風雨本身一般。在黑刀橫掃後，慢一拍地瘋狂吹起細小刀刃的暴風。細微的蒼藍火焰蹂躪成群屍體人偶，被捲進去的敵人全身被切得粉碎並吹飛。具備廣範圍且高密度的破壞力。

LESSON: Ⅷ ～舞動吧小提琴～

「哦……」

小丑面具從莊家的位置跳落到輪盤上。他丟下已經沒有插手餘地的公爵家三人，眺望眼底下永無止盡的死鬥。

屍體人偶群按照主人的命令，從四面八方毫不停歇地撲向目標。大禮帽青年在開了個大洞，彷彿氣穴般的中心，連一會兒破綻也沒有地讓刀舞動著。點綴他周圍的蒼焰波浪，伴隨質量削減空間。可說是攻防一體。

「原來如此，將大量噴射到體外的瑪那聚集到細微刀刃上，使其具備與自身的刀連動的追擊性能嗎？要是被捲進那個，想必會立刻斃命吧。」

但是——在小丑面具這麼低喃的同時，擊退屍體人偶駭浪的庫法，趁一瞬間的空隙一蹬地板。他以令人瞠目結舌的機動力到達狹小的踏腳處，以懸崖上為目標。

屍體人偶以驚人的執著追蹤庫法。牠們全力奔馳，追逐高度不可能碰到的對手，與從對面前來的同伴衝撞。後續跟上的人偶推扁了牠們。就在牠們接連不斷地撞擊腐肉，變成一大塊之後，更後面的人偶踩著那踏腳處奔馳而上。彷彿要倒轉瓦解的時間一般，屍體塔眨眼間堆積到上空。

庫法猶豫下個踏腳處該選哪裡的同時，第幾百隻的屍體人偶總算到達他的背後。屍體人偶覆蓋庫法的背後，在牠被肘擊打落時，第二隻屍體人偶飛撲上去，第二隻被前踢踹飛的期間，第三隻、第四隻追趕上來。

「的確是設計得很巧妙的攻擊技能。不過這招有兩個重大缺點。」

小丑面具宛如猛禽類一般，等候著「那個瞬間」。

庫法甚至把追上來的屍體人偶當成踏腳處，飛舞到更上方。踢擊與斬擊，有節奏地飛舞的血沫。人偶在臉部遭到踐踏後立刻抓住那隻腳，下一隻趁青年的姿勢重心不穩時飛撲而上。牠們緊抓黑刀，毫不在乎刀刃會卡進肌膚，第二隻、第三隻從背後將雙手插入抵抗瞬間變遲鈍的對手腋下，鎖住對手的行動。

瞬間，小丑面具一蹬地面，宛如弓箭一般突擊貫穿。

「缺點一！會消耗大量ＭＰ！」

宛如子彈般的拳頭擊中青年毫無防備的胸膛。伴隨巨響穿越的衝擊。看到美貌的嘴角繃緊，小丑面具男在面具底下浮現醜惡的笑容。

「噴射出那般大量的瑪那，消耗的ＭＰ也會不由分說地變激烈吧！還有缺點二！」

緊接著第二擊、第三擊在留下殘像的同時，被吸入青年的軀體。斷斷續續的打擊聲響起。

「那是把『雙刃劍』！攻擊性能確實會飛躍性提昇吧，但同時，保護身體的瑪那也會持續變薄！看吧，怎麼樣？我的攻擊很痛吧！很痛對吧？」

LESSON Ⅷ ～舞動吧小提琴～

無止盡的連擊命中庫法的身軀。「跨越萬里者」的鐵拳纏繞著高壓力的瑪那，毫不間斷地炸裂。瞬間飛散的沉重衝擊。

最後一記攻擊深深鑽進胸膛中央，伴隨著確實命中的感觸，青年的嘴唇迸出鮮血。

「啊哈哈哈哈！你的內臟被破壞了呢！」

與此同時，小丑面具的右手也迸出劇痛。

剛才徹底伸長的手臂從兩處奇妙地扭曲。是青年以左手和放掉武器的右手，對小丑面具使出神速的手刀。竄過神經的痛楚讓小丑面具說不出話來。

「居然毫不猶豫地放掉武器……！」

還無暇發出呻吟，就有兩隻「蛇」逼近喉嚨。是青年流暢伸出的雙手。在交叉的手心前方，豎立起來的爪子宛如獠牙一般劃破空氣——

咻啪！在皮膚差點被咬破前，小丑面具勉強將上半身後仰。他本能地踹飛屍體人偶的肩膀，立刻閃到輪盤避難。

「沒有絲毫猶豫地來殺我了啊……！」

自覺到掠過眼前的「死」，一陣寒冰氣息竄過男人背後。

男人在小丑面具底下驚愕地睜大雙眼。因為神速的敵人立刻追趕了過來。他背後跟著成群屍體人偶，而且依然沒有撿回黑刀。

「手無寸鐵的你能做什——！」

在小丑面具男把話說完前，青年的身影快一步穿過他身旁。青年將沒有握住任何東西的右手當成刀，維持盡全力使勁揮的姿勢，用被鮮血弄濕的嘴脣低喃：

「別小看武士位階。」

隨後，火焰海嘯像在追逐青年足跡似的衝向前來。大大小小五花八門，幾千幾百片細小刀刃化為粗壯的水流，從正前方一口氣吞沒小丑面具男的燕尾服。

「噫……噫啊啊啊啊啊——！」

以時間來說，不過零點幾秒。但極小刀刃群在這段期間蹂躪了小丑面具男的全身。每一片都隱藏必殺破壞力的刀刃，從頭頂到腳尖，毫無遺漏地切碎敵人，變得慘不忍睹的燕尾服化為碎片，在半空中飛舞。

刀刃流星群縱斷敵人，在半空中閃耀光輝，同時聚集到庫法手邊。

小丑面具男全身被撕裂成碎片，彷彿齒輪無法咬合的機關人偶一樣顫抖著雙腳。才心想他痙攣的下巴朝向天花板——他便突然爆炸飛散了。

這讓庫法也不由得驚愕地轉過頭看。飛散到腳邊的敵人單手，從剖面掉落出什麼東西——是漆黑蟲子的屍骸。

「替身……？」

LESSON VIII
～舞動吧小提琴～

「不，無庸置疑地是您獲勝了。」

這麼保證的是以笨拙腳步走近的黑水晶少女。從小丑面具男的手臂掉落出的蟲子屍骸，化為黑色泥濘逐漸滲入地面。

「那男人在這個故事世界中迎接身為反派的死亡，被趕到書本外了。他一定身負相當嚴重的傷吧。」

像在證明少女的發言一般，周圍的光景又產生了變化。沾滿鮮血的遊藝場伴隨品味差勁的屍體人偶消逝到薄霧彼端，庫法試著眨了幾次眼睛後，只見那裡已經是被薔薇樹籬包圍的無人法院裡頭。

「看來似乎恢復成紅心國王的庭園了……呢……」

黑水晶妖精猛然彎下膝蓋，庫法迅速且纖細地抱住她的身體。

「妳沒事吧，拉．摩爾小姐？」

繆爾一邊緊抓青年的胸口，同時以罕見的態度泛紅了臉頰。

「我居然會被人顧慮……」

就在這時，充斥靜寂的庭園響起悲痛的呼喚聲。「莉塔！」那呼喚聲讓庫法與繆爾猛然抬起頭，連忙趕到聲音主人的身旁。

被留在這個世界中的，似乎已經只剩庫法與公爵家四千金。戴著大禮帽的青年與貓裝扮的少女，飛奔到撲克牌士兵與白兔少女的身邊。藍色圍裙裝的女孩在她們的懷抱中深陷夢鄉。

庫法一飛奔靠近，立刻單膝跪地，窺探心愛主人的睡臉。

「這是……梅莉達小姐究竟是怎麼了呢？」

所有人的視線都集中在坐到反方向的繆爾身上。她像在歌唱似的回答：

「她是中了那個反派設計的詛咒。是必須靠自己的意志去中招的強力詛咒。據說效果是會永遠持續的深沉睡眠……」

「怎麼會……沒有解開詛咒的方法嗎？」

「用不著這麼慌張，故事一定會準備美好結局的。要喚醒睡美人的方法只有一個。就是自古流傳至今的魔法──『真愛之吻』。」

所有人都緊張地吞了吞口水。繆爾像是已經恢復正常一樣，妖豔地露出微笑。

「只要跟打從心底深愛她的人接吻，她就能從永遠的詛咒中獲得解放。」

愛麗絲像是了然於心似的連連點頭，緩緩從口袋裡拿出手帕，擦拭自己的嘴唇。她用舌頭舔濕惹人憐愛的桃色嘴唇，臉頰同時泛紅起來。

「終於到了我獻上初吻的時候。莉塔，接受我的愛吧……！」

「嗯啾～……」愛麗絲很快地想將嘴唇嘟出去，但繆爾一臉理所當然地擋住她的額頭。被不滿的冰雪視線盯著看，繆爾愉快地回以微笑。

「哎呀，不行喔。古今中外，這種事都注定是王子殿下的任務呢。」

「妳……妳說我嗎……？」

黑水晶少女像在試探似的瞄向一反常態地顯得有些狼狽的庫法。

「哎呀，這世上有比你更替她著想的男士嗎？」

「可是……」

庫法像在求救似的環顧周圍，於是與櫻花色少女四目交接。而莎拉夏用雙手遮住眼睛，但從穩穩張開的手指縫隙間盯著決定性的場景看。

「我……我……那個……會對公爵家的人保密的……！」

「…………」

看來豈止是四面楚歌，庫法的心境反倒像有人從背後推了一把，被迫站到聚光燈中央一般。就連愛麗絲也低喃著「真沒辦法，就用間接接吻忍耐吧」這種意義不明的自言自語，同時將睡美人交給庫法。

毫無防備地沉睡著的梅莉達被託付到自己懷中，還有從三個方向熱烈投射過來的期待眼神。

就是這樣，才說女孩子這種生物，只要聚集兩個人以上——庫法伴隨這種放棄掙扎的思考，做好覺悟闔上眼皮。

一邊敷衍自己沒有被其他人看見，算是唯一的救贖了——

庫法像在對待易碎品一般地抱起梅莉達，將臉緩緩貼近她。

「但願我的嘴唇能融化永遠之冰……」

青年這麼低喃的聲音搔癢著少女的嘴唇，然後與青年的唇瓣重疊合一——

呀啊！——稚嫩少女的歡呼聲，宛如祝福的鐘聲一般響起。

† † †

已經無人會造訪的廢墟中，有個撕裂絲綢般的聲音迴盪著。

是充滿苦惱與怨恨的男人尖叫。源頭是並列在漫長走廊上的好幾扇門之一。在壞掉的桌子與文件資料散落四處的調解室中，燕尾服男人在地板上翻滾著。

「混帳！混帳！好痛，好痛，很痛耶！」

他像是無法忍耐似的搔亂頭髮，將後腦杓撞向地板。在他跳動般趴倒下去時，「劈啪」地斷成兩半的小丑面具，從他的臉部掉落下來。

從面具底下露出用髮油梳理長髮的年輕男人那醜陋的真面目。

在聖弗立戴斯威德女子學院擔任菲爾古斯・安傑爾的隨從騎士時，這男人是這麼被稱呼的——聖都親衛隊所屬的精銳，畢裘。

如今的他落魄得面目全非，在地板上揮動手腳，高級燕尾服沾滿塵埃。

「手……手臂骨折了……！鮮血從全身冒出……！」

「沒事的，你毫髮無傷喔。」

像在勸誡似的朝畢裘搭話的，是坐在老舊椅子上的美貌優雅青年。纏繞著春風般的氛圍與高級外套的他，正是塞爾裘・席克薩爾。

「因為遭遇到臨死的狀況，那當然很痛了。不過，你應該慶幸那是《渥特幻想譚》裡發生的事情吧。這樣可以用『全部是虛構故事』這句話來解決。」

彷彿在安慰人的聲音，並沒有傳入當事者畢裘的耳裡。他宛如蚱蜢一般在地板上四處跳動，同時像要勉強掩飾致死劇痛一般，彷彿要扯破喉嚨似的大吼大叫。

「我可是聖都親衛隊隊員喔！甚至還寄宿了完全的純粹邪惡之力！沒道理敗給下級騎兵團的劣等騎士！那傢伙究竟是打哪來的何方神聖啊！」

「我想大概是『白夜死神』吧。」

「那……那個傳說中的黑暗騎兵團……？」

畢裘的聲音變調，充血的眼球往上翻動。彷彿厭惡那視線一般，席克薩爾公從椅子

LESSON: Ⅷ ～舞動吧小提琴～

上站起身。瞬間反射性地跳起的畢裘，追逐主人的背影。

「白夜騎兵團的刺客為何會擔任無能才女的家庭教師……？」

「嗯……有很多東西讓人深感興趣呢。無能才女出乎意料的實力與決心。那個家庭教師的技術與被隱藏的背景……這次作戰雖然失敗，但也算是有收穫吧。在採取下一個對策前，必須調查的事情好像變多了就是……」

席克薩爾公像在發牢騷似的喃喃自語，畢裘氣喘吁吁地繞到主人眼前。

「公爵，下次任務請務必也交給我畢裘！倘若是為了貶低那個劣等騎士——沒錯，就算要我從聖都親衛隊退伍也行！我願將此身此命都投注在革新派上！」

席克薩爾公這時才總算注意到一般，抬頭仰望部下油光滿面的臉。

「喔，此話當真？其實目前有個無論如何都需要有人去做的任務呢。」

請儘管吩咐！

——畢裘甚至無法痛快地這麼回答。肺部裡的空氣在那之前就全部外洩，在氣管逆流的某樣東西「咳咳！」地從嘴脣被吐出來。

「啊咦……？」

有些呆愣的聲音從沾滿血的嘴角洩出。以空洞的眼神注視公爵笑容的畢裘，步履蹣跚地俯視自己的身體，然後看見了——

美麗到近乎冷酷的矛柄刺在自己的腹部上。

他重複呻吟的嘴唇咳出紅黑色固體。席克薩爾公輕易地抽出用單手刺進去的長柄，隨即一掃部下的腳邊。

「啊……啊？」

他瞄準畢裘朝地面趴倒的左後背——往下一刺。

低沉的聲響迴盪在走廊上，幾滴血飛濺到油漆脫落的牆壁上。

眼見從自己身體冒出來的液體染紅地板，畢裘同時斷斷續續地發出呻吟。

「……主……主人……？好痛，好痛…………為什……是我……咳咳！」

「噢，畢裘。沒有你這般虔敬的朋友了。一想到這是最後一面，就覺得好寂寞啊。」

美貌的公爵依然將年輕人的身體釘在地板上，並緩緩覆蓋對方的背。

他將嘴唇湊近不停顫抖的耳邊，用甜美的聲音低喃：

「可是呢，就如同我剛才所說，革新派這次的作戰失敗了。所以說，必須有人背負這項風險才行。但是，我還有非做不可的事情——因此，我希望畢裘你能代替我背負這罪過。你獨斷地自稱是梅莉達·安傑爾的父親，嚴重地驚動了社會大眾。可以當作是這麼回事嗎？」

「……啊……什……啊……！……都……親衛隊……我……」

「噢，這樣啊！你真是溫柔呢，畢裘。」

握緊矛的高貴手心隨後銳利旋轉——

迴盪在廢墟走廊上的細微呻吟聲，就此消失了。

HOMEROOM LATER

「『撼動聖王區！菁英隊員瘋狂的劇場型犯罪，幕後真相是？』」

穿著寒酸軍服的中年男性，用誇張的抑揚頓挫朗讀報紙的大標題。

一屁股坐在沙發上的他，將今早的報紙大大攤開，拿在手上。

「『在本年度的總結，我們首先必須將這條新聞告知弗蘭德爾國民。這是前陣子的二月，悄悄震撼了卡帝納爾茲學教區的『父親投書』事件的後續消息。某人自稱是安傑爾騎士公爵家千金梅莉達．安傑爾的親生父親，向各大報社投書，喚起各種臆測的這個事件……終於由騎士公爵家親手闡明了真相！』」

男人張開單手，彷彿是寫下報導的本人一樣，在聲音中蘊含著感情。

「『解決事件的功勞者，是我們的「英雄」塞爾袞．席克薩爾騎士公爵！秉持模範的正義感，獨自進行調查的公爵，據說昨天終於找出了真相。甚至讓身經百戰的勇者感到棘手，且極為哀傷的是，犯下罪行的畢袞．尼茲嫌疑犯，具備隸屬聖都親衛隊這個頭銜。朝菁英大道邁進的年輕騎士，為何會犯下這次的凶惡罪行呢？席克薩爾公特別回應了我們的採訪。「正因為他年紀輕輕就爬到弗蘭德爾的上層，才會對這個國家的存在方式感到疑問也說不定。不過，若是那樣，真希望他能先把那種疙瘩化為言語，直接對我表明」。尼茲嫌疑犯目前下落不明，期望能早日發現他的蹤跡。才華洋溢的年輕騎士在弗蘭德爾深處窺見了什麼？我們得知這點的日子也即將到來吧。』」

伴隨著啪沙的紙聲，男人將臉湊近報導下段。

「『此外，關於這次事件，也有人對聖都親衛隊的審核標準表示質疑。那位一代侯爵入隊沒多久，就長期休止聖都親衛隊任務的事實，我們仍記憶猶新。追根究柢，把最強戰力都集中在據說是弗蘭德爾最安全的聖王區，這麼做的意義為何？從以前就議論紛紛的重組騎兵團的話題，機運或許正逐漸成熟。眾人熱烈期待軍團長菲爾古斯・安傑爾公爵的手腕。』……」

男人將朗讀了一大篇的報紙丟到桌上，靠在沙發上。

「哎呀哎呀……今天整個街區，四處都在討論這條新聞呢。」

「這也難怪。畢竟聖都親衛隊的犯罪根本前所未聞嘛。」

這麼回答的是坐在對面沙發上的兩人中的一人。在馬賽克圖案的桌子上，擺著一朵新鮮的藍薔薇。深紅的天鵝絨不留空隙地圍住房間四周。

這裡是他們所隸屬的白夜騎兵團總部。庫法繼續說道：

「話說這處理得實在太迅速俐落了。寫這篇報導的報社也給人一種被迫接受賄賂的印象啊。簡直像打從一開始就連這種情況也設想到，事先準備了對策一樣……」
「會準備得這麼周到嗎？——妳怎麼看？」
『很可疑。』
被上司這麼試探詢問的，是坐在庫法左邊的另一個人。用黑色軍服覆蓋整個身體的少女，接連舉起只寫了一句話的黑色筆記。
『為什麼跟事件沒有直接關連的席克薩爾公會進行調查？』『正義感？』『真是愚蠢。』
「說得是啊……不過塞爾袞．席克薩爾公爵很受平民階級歡迎。『我會為了各位粉身碎骨戰鬥』這種理由能說得通，是他最可怕的地方喔。」
上司發出感覺有些羨慕的聲音，庫法無視那樣的上司，一臉嚴肅地雙手交叉環胸。
「……倘若相信他的證言，扮演『面具父親』，還有煽動什麼革新派，企圖貶低安傑爾家的，都是畢袞．尼茲。不過他似乎在犯罪時矇騙公爵，未經許可就利用了席克薩爾家的『門』……」
「報紙完全沒有提及這些失態呢。」
「要是至少能從畢袞．尼茲本人口中獲得證言就好了……但白夜騎兵團（我們）用盡各種方法也完全掌握不到他的行蹤，這點也很奇怪。就算他已經死了，我們連一根頭髮和指甲屑都會找出來，但連血跡都沒有……」

『順便問一下，關於另一扇「門」，莫爾德琉卿怎麼說？』

嬌小的馬迪雅插嘴——應該說是插入筆記這麼問，於是上司再次拿起報紙。

「從記者會的報導節錄重點的話……『竟然被犯罪兵團濫用「門」，對此深感遺憾。我們會重新檢視警備體制，努力防止相同情況再度發生』……他這麼說呢。」

『很可疑。』

「真想痛扁他一頓。」

馬迪雅與庫法同時這麼發言，上司也咬緊牙關似的點頭。

「畢竟這次事件實在無法用『管理不周』就了事啊。莫爾德琉商工會的『門』暫時會委託拉．摩爾公爵家管理。這麼一來畢布利亞哥德的亡靈也能暫且安靜地讀書了吧。好事一樁，好事一樁。」

「要是這樣就好了……我今後該怎麼做？」

庫法不經意似的這麼詢問，他細長的眼眸看向上司。

不曉得是否有注意到視線，中年男性「噗呼！」地吐出香菸的煙霧。

「——維持現狀。假如梅莉達．安傑爾小姐體內當真沉睡著聖騎士的素質，你就耗費時間讓她的才能萌芽看看吧。只不過千萬別鬆懈，暗殺的委託還是有效的。直到把那個無能才女培育成傑出的安傑爾家聖騎士為止——」

繼續執行任務吧，暗殺教師！

「我明白了。」

聽到最後的宣告，庫法迅速地從沙發上站起身。然後簡直像要趁這種氛圍行動般，馬迪雅也表示『那我也差不多該失陪了』，轉身想離開。

上司看也不看地叫住急忙想退出房間的黑衣少女背影。

「給我站住，這大蠢蛋。妳以為我是為什麼把妳叫到這裡來的？」

「嗚嗚……」

少女像是忍不住似的從兜帽底下發出真實的聲音。庫法不知為何被抓住袖子，明明沒有直接關連，卻被當成擋住上司的牆壁。

馬迪雅一邊拿高大的青年當肉盾，同時露出厭惡的表情說道：

「關……關於被學生看到真面目這件事，我應該報告過了。那是逼不得已的。我再也不會靠近聖弗立戴斯威德了，所以……」

「不，剛好相反。我替妳準備了新任務，順便當作是這次的懲罰。」

少女抬起頭的視線，與庫法俯視的目光疑惑地交纏在一起。

上司撫摸著鬍渣，看似愉快地彎曲嘴角。

「剛好來了個很適合妳的工作喔。雖然內容跟之前大相逕庭，但妳不用擔心！這無庸置疑地是——……」

† † †

「事情就是這樣，這位是從明年度開始擔任本校講師的拉克拉．馬迪雅老師。」

總部的會議經過幾天後。在卡帝納爾茲學教區，聖弗立戴斯威德女子學院的大聖堂中，可以看見褐色肌膚少女被迫站在三百名女學生面前的身影。

少女的身高比一年級生還嬌小。雖然在輕便的貼身衣物上穿了講師用的長袍，但袖子和下襬實在太長，因此讓她看起來更像個小孩子。不知是否因為緊張，她淚眼汪汪地不停顫抖的姿態，更讓人心生憐憫。

或許是因為這緣故，代替療養中的布拉曼傑學院長站在聖壇上的年邁講師，用自己的方式解釋女學生鴉雀無聲的沉默，她露出微笑，更激昂地說道：

「拉克拉老師就如大家所見，雖然比各位同學年幼，但絕對不能忘記尊敬之心。她是跳級從幼年學校、養成學校畢業，年僅九歲就進入騎兵團的天才騎士。這可能讓人難以立刻置信，不過——」

「黑衣騎士大人！」

克莉絲塔會長像是忍耐不住似的從集團中飛奔而出，接著宛如雪崩一般，大半女學生一邊發出歡呼，同時湧向馬迪雅身旁。彷彿在互相爭奪一個布偶的小孩似的推擠少女講師，你一言我一語地搭話：

「原來您是新老師啊？所以那時才會來到弗立戴斯威德！竟然可以察覺到我們的危機，瀟灑地趕來救援，實在是講師的楷模呀！」

「拉克拉老師猛烈的戰鬥模樣，如今也深深烙印在我眼中！您撕裂那凶殘壞女人的脖子並扔掉，撕裂又扔掉的模樣……！」

「老師的位階是什麼呢？我跟同班同學交換了好幾次意見，但都找不出答案！老師的授課是從幾號開始？專攻是什麼呢？」

「……嗚……嗚嗚～」

被迫處於混亂漩渦中的馬迪雅，眼睛甚至轉起圈圈，沒多久就像大腦當機一般「嗚嘎——！」地大吼，並舉起了雙手。

「夠……夠了，別群聚起來，妳們這群小雞！別摸我的頭，別拉我衣服！喂，別牽我的手！我絲毫不打算跟妳們友好相處喔！」

她瘋狂揮動長袍袖子，同時逃離包圍網，緊抓住在這間大聖堂格外引人注目的暗色軍服身影。女學生交互看著用非常熟練的動作繞到對方背後的拉克拉老師，與理所當然似的被當成牆壁的庫法。

「哎呀，庫法大人你們認識嗎？」

「是啊，我們在騎兵團有一點緣分。」

庫法若無其事地回答，然後活用他高大的身材抱住馬迪雅腋下，將少女高高舉起。

「我先告訴大家跟她相處的訣竅，就是『積極進攻』。她就算嘴上說些有的沒的，其實內心還是很開心的樣子，所以大家不用顧忌，請好好疼愛她吧。接好，傳球（Pass）！」

「你這殘暴教師——————！」

從庫法手中被扔出去的褐色肌膚少女，墜落到女學生的海浪中，那身影彷彿被拖入漩渦般的消失在波浪間。感覺有時可以聽見少女認真在求助的聲音，但當成聽錯可說是紳士的禮儀吧。

「才……才在想那個惡魔居然拯救了聖弗立戴斯威德的危機，結果這次又變成新任教師……？我……我已經跟不上情況了……」

在這當中，可以看見兀自在一年級生集團裡抱頭苦惱的栗色螺旋雙馬尾身影。她發牢騷似的低喃著聽不見的聲音，庫法不經意地向她搭話：

「妳怎麼了嗎，涅爾娃小姐？學院生活才剛開始而已喔？」

「你還要在我燦爛華麗的學院生活中繼續引發什麼事件嗎！」

涅爾娃這麼尖叫，看來就算向她搭話，似乎也只會造成反效果，因此庫法決定置之不理。

一群人在遠處眺望歡迎新任講師的洶湧波浪，在這群人當中，也能看見美麗的安傑爾姊妹和迷人的一代候爵的身影。聖弗立戴斯威德首屈一指的美少女眺望相同方向，用一模一樣的動作歪頭表示疑惑，內心感到奇怪，冒出一種異樣感。

「感覺好像在哪見過她……？」

「雖然對長相和聲音都沒有印象……」

「奇怪～是在哪見過呢～？」

不解開她們的疑問也是為了自己好，因此庫法緊緊閉上嘴，保持沉默。

換言之，這就是這次對馬迪雅施加的懲罰。雖然表面上的名義大概是關係到布拉曼傑學院長受傷，由於安傑爾姊妹入學，聖弗立戴斯威德女子學院的犯罪指數急遽增加，為了追加戰力才聘請馬迪雅擔任講師吧。

然後庫法當然沒有被告知，不過馬迪雅的任務背後，也包含監視自己與梅莉達的項目吧。雖說獲得了威廉・金的證言，但這表示疑惑並沒有完全被消除嗎——

庫法離開金髮主人身旁，兀自陷入沉思。於是在女學生集團的最後方，發現了沒有加入騷動，靠在門上的三年級生身影。

看到對方一臉憂鬱地壓低的睫毛，庫法靜靜地開口搭話：

「妳怎麼了嗎？神華小姐。妳最近似乎沒什麼精神呢……」

神華像是猛然回過神一般，抬頭仰望庫法的臉，硬是擠出了笑容。

「庫法老師。是啊，我最近……有時會無可救藥地感到空虛。覺得自己竟然就快要從學院畢業了。不，明明已經到了畢業的時候，我卻——」

神華看似焦躁地加入肢體動作，像是希望內心想法可以化為言語一般。

「我覺得自己太窩囊了！被捲進那種事件，不僅根本無法保護大家，還讓學院長身負那種重傷……！明明就快要畢業了，我這三年來究竟學到了什麼呢！我最近一直在想這些事……！」

「我明白妳的心情。我也是每天都在後悔。覺得自己『這段時間過得不後悔』的情況比較罕見。」

神華愣愣地仰望立刻這麼回答的庫法。

「連你也會……？」

「當然嘍——我們是不完全的生物。從後悔中學習，以日積月累的經驗塑造成形。無論怎麼盼望，過去的失敗都無法重新來過。既然如此，我們只能一步一步向前邁進，勉勵自己不要再重蹈覆轍。」

庫法這時將手放到被大家敬仰為「學姊」的少女那纖細的肩上。

「可是呢，神華小姐。只要擁有積極進取的心，人類就是會閃耀發亮的生物。只要妳不放棄成長，絕對不會有為時已晚這種事。」

「……！」

「妳的未來從現在才要開始發展喔。恭喜妳畢業。」

神華的眼眸驚訝地睜大，接著伴隨淚水濕潤起來。她輕輕發出哽咽聲，然後浮現比剛才更迷人好幾倍的笑容。

「……謝謝你，老師。」

庫法回以微笑，於是她看似慌忙地環顧周圍。她觀察有沒有被學妹看到哭臉後，再一次害羞地綻放笑容。

然後，就在這時。

「不……不得了了！」

門被用力推開，體態豐腴的修女飛奔進入大聖堂。學生與講師群的目光都集中在她身上，距離最近的庫法代表大家開口詢問：

「怎麼了嗎？」

「啊，庫法老師！果然還是請您去接待比較好吧！沒錯，對方也是這麼期望的！梅莉達．安傑爾也到這邊來，有客人來嘍！」

「……雖然我可以很自然地預測到，但還是請問一下客人是指哪位呢？」

庫法為了保險起見這麼確認，於是修女彷彿要震破聖堂中的彩繪玻璃，用宏亮的聲音回答：

「是梅莉達．安傑爾的父親大人……菲爾古斯．安傑爾公爵！」

† † †

彷彿重現出某日光景的接待室。不過人物的配置與以前略微不同。

首先是以嚴肅的氛圍坐在沙發上的銀髮男性背後只有一個聖都親衛隊的騎士待命。被認為是引發「面具父親」騷動的嫌疑犯畢裘．尼茲，在事件後已經過了幾天的現在，依然下落不明。

然後菲爾古斯公的正面是庫法，金髮的嬌小主人則在庫法右邊縮起身體。她戰戰兢兢地將手上拿的厚重書本遞到桌子上。

「父……父親大人，請看這個……是迷宮圖書館員的資格證明。」

「…………」

菲爾古斯公沒有直接收下，而是用嚴肅的表情暫時俯視放在眼前，冠上《梅莉達・安傑爾》這標題的書本。他緩緩用結實的手拿起那本書。

梅莉達緊張地吞了吞口水，庫法用認真的表情觀看公爵的舉動。

在緊張的空氣中，公爵翻開了書本的第一頁。

他緊緊蹙起眉毛。在眉毛底下散發強烈眼光的視線，從上到下仔細地觀察書頁。

梅莉達那清楚記載著「位階：武士」的能力表，毫無疑問地映入他眼簾了吧。

「…………」

從那張宛如岩石般的表情，很難看出他的感情變化。但在梅莉達和庫法嘗試辯解前，公爵先開口說了下面這樣的話：

「圖書館員資格，**五等**……」

梅莉達驚訝地眨了眨眼，公爵在她面前闔上了書。

「照你說的話來看，梅莉達應該是參加『六等』考試才對吧？」

菲爾古斯公嚴厲的眼神注視著家庭教師的眼眸。庫法盤算該如何回應時，梅莉達從沙發上挺身而出。

「這次發生了很多意外！並不是老師有錯！」

「我聽說是他建議妳參加檢定考試的。追根究柢，只要他不做這種煽動妳的事情，也不會被捲入前幾天的事件中。我說錯了嗎？」

「什——什麼煽動，沒那種事！老師是在替我著想！」

「小姐。」

庫法若無其事地制止愈來愈激動的金髮主人。

他刻意不去挑菲爾古斯公的語病。因為看起來冷靜，但其實變得情緒化這點，身為父親的他也是一樣的。因此庫法只詢問了一件事。

「公爵閣下，該怎麼做您才會認同我呢？」

「我今天造訪這裡的目的只有一個——就是前幾天的後續。」

公爵簡潔地回答，用充滿威嚴的動作雙手交叉環胸。

「原來如此，就如你所說，梅莉達似乎逐漸培養出穩固的實力。但你這個人物是否足以信賴這點，我還沒有獲得答案。希望今天你能讓我見識一下這點。」

「您的意思是？」

「來比賽吧。那天沒能達成的『三對一』比賽。假如你獲勝，就按照你的期望取消讓梅莉達退學一事，將這孩子的教育都全權託付給你吧。」

只有隱約聽說事情的小姐，驚慌地看向家庭教師的臉。但庫法用跟以前不同的意義說出了跟以前相同的疑問。

「三人……？」

不用說，菲爾古斯公背後只有葛蕾娜這名女性騎士待命。就算包括蘿賽蒂在內，也只有兩人。該不會是要庫法以幻影為對手吧？

只見公爵緩緩站起身，將披風揮落地面，藉此顯示出答案。

「——第三人是我。由身為騎兵團軍團長的我，來親自見識你的實力吧。」

「父……父親大人！」

梅莉達驚訝地聲音都變了調，但庫法面不改色地承受安傑爾家當家散發出強烈壓力的視線。

「正合我意。」

「很好——女士，這麼自我中心實在很抱歉……」

「我已經確保好一座練武場了！」

站在牆邊，被公爵試探性地這麼詢問的修女，一邊搖晃她豐滿的腹部，同時立刻點頭。

她慌慌張張地回看說不出話的公爵，伴隨著放棄般的笑容繼續說道：

「我觀察各位的模樣，嗯，就覺得一定會演變成這種情況！喔呵呵！」

由於修女精準的察言觀色，在她的安排下，舞臺很快地整理好，佩帶劍的四名騎士踏入戰鬥的場地。那是個類似鬥技場的傳統沙地。

在外圍的觀戰席，聽說了消息的聖弗立戴斯威德學生與講師群，幾乎所有人都蜂擁而至。比起一般課程和實戰訓練，觀賞最前線的騎士認真地一決勝負，更能成為學生的經驗值吧。

在觀戰席的最前排，也能看見身為事情開端的梅莉達本人的身影。她像在祈禱似的交叉十指，注視著家庭教師的背影。

老實說，梅莉達甚至無法想像那個身經百戰、完美無缺的家庭教師敗北的模樣。不過就常識來想，雙方有著壓倒性的戰力差距。對方有三人。分別是統率騎兵團強者的軍團長、具備頂尖實力的聖都親衛隊隊員，還有擔任聖騎士愛麗絲．安傑爾家庭教師的新銳一代候爵──

就在這時候。在三百名以上的人屏氣凝神地觀看即將展開的戰況時，有一個人搶在比賽開始前先一步踏入敵陣。她無視前輩騎士「妳在做什麼，快回來！」的聲音，軍團長強烈的視線也並未讓她停下腳步，她就這樣走近軍服青年的身旁。

她在這時拿出圓月輪轉身。

蘿賽蒂與庫法並肩，將武器對準菲爾古斯公與葛蕾娜兩人。

「蘿賽蒂小姐……？」

她沒有回答從旁邊傳來，感到疑惑和驚訝的聲音，朝對面放聲大喊：

「那個，呃，前輩！菲爾古斯大人！我還是決定站在這邊！」

「妳說什麼傻話！妳忘記公爵閣下的溫情了嗎？」

「所以說那件事──恕我拒絕！」

蘿賽蒂宏亮的聲音響徹練武場每個角落。

聆聽這番對話的三百人當中，也能看見有著銀色頭髮的公爵家千金身影吧。蘿賽蒂凜然地架著圓月輪，用毫無矯飾的聲音繼續說道：

「不用縮短我擔任家庭教師的期限也沒關係！我會領導那孩子給大家看，直到她在三年後畢業為止！」

「…………」

表情宛如岩石一般聽著的菲爾古斯公，制止了還想挺身說些什麼的葛蕾娜。彷彿在說已經不需要言語一般，從腰部拔出莊嚴的長劍。

庫法像在回應似的秀了一手銳利且流暢的出鞘，用與蘿賽蒂配合無間的動作壓低重心。緊咬嘴脣的葛蕾娜在最後拔出了劍。

「各自都準備好了嗎？」

擔任審判的講師對分成兩邊的四人使了個眼色。他們並非用話語，而是透過專注盯著對戰對手的眼光表示回答。講師穩穩地點了一次頭。

「那麼比賽……——開始！」

三人同時一蹬地面。庫法、蘿賽蒂、葛蕾娜用幾乎同等的速度以場地中央為目標，然後菲爾古斯公慢了一拍，一個人悠哉地踏出腳步。

首先是前哨戰嗎？庫法一飛奔靠近便立刻發動突刺，葛蕾娜用劍尖接住攻擊，並流暢地撥起。有如神一般的絕妙時機。蘿賽蒂立刻用圓月輪攻擊，但聖都親衛隊的精銳騎士只靠收回手腕的動作來轉動劍，輕易擋住了追擊。她的動作沒有一絲累贅。

伴隨瞬間響起的兩發金屬聲響，三者留下殘像，錯身而過。

他們各自透過像要挖起地面般的步法同時揮刀反擊。他們在背面讓武器互相碰撞，讓刀身滑動並撥起。激烈的火花因摩擦而四處飛散。

葛蕾娜刻意插入敵陣的正中央。彷彿那是斷絕對方合作最好的方法，讓狀況轉移成敵我雙方幾乎是貼身狀態的混戰。她右手放在握柄，左手貼在刀身，把從前後兩方襲擊而來的刀與圓月輪全數彈回，以鋼鐵般的踢擊踹落庫法固執地瞄準膝下的低踢。

前輩騎士背對無法隨心所欲攻擊的蘿賽蒂，斥責著她。

「妳似乎多少脫離低潮了，但就只有這種程度嗎，蘿賽蒂？即使這男人好不容易製造出我的破綻，妳無法深入攻擊的話，就毫無意義。自顧不暇的妳，竟然好意思說什麼要領導別人呢！」

「怎麼這樣，我——！」

「時間到了。」

宛如鋼鐵般的聲音讓蘿賽蒂猛然睜大眼，大幅度地跳往後方。隨後刺穿地面的長劍迸出洗鍊的瑪那，華麗地掀起飛塵。

一派輕鬆地揮落一擊的菲爾古斯公，在收回長劍的同時開口說道：

「在我來到這裡的期間內，沒能壓制住葛蕾娜時，就注定你們會敗北了。」

轟！瑪那以眾人未曾體驗過的壓力噴射出來，將場地內的沙子吹散成圓環狀。十六歲少女一邊繃緊臉頰，同時立刻擺出架勢。

菲爾古斯公散發出的壓力，簡直就像移動要塞（Fortress）本身。他緩緩踏出的每一步，都沉重地撼動沙地。他用一隻手揮舞的長劍，伴隨駭人的斬擊聲砍斷天空。蘿賽蒂忍受不住，她誇張地翻滾，鑽過劍閃攻擊。

蘿賽蒂判斷對方動作遲鈍，一跳起來便立刻橫掃圓月輪。那劍速與瑪那壓力讓人完全忘記它是把殺人劍。菲爾古斯公維持使勁揮落長劍後的姿勢，圓月輪流暢地被吸向他身體——鏘！發出了尖銳金屬聲。

「……騙人的吧？」

蘿賽蒂不禁驚訝到發出聲音，並不是因為攻擊被擋住。是因為擋住圓刃的並非長劍，而是對方隨意高舉起來的左手。對方只有上衣袖子裂開，底下可以窺見的結實前臂毫髮無傷。安傑爾家當家一邊纏繞比護手還要頑強的聖騎士瑪那，同時開口宣告：

「自從我繼承軍團長一職後，能傷到這皮膚的人屈指可數。」

「咕……！」

「踏向前方的覺悟很不錯，但妳似乎還缺乏一點鑽研啊。」

菲爾古斯公只是用力一推手臂，蘿賽蒂就絲毫無法反抗地被撞飛。蘿賽蒂以靈活的步法四處飛奔，菲爾古斯公則以悠哉的腳步和劍法追逐她。那就宛如松鼠對抗巨像的單方面構圖——

「看來勝負已分了呢。你這麼悠哉沒問題嗎？」

葛蕾娜一邊絆住庫法，同時用看不出感情的單一態度這麼說道。她緩緩踏向前方，隨後使出三閃劍擊。揮開第一、第二擊後，在第三擊轉移成白刃交鋒的激戰。

青年用反手的黑刀踏穩腳步，眼鏡女騎士氣勢洶洶地將額頭貼近青年。

「你應該現在立刻解放所有瑪那，不顧一切地打倒我才對吧？蘿賽蒂被打倒的話，你就連萬分之一的勝算也沒有了。難道你連這種程度的狀況判斷能力都不具備？或者這已經是你的渾身解數了呢？」

「我當然會讓菲爾古斯公認同我——」

庫法維持沒有過與不及的完美抗衡狀態，同時低喃回應：

「但光是這樣，**蘿賽蒂小姐無法獲得妳的認同**吧？」

「……你跟蘿賽蒂之間究竟是怎樣的……」

「失禮了。」

庫法在對方話還沒說完前，就突然踏向前方。地面在腳邊轟！地震動，聚集在右前臂的壓力從刀身炸裂。伴隨著金屬聲響將葛蕾娜用力反彈回去。

「蘿賽！」

在聽到呼喚前就早一步彎下身的蘿賽蒂，從腳邊撈起沙子，扔向軍團長的臉。在觀眾不禁「啊！」一聲地倒抽一口氣時，她已經穿越菲爾古斯公的身旁。緋紅火焰伴隨著殘像，瞬間在半空中飛散。

——要一決勝負了嗎！

在葛蕾娜的腳到達地面時，庫法與蘿賽蒂以夾擊的形式從前後兩方飛奔靠近。雖然迅速，但以這個攻擊間隔來看，倒也不至於應付不來——

在她這麼判斷時，庫法將他一直反手拿著的黑刀，宛如矛一般地扔出。葛蕾娜還無暇驚愕地睜大雙眼，反方向的蘿賽蒂也拋出雙手的圓月輪發動攻擊。從前後兩方的距離同時發出的三條攻擊軌道襲向葛蕾娜。

「——咕！」

眼鏡女騎士猛然睜大雙眼，以超絕平衡感扭動上半身。她用劍彈開第一發圓月輪，撐過瞄準肩膀的第二發。從背後突襲的黑刀掠過側腹，伴隨幾滴鮮血穿越——隨後。

蘿賽蒂的手心以完美的時機捕捉住刀柄。

「——什……！」

「喝！」

立刻反擊的黑刀刀背打，擊中了毫無防備的側腹。痛苦地扭曲表情的葛蕾娜看到理應閃躲掉的第二發圓月輪收納在青年騎士的手心裡，但他立刻發動的足刀朝自己背後二連踢。

「咕嗚……！」

被推向前方的葛蕾娜，只不過是收緊黑刀的少女騎士絕佳的目標罷了。

「對不起，前輩！」

那一擊與其說是砍，更類似瞄準要害的當身技。黑刀刀腹直擊葛蕾娜的心窩，緋紅色瑪那幾乎在同時炸裂。女騎士的身體以驚人的氣勢被吹飛到後方。

「…………！」

葛蕾娜沒有哀號，飛舞在半空中時昏迷過去。她「砰」一聲地墜落到地面，從上空慢了點降落的眼鏡刺在沙地上。練武場的燈光在鏡片上反射了亮光。

就在學生看得入迷，甚至忘記說話的時候，站起身的庫法將圓刃扔還給蘿賽蒂。

「打得漂亮。」

「託……託你的福。」

蘿賽蒂有些害羞似的這麼說道，同時戰戰兢兢地將黑刀還給庫法。兩人彼此對望，充滿自信地互相微笑後——立刻從觀眾席傳來了尖銳的哀號：「老師！」

兩人反射性地舉起武器。彷彿瞄準各自刀身的劍閃衝撞上來。類似雷擊的巨響與壓力讓兩人一起被撞向後方。

兩人在半空中被撞飛十幾公尺，他們勉強調整好姿勢著地。

他們抬起嚴厲的視線一看，只見纏繞莫大瑪那的聖騎士威容就在那裡。

「竟然打倒了葛蕾娜嗎？看來似乎有說大話的實力啊。」

好吧——菲爾古斯公這麼宣告，用雙手重新握住剛才一直用單手拎的長劍。他將劍尖對準對方眼睛，擺出中段架勢，並壓低重心。宛如紫電般迸出，甚至無法徹底壓抑住的瑪那——

蘿賽蒂不禁緊張地吞了吞口水，庫法輕輕舉起手，對她補充道：

「妳幫了我大忙，蘿賽蒂小姐。之後就由我一個人來。」

「咦？可是……！」

「如果沒有妳的協助，就沒有這個機會。我向妳道謝。」

被撞飛到牆邊的庫法拎著黑刀，一個人邁出步伐。菲爾古斯公似乎明白了這邊的用意，他也稍微調整位置，空出戰場中央。

他用鋼鐵般的聲音呼喚一直在確認葛蕾娜安危，擔任審判的講師。

「能麻煩妳重新宣告比賽開始嗎？」

講師點了點頭，拿出號令用的小號。觀眾席上的女學生緊張地吞了吞口水，觀看這緊迫的戰場。梅莉達像在祈禱似的握緊的雙手，變得蒼白不已。

「學院長。」

這時，觀眾席的某人注意到學院長的身影，包括梅莉達在內，周圍的學生都猛然仰望後方。在修女的陪同下，布拉曼傑學院長裝飾著可說是勳章的繃帶，在練武場現身了。

她俯視能見範圍內的所有人，靜靜地開口說道：

「學生都聚集起來了吧？大家好好地將他們的一舉手一投足烙印在眼裡吧。」

學院長面向互相對峙的兩名戰士，學生的視線也受到催促似的拉回他們身上。

魔女彷彿目睹到人生屈指可數的寶貴瞬間，她莊嚴地開口說道：

「接下來即將上演的，肯定是弗蘭德爾的頂尖決戰之一。」

庫法宛如野獸般彎曲身體，握住刀柄。菲爾古斯公則以王者的威容抬起劍尖。

擔任審判的講師，像在吊胃口似的高舉小號——

以宏亮的音色為開端，爆發性的火焰覆蓋了練武場。

† † †

「哥哥，你又要暫時離開家裡了嗎……？」

在弗蘭德爾聖王區的本邸，莎拉夏．席克薩爾叫住了打算出外蹓躂的兄長。兄長塞爾袞穿上外出用的大衣，戴著較為樸素的歌劇帽，壓抑他與生俱來的輝煌氣質。從著裝要求來看，似乎並非以社交為目的……不出所料，在玄關轉過頭來的他，一臉無奈地聳了聳肩。

「原諒我吧，莎拉夏。一旦成為騎士公爵家當家，工作可是堆積如山，重要的事情會接二連三地冒出，根本處理不完啊。我等下又要去開會嘍。」

他壓低帽簷，一邊遮住眼睛，同時繼續說道：

「我以前很怨恨爸爸他們都不好好回家，現在才知道實在不能責怪他們。我也得盡早習慣這種立場才行呢。」

「……爸爸和媽媽還無法結束任務回來嗎？」

莎拉夏走下樓梯，塞爾袞一言不發地輕輕將手放到妹妹的肩上。

他將手指貼在習慣低頭的莎拉夏下顎，自然地讓妹妹抬起頭。

「……沒事的。我會保護莎拉夏和席克薩爾家。妳放心吧。」

「是的……」

「妳之前的傷不要緊嗎？我聽說畢袞・尼茲把妳折磨得很慘。」

纖細的指尖滑過脖子的肌膚，慈愛地撫摸妹妹感到發癢的臉頰。

「是……是的，已經沒事了……可是，哥哥，那枝『奧爾塔奈特的鋼筆』……」

「那是畢裘．尼茲的陰謀。該說是他過火的忠誠心嗎？我明明事先告誡過他，千萬不能對革新派的大家，特別是對我的妹妹們動手……看來是他太想立功，而喪失了正常的判斷力啊。」

塞爾裘將臉湊近，在妹妹額頭上一吻。莎拉夏的臉頰稍微泛紅起來。

「折磨我的莎拉夏可是罪孽深重，我有先好好『教訓』過他了。」

「…………」

莎拉夏不曉得該怎麼回答才好時，塞爾裘瀟灑地轉過身去。兄長總是像這樣子，在妹妹猶豫不決的時候，一個人不斷向前邁進。

這時他在最後補充的話語，莎拉夏也無法理解。

「從新年度開始，將會變得更加忙碌。在那之前我們先悠哉地吃頓飯吧。算是提前慶祝！」

「哥哥……？」

「真令人期待呢，莎拉夏。弗蘭德爾會染上月色光輝喔。」

塞爾裘拋下呆站在原地望向自己的妹妹，用輕快的腳步走出玄關。

腳步聲從被關上的大門另一頭迴盪，沒多久就連那聲響也消失在黑暗彼端。

HOMEROOM LATER

† † †

在卡帝納爾茲學教區，籠罩著玻璃天篷的月台上——

那天放學後，梅莉達與庫法為了目送菲爾古斯公爵一行人離開，造訪學教區唯一的車站。忙碌的公爵閣下會晚了好幾個小時搭車，都是因為顧慮到在學院練武場上的激戰後，昏迷過去的隨從騎士。

「我實在太窩囊了……！竟然丟下護衛對象，自己昏迷過去！」

打從在學院的醫務室醒來起，到了列車準時進站時，妹妹頭的眼鏡女騎士仍舊感嘆著自己的失態。庫法以慎重的聲音向她搭話：

「葛蕾娜小姐，妳才剛醒過來沒多久，身體不要緊嗎？」

「沒……沒有問題。我不能再成為公爵的累贅了……！」

她愈來愈覺羞恥似的漲紅了臉，然後耿直地鞠躬行禮。

「前幾天我似乎太多嘴了，我沒想到你是這麼有一套的高手……你的力量也讓我十分驚訝，但最令我大吃一驚的是蘿賽蒂的成長。」

「蘿賽蒂小姐的？」

葛蕾娜輕輕點頭，比了比自己的背後，隱藏在軍服底下的肌膚。

「那孩子在聖都親衛隊被迫暫時停職的契機是『誤射友軍(Friendly Fire)』，『被害者』就是我。」

「哎呀……」

「所以再次與她並肩，還有她說要在你身旁戰鬥時，老實說，我有一點害怕——但我大吃了一驚。不是因為她能力上的成長，而是因為那孩子視野的變化。我感覺自己稍微能夠明白她說想留在這裡的心情。」

葛蕾娜凜然地挺直背，行了個宛如聖都親衛隊楷模的敬禮。

「請你多多關照蘿賽蒂。不過，我實在難以置信……在那之後，你甚至單挑打敗了菲爾古斯公這件事，是真的嗎？」

「呃，那是——………」

庫法本想立刻否定，但又迷惘著該怎麼回答。

當然，菲爾古斯公沒有特別放水的樣子，庫法也並非抱持**殺意**在戰鬥。但就結果來說，庫法會獲勝，都是因為對方是這麼設計的。感覺公爵似乎想給予庫法一個名正言順的藉口。

就在庫法猶豫該怎麼傳達這方面的微妙之處時，響起了當事者的公爵聲音。

「葛蕾娜！廢話就到此為止，快來搬行李吧。」

「是……是！」

公爵類似鞭子的聲響，讓葛蕾娜驚嚇地抽動了一下肩膀，女騎士反射性地轉過身。

父親一臉無奈地嘆氣，這時年幼的女兒飛奔靠近父親巨大的背影。

「那個，父親大人，這個……是我在畢布利亞哥德找到的。」

她這麼說道並戰戰兢兢遞出的東西，是檢定考試時在閱覽室偶然入手的一封信箋。

菲爾古斯公蹙起眉頭接過信，他檢視內容之後，驚訝地睜大雙眼。

「這個筆跡……還有似曾相識的文章。這是梅莉諾亞的……！」

「好像是在十年前以上寫的信……是母親大人寫給父親大人的信。」

「我還以為早就弄丟了………」

公爵難得地露出啞口無言的模樣，他的眼眸看向梅莉達。

不知父親是想了什麼，面對女兒直率的眼眸，他移開視線，有些吞吞吐吐地低喃：

「……這麼說來，關於妳在迷宮圖書館員合格證明上的位階——」

「咦？」

「在曾祖母那代，似乎曾有武士位階的親戚……我好像有這樣的記憶。」

公爵發出不曉得能否聽見的話語，然後咳了兩聲清喉嚨，並將信遞給梅莉達。

「……這就由妳收著吧。」

菲爾古斯公用難以明白感情的聲音在最後這麼說道，接著轉身搭上了列車。梅莉達靜靜目送著他的背影，接著忽然注意到像是與父親輪流登場似的從升降口走出來的黑水晶妖精身影。

「繆爾同學！」

梅莉達不禁飛奔到她身旁，只見她一如以往，露出讓人感覺如夢似幻的神祕微笑迎接梅莉達。梅莉達的嘴脣接連不斷地冒出疑問。

「妳……妳怎麼會在卡帝納爾茲學教區？那之後妳們立刻就回去了，我還有好多事情想問妳們……」

「梅莉達還是一樣，眼眸顏色轉來轉去地變個不停，很可愛呢。」

梅莉達以為自己被取笑了，氣呼呼地鼓起臉頰陷入沉默。繆爾不僅沒有感到畏縮，反倒更覺得滑稽似的露出微笑，即使到了現在，她這樣的動作還是會讓人看入迷。

「我是來迎接菲爾古斯叔叔大人的。因為這次的黎明戲兵團襲擊事件，三大騎士公爵家當家說要互相碰面，重新審視『門』的管理體制。」

「啊……」

梅莉達不由得想起前幾天在「法院」發生的事情，噤口不語。

繆爾彷彿看玻璃一般看透梅莉達的內心，像在歌唱似的說道：

「我告訴過妳吧？那是仔細思考過的計畫。梅莉達的立場一直不穩定的話，只會招來無謂的臆測。首先要好好確認真相，就結果而言，這也可以守住安傑爾家的威信喔。」

梅莉達無法立刻做出回答。繆爾看來有些寂寞似的笑了。

「……妳一臉難以置信的表情呢？」

梅莉達一邊直率地回看黑曜石眼眸，同時感慨良深地說道：

「我想要相信。」

「…………」

這次換繆爾陷入沉默。她緩緩移開視線，摸索著小提包裡頭。

「我帶了伴手禮來，當作和好的第一步。妳願意收下嗎？」

她這麼說道並交給梅莉達的，是令她記憶猶新的魔法書。雖然不確定會發揮怎樣的效果，但梅莉達不禁「嗚呃」一聲，倒退兩步。

「呵呵，妳別警戒成這樣啦。這本魔法書已經沒有剩餘的空白頁（使用次數）了。」

「那不就沒意義了嗎？」

「看好嘍，梅莉達。這本魔法書是用來重現美好回憶的。」

繆爾將臉頰從旁貼上，然後從中間翻開書本。

從內側跳出來的東西，一言以蔽之，就是精緻的立體圖畫書。就算不翻頁，書本也會自行動起來，充滿臨場感地上演故事。

看到被樹籬圍住的法院紙藝品，梅莉達立刻回想起這本書的記憶。

「這該不會是那時說會記錄審判狀況的……？」

「是『安徒斯抄本』喔。妳放心吧，是我偷偷回收的，沒有給任何人看。這個送給妳喔。梅莉達，妳不曉得自己睡著後，事情變怎樣了對吧？」

「因……因為大家都不肯告訴我嘛！」

「其實我也被封口了……呵呵，但我並沒有說出口，所以沒關係吧。」

繆爾惡作劇似的露出微笑，指著書頁。

紙藝品正準備重現在梅莉達遭到睡眠詛咒後，到她醒來為止的期間所發生的事情。只見三名公主被詭異的小丑面具打倒，在千鈞一髮之際有個戴著大禮帽的王子殿下趕來救援。他與反派上演一對一的死鬥，最後漂亮地打倒小丑面具，拯救公主們脫離絕境。

「啊，是老師。」

透過紙人偶的特徵，梅莉達立刻察覺到了。庫法與黑水晶人偶一起沉浸在勝利的餘韻後，飛奔到其他公主身旁。他抱起一直沉睡的梅莉達人偶，之後的劇情發展吸引著觀眾的紅色眼眸。

然後在梅莉達凝視的前方，只見庫法人偶緩緩將臉貼近——

「咦？咦……咦…………咦！咦咦咦～～～～！」

決定性的場景映入梅莉達的大眼睛裡，她的臉頰染成跟眼眸一模一樣的鮮紅色。

繆爾呵呵笑地享受相同場景後，在滿臉通紅僵硬住的友人耳邊，彷彿要接吻似的貼近嘴脣。

「那個老師也有他的立場，所以最好不要給任何人看喔。把這本書悄悄地收在房間書桌裡的深處……當成只屬於梅莉達的寶物吧。」

「啊……啊嗚……啊哇哇……啊嗚……」

梅莉達無意識地翻動頁面，好幾次重現那一幕場景。她總算接受這彷彿作夢般的光景毫無疑問地正在發生後，臉龐又沸騰得更厲害了。

繆爾在最後向思考能力已經短路的友人留下這樣的話：

「梅莉達果然很可愛。我們改日再會吧？」

黑水晶少女隨性地迅速翻身，飛奔上列車的階梯。簡直像看準了這時機一樣，升降口關閉起來，列車鳴放響亮的汽笛聲。

叩咚……處於過熱狀態的梅莉達，根本沒有餘力目送緩緩發車駛離的鐵製藝術品。原本像個隨從似的保持距離的庫法，這時從主人身後不經意地窺探她手邊。

「小姐，那是繆爾小姐送妳的禮物還是什麼嗎？」

「呀啊啊啊啊！」

梅莉達敏捷地闔起書，那速度說是她人生最快也不為過。唇瓣重疊的主從人偶被書頁壓扁，緊緊地互相擁抱。

梅莉達將魔法書藏在背後，蘊含著堅定的意志抬頭仰望家庭教師。

「這……這是無論如何都不能讓老師知道的祕密～！」

「咦？是這樣子嗎……」

不知為何，感覺好像挨罵了，庫法像要掩飾這尷尬氣氛似的豎起手指。

「對了，小姐。雖然晚了點，但恭喜妳通過檢定考試。小姐曾說希望有獎勵，不知小姐想要什麼呢？請儘管吩咐。」

「～～唔──！」

梅莉達的金髮「砰！」地跳了起來。感覺這反應在哪裡看過，但庫法想不起來。梅莉達像是鬧彆扭似的轉身背對庫法，並用力抱緊書本。

「已……已經足夠了！我心滿意足了！」

雖然庫法不記得自己有做過什麼，總之梅莉達這麼主張。

她用老舊的厚重書本遮住嘴角，露出懇求的眼神注視著庫法。

「等明年……我更接近淑女一點後，再麻煩老師一次。」

「說得也是呢……明年再來一次吧。」

還有明年。目前還能暫時在旁守護她的成長。即使只不過是短暫的安穩，庫法仍感覺到胸口洋溢著難以言喻的幸福。

這種甜美熱度的真面目究竟是什麼……庫法現在還無從得知。

但他已經決定要見證到最後。與這個無能才女的前途一起——

庫法目送列車離開到視野另一頭，朝旁邊伸出手。

「我們回家吧，小姐？放學後的課程在等著喔。」

梅莉達一手抱著書，她伴隨至高無上的笑容，用力握緊庫法的手。

「是的，老師。今天也請老師嚴格指導喔！」

少女天真無邪地笑著，青年誠摯地露出微笑。

吹過月台的風告知著嶄新一年的開始。

萌芽的季節伴隨著火焰的香氣，即將到來。

梅莉達・安傑爾

位階：武士

		MP	126		
HP	1263	防禦力	111	敏捷力	141
攻擊力	129（108）	防禦支援	—		
攻擊支援	0 ～ 20%				
思念壓力	21%				

主要技能／能力

隱密 Lv2／心眼 Lv2／節能 Lv2／逆境 Lv1／抗咒 Lv2／幻刀二鑑・嵐牙／拔刀紬伎・連星

綜合評價……【1-S】

Secret Report

記錄在這裡的是任務對象修完學院一年級生課程時的能力評價。在該年級是最高階的能力數值，再加上第一學期在期末公開賽中輝煌耀眼的出道戰；第二學期以月光女神選拔戰候補生身分奮戰；還有第三學期，首次參加檢定考試便獲得五等迷宮圖書館員資格，考慮到這眾多成果，決定給予她以一年級生基準來說最優異的「S」等級成績評價。

話雖如此，但對我與她的目標而言，這裡還只是中途站。從今以後，升上二年級的她想必會遭遇到更多無法想像的困難阻礙，與此同時，這名少女應該會展現更加傑出顯著的成長，並跨越難關吧。身為指導者，還有身為暗殺者，我懇切地盼望能永遠在旁守護金鳥的前途。

（節錄自某個暗殺教師的手記）

後記

各位讀者大家好，我是天城ケイ。

非常感謝您閱讀第三集。很感激各位願意閱讀比往常還要多一點的頁數。辛苦了。希望您願意再稍微傾聽一下作者的閒聊……沒興趣？哎呀，別這麼說嘛。

自從在今年（二〇一六年）一月推出第一集《暗殺教師與無能才女》這本出道作後，很快已經過了半年。雖然不是套用作品裡的文字，但這半年真的是一眨眼，而且是充實到讓人眼花繚亂的生活。

在第一集被鄙視為「無能才女」的少女，經過第二集後有了顯著的成長，然後在這本第三集當中，描寫了少女作為一年級生篇的總結。

在這個最重要的篇章中總動員了截至目前為止的伏筆與登場人物，不知各位讀者看得還滿意嗎？即使只有一會兒也好，若能讓您稍微對這篇故事的世界心馳神往，將令我喜出望外。

還有還有，更令人高興的是《刺客守則》這部作品還會繼續向外發展。在《Dragon

Magazine》九月號刊登的短篇描繪了庫法與女主角香豔的日常，如果您感興趣，請務必要閱讀看看。本作品第一、二集能順利再版，也都要感謝各位讀者願意從旁守護他們的活躍。

今後我也不會甘於現狀，我會更致力於創作能讓讀者看得開心的作品。由衷希望各位讀者能繼續支援鼓勵。

順便簡單地預告下集內容，下集描寫的是一直忙碌奔波至今，絲毫沒有喘息時間的庫法等人的小憩時光。預計會是一篇甜蜜的愛情喜劇。話雖如此，但經常發展出騷動的他們，當然也不可能有個風平浪靜的假日……？至於到底會描寫怎樣的內容，敬請期待預定秋季發售（註：此指日本）的第四集。

最後要感謝這次也用美麗且洋溢著生命力的插圖，替故事增添色彩的ニノモトニノ老師、在出版時為本書竭盡心力的 Fantasia 文庫編輯部，以及從各方面支持我這個青澀作家的各位出版相關人士。

還有，當然也要對此刻正閱讀本頁的「您」致上萬分謝意。

那麼，下集再會吧。

天城ケイ

Kadokawa Light Novels

虎鯨少女橫掃異世界

Kadokawa Fantastic Novels

作者：にゃお　插畫：松うに

正值花樣年華的十六歲女高中生，
轉生成為沒有天敵的超強虎鯨！

抱著轉生成美少女展開新戀情的期待踏入異世界……結果變成了一隻虎鯨（俗稱殺人鯨）!?以虎鯨之姿被丟進異世界的虎子（原本是女高中生）雖想變回人類，卻事與願違，反倒用她的最強蠻力橫掃敵軍，進而升級！最後甚至被捲進下屆魔王選拔戰當中……？

台灣角川

NT$180/HK$55

國家圖書館出版品預行編目資料

刺客守則. 3：暗殺教師與命運法庭 / 天城ケイ作；
一杞譯. -- 初版. -- 臺北市：臺灣角川, 2017.12
面； 公分
譯自：アサシンズプライド. 3, 暗殺教師と運命法
廷
ISBN 978-957-853-131-4(平裝)

861.57 106019859

Kadokawa Fantastic Novels

刺客守則 3
暗殺教師與命運法庭

（原著名：アサシンズプライド 3 暗殺教師と運命法廷）

２０１７年12月11日　初版第１刷發行
２０１９年10月16日　初版第３刷發行

作　　者：天城ケイ
插　　畫：ニノモトニノ
譯　　者：一杞

發 行 人：岩崎剛人
總 經 理：楊淑媄
資深總監：許嘉鴻
總 編 輯：蔡佩芬
編　　輯：陳書萍
美術設計：胡芳銘
印　　務：李明修（主任）、張加恩（主任）、張凱棋

發 行 所：台灣角川股份有限公司
地　　址：１０５台北市光復北路11巷44號５樓
電　　話：（02）2747-2433
傳　　真：（02）2747-2558
網　　址：http://www.kadokawa.com.tw
劃撥帳戶：台灣角川股份有限公司
劃撥帳號：19487412
法律顧問：有澤法律事務所
製　　版：巨茂科技印刷有限公司
ＩＳＢＮ：978-957-853-131-4